Billionaire's Baby Contract in Spanish

Billionaire's Baby Contract in Spanish

Ashlee Price

Ashlee Price Publishing

Billionaire's Baby Contract
EL CONTRATO DE BEBÉ
DEL MULTIMILLONARIO
Hermanos Hawthorne, Libro 1
ASHLEE PRICE
© Copyright 2022 por Ashlee Price.
Todos los derechos reservados.

Más libros de Ashlee Price

https://www.ashleepriceromanceauthor.com/
Hawthorne Brothers Book 2 Happily Enemy After - reserva hoy
visitando el sitio web

Ethan

—Felicidades, Ethan.

La mujer que tengo delante sonríe de oreja a oreja, con sus labios finos y escarlatas del mismo tono que las uñas apretadas contra su copa de champán.

Sabrina Roth. Patinadora olímpica convertida en directora general de una empresa mundial de cosméticos. Hermana menor del gobernador de Connecticut. Divorciada.

Es curioso. Me dijeron que esta fiesta era solo para la familia y los accionistas, y ella no es ninguna de las dos cosas, al menos, no la última vez que lo comprobé. Sin embargo, aquí está. Alguien coló su nombre en la lista de invitados, y sé exactamente quién.

—Gracias —respondo amablemente.

Independientemente de si esperaba verla o no, ahora es una invitada de los Hawthorne. Y siempre tratamos bien a nuestros invitados.

Me toca el brazo.

—¿Qué se siente al ser finalmente el hombre que dirige el espectáculo? Apuesto a que debe sentirse bien estar libre de la sombra de papá.

Si eso fuera cierto.

—Todavía está en la junta directiva, así que seguirá teniendo voz y voto —respondo mientras miro al hombre de pelo canoso que charla con una pareja cerca de la mesa de los postres—. Pero sí tengo su despacho.

—Fantástico —exclama Sabrina mientras juguetea con el colgante de ópalo que descansa en la parte superior de su escote—. Me encantan los hombres con un escritorio enorme.

Algo me dice que no es la única cosa enorme que le gusta en su hombre.

—¿De qué está hecho? —pregunta—. ¿De cristal? ¿Roble rojo?

—De caoba.

Se pone un dedo en la barbilla mientras sus labios forman un círculo.

—Oh, me gusta. Duro y hecho para durar.

De acuerdo. Suficiente. He pasado dos minutos con ella y me las he arreglado para no burlarme ni estornudar por ese perfume en el que parece haberse bañado. Eso debería ser lo suficientemente educado.

Me enderezo la corbata.

—Si me disculpas, tengo que hablar con unos viejos amigos.

Empiezo a alejarme, pero ella me agarra del brazo como un percebe en una ballena.

—Me encantaría sentarme y hablar contigo alguna vez —me dice con un brillo de picardía en sus ojos azules mientras presiona su pecho contra mi codo—. Ya sabes, de director general a director general. Incluso podría darte algunos consejos. Podría conseguir reservas en un restaurante increíble que sirve un salmón aún mejor que el que había en esos aperitivos que he comido esta noche.

¿Esas tostadas crostini con crema de nabo y espuma de hinojo las preparó un chef con estrella Michelin?

—Eso era en realidad atún —le digo a Sabrina tan amablemente como puedo.

—Oh. —Su agarre en mi brazo se afloja.

—Y por mucho que agradezca tu oferta, me temo que voy a estar muy ocupado a partir de ahora, como estoy seguro de que entiendes.

Da un paso atrás y endereza los hombros en un esfuerzo por recuperar su dignidad.

—Sí, por supuesto.

Me dirijo al bar donde están parados mis hermanos. Agarro la copa de martini que está frente a Asher y engullo su contenido, esperando que el líquido amargo borre el sabor desagradable de mi conversación con Sabrina.

No es suficiente.

—Un escocés puro —le digo al camarero después de dejar el vaso vacío.

Asher lo estudia.

—Así de mal, ¿eh?

—Ahora sé lo que se siente ser un poste para rascarse —le digo.

Ryker se ríe.

Asher mira por encima del hombro.

—Esa gatita de plateado sí parece tener garras. ¿Crees que quisiera rascarme la espalda con ellas?

Pongo los ojos en blanco hacia mi hermano. Solo tiene tres años menos que yo, pero juro que a veces se comporta como un adolescente, sobre todo cuando se trata del sexo opuesto.

Las mujeres son como problemas matemáticos para él. Se interesa. Disfruta tratando de descifrarlas, averiguando qué fórmula se aplica a cada una —suele acostarse con ellas en el proceso— y luego, cuando obtiene la respuesta, las deja de lado y sigue adelante. Es decir, una vez resuelto un problema matemático, ya no hay nada más que hacer con él, salvo dejarlo y que otro lo intente.

He tratado de enderezarlo, por supuesto, pero Asher tiene su propia mente. Además, no es totalmente su culpa. Las mujeres se lanzan a él. Mi esperanza es que un día haya una mujer que no lo haga, alguien que sea lo suficientemente compleja como para que él no pueda descifrarla fácilmente y no se canse de intentarlo. ¿Hasta entonces?

—Compórtate —le recuerdo mientras doy un sorbo a mi whisky.

—No te preocupes, hermano mayor. Ya no me interesan tus prendas de segunda mano —contesta sonriendo.

No tengo ni idea de qué está hablando. Nunca le he entregado ninguna de mis cosas, excepto mi guitarra Montana Hummingbird, que me rogó que se la diera.

—Pero papá insiste en que sientes cabeza, ¿eh? —pregunta Asher.

Frunzo el ceño. No sé si lo de «insistir» es el término correcto. En realidad, me preocupaba que se negara a entregarme las riendas de la empresa a menos que me pusiera un anillo de bodas primero. Me alegro de que no haya sido así. Aun así, dejó muy claro que quiere un heredero de Hawthorne Holdings lo antes posible. Diablos, incluso me está poniendo mujeres en la cara, esperando que una de ellas me impresione lo suficiente como para que me case con ella y la deje embarazada.

Eso no sucederá. Cuando me case, cosa que francamente aún no tengo muchas ganas de hacer, será con la mujer de mi elección. Muchas cosas de mi vida ya se decidieron por mí cuando nací. Mis aficiones. Mis escuelas. Mi carrera. Mirando hacia atrás, yo soy el que tiene las cosas de segunda mano. No voy a dejar que otro elija a la madre de mi hijo, aunque ese hijo sea el heredero de la empresa familiar.

Y mi gusto es más particular que el de Asher. No me gusta cualquier mujer que bate sus pestañas frente a mí. Tampoco me gusta mucho una cara bonita, una cintura pequeña o un currículum impecable, aunque esos parecen ser los criterios de papá. Solo quiero a alguien que sea intensa, que pueda sentir las cosas profundamente, tomarse la vida en serio y que, sin embargo, sepa hacerme sonreír. Quiero a alguien fuerte e independiente, pero que esté dispuesta a bajar la guardia conmigo. ¿Es mucho pedir? Tal vez. Pero eso no significa que deba elegir a cualquiera para ser mi esposa. Al menos debería ser sensata, y preferentemente también inteligente, fuerte y cariñosa.

—Eso es injusto —dice Ryker sin apartar los ojos de su teléfono—. Los padres no deberían decirles a sus hijos qué hacer con sus vidas. Solo deberían brindarles las oportunidades para que puedan vivir.

Palabras sabias de mi hermanito. Por supuesto, ya no es un bebé (es casi tan alto como yo) pero una parte de mí siempre lo verá como aquel humano diminuto con pañales y calcetines azules que mamá trajo a casa desde el hospital cuando yo tenía seis años.

—Además... —Guarda su teléfono—. Está mal casarse con una mujer solo porque esperas que te dé un hijo que lleve tu apellido. No eres Enrique VIII. El matrimonio debería ser por amor, o al menos por respeto y confianza mutuos. Y el sexo debería ser algo que se hace no solo por un placer fugaz o por la procreación, sino porque quieres conectar más profundamente con alguien.

Exactamente. Yo no podría haberlo dicho mejor.

—Guau. —Incluso Asher parece impresionado—. ¿Es por eso no lo has hecho con nadie, hermanito?

Coge su copa llena y vacía su contenido antes de que yo pueda hacerlo.

Ryker frunce el ceño.

—Que no me acueste con tantas mujeres como tú no significa que no me haya acostado con ninguna.

Sonrío. Muy buena, Ryker.

—Adelante, entonces —responde Asher con calma—. Ahora eres el vicepresidente de adquisiciones, hermanito, así que dime cuántas mujeres has... adquirido.

—Las mujeres son seres humanos con corazón y alma, no rompecabezas ni trofeos —replica Ryker.

Eso tiene que doler.

—Lo dice el tipo que nunca ha tenido una —le responde Asher.

No creo que eso sea cierto, y sin embargo la frente de Ryker se frunce. Sus ojos marrones se afilan como estacas.

Conozco esa mirada. Puede que Ryker sea el más paciente de los tres, pero cuando su mecha se prende puede volverse nuclear.

—Muy bien, basta —Dejo mi copa y me interpongo entre ellos, colocando mis manos firmemente sobre sus hombros—. ¿Saben qué más es injusto? Que ustedes dos estén bebiendo solos y dejándome a mí entretener a los invitados y responder a las preguntas de los medios.

Esta también es la fiesta de ustedes. No soy el único que ha conseguido un ascenso.

—Pero tú eres el que ha ascendido a la cima —señala Asher—. ¿Por qué querrían hablar con el director financiero cuando pueden hablar con el director general?

—Tú eres el jefe —coincide Ryker—. Nosotros solo somos empleados.

Los rodeo con mis brazos.

—Entonces, como su jefe, les ordeno que abandonen este bar y...

Un golpe en el hombro interrumpe mi orden. Giro la cabeza y veo a mi padre de pie detrás de mí. ¿Qué quiere esta vez?

—¿Sí? —le pregunto.

—Hay alguien a quien tienes que conocer.

Ahí vamos otra vez.

—Y ustedes dos —les dice a Asher y Ryker—. Levanten sus traseros perezosos y pónganse a trabajar. Tienen que convencer a todos de que se han ganado esos títulos que les acaban de dar.

Asher hace un saludo militar.

—Sí, señor.

—De acuerdo, papá —responde Ryker mientras se pone en pie.

¿Así que a él le harán caso pero a mí no? Supongo que ya sé quién sigue mandando aquí.

Papá me da una palmadita en el hombro.

—Tú, ven conmigo.

Al igual que mis hermanos, que ya bajaron de sus taburetes, obedezco. Aliso los bordes de mi chaqueta de lana mientras sigo a mi padre por el jardín hacia la piscina. Veo a una veinteañera morena de pie cerca del borde, con la mirada perdida en el agua.

Lleva un vestido de encaje rosa de manga larga con un toque de negro en el cuello, en la delgada cintura y en el dobladillo de la falda, que le llega un poco más abajo de las rodillas. Calza unas sandalias blancas con un tacón puntiagudo que la sitúan en torno a los 1,70 metros. Es más baja que las mujeres con las que he salido, pero no me importa, sobre todo cuando gira la cabeza y me encuentro mirando unos impresionantes ojos ambarinos como orbes de fuego. Me transportan a las noches de verano alrededor de una hoguera y a las noches de invierno, cuando me sentaba en el sofá y me deleitaba con el confort del hogar. Esos ojos van acompañados de una nariz de botón y unos labios carnosos recubiertos de rojo rubí. Dejo caer mi mirada aún más, siguiendo la franja negra de encaje por la mitad de su pecho prominente. Cuando vuelvo a levantarla, ella aparta la mirada. Un rubor cubre sus mejillas mientras frunce los labios.

Frunzo el ceño.

Maldita sea, Ethan. ¿Podrías ser más obvio a la hora de examinar a una mujer?

Me gusta lo que veo, de acuerdo, pero eso no significa que vaya a arrodillarme y proponerle matrimonio o llevarla a mi cama. Bueno, esto último suena tentador, pero no voy a hacerlo solo porque mi padre lo sugiera. No voy a darle esa satisfacción.

—Esta es Stella Quinn. —Me la presenta papá—. Ha trabajado con algunos grandes nombres en el pasado. Un actor, un autor, un gobernador.

Ella tiene credenciales impresionantes. Por supuesto.

—Sabe cuatro idiomas diferentes, incluido el lenguaje de señas, es cinturón negro de karate y es muy buena con los ordenadores. O eso me han dicho.

¿Karate? ¿Con ese cuerpo tan pequeño y esos brazos y piernas tan delgados? Supongo que es más dura de lo que parece.

—Es cinturón marrón, en realidad —corrige Stella a mi padre—, mientras se coloca un mechón ondulado de pelo castaño capuchino detrás de la oreja, y de la que cuelga un pendiente de perla—. No he tenido tiempo de conseguir el negro.

—Está bien. —Mi padre le palmea el hombro—. Seguro que todavía puedes patear traseros.

Ella no responde.

—De todos modos, espero que los dos se lleven bien —continúa papá—. Puede ser un poco duro al principio, pero sé que los dos formarán un gran equipo.

Vaya. Esto es más que insistente. Esto es desesperado. Y decepcionante.

—¿Papá?

—Solo trata de ser amable con ella —continúa papá sin darme la oportunidad de hablar—. Dale tiempo para que se adapte. Y tú, querida, averigua lo que le gusta a Ethan, sus manías, lo que le molesta. Acomódate a sus necesidades tanto como puedas, anticipa sus estados de ánimo, sus movimientos. Aguanta cuando las cosas se pongan incómodas.

—¡Papá! —Levanto la voz.

Esto es demasiado. Me está tratando como a un niño de cinco años. No. Peor, en realidad. Me siento como si mi propio padre se me estuviera burlando. Es muy embarazoso.

—Pero debes saber cuándo hablar —continúa, con su atención completamente puesta en Stella—. No puedes dejar que se salga con la suya en todo. A veces, tú también tienes que tomar el asiento del conductor.

—Papá, no voy a tener sexo con ella, ¿vale? —Le suelto.

Finalmente, deja de hablar. Gira la cabeza para mirarme como si acabara de decir algo absurdo, y me doy cuenta de que sí, así que miro rápidamente a mi alrededor. Por suerte, nadie parece haber escuchado nuestra conversación.

Stella, obviamente, ha escuchado cada palabra. Sus mejillas están tan rojas que son casi del mismo tono que su labial y me mira con los ojos muy abiertos. Luego, su mirada baja hacia el piso mientras sus dedos juguetean con el dobladillo de sus mangas.

Mierda. La he avergonzado, ¿verdad? Y la he herido, probablemente.

—Espero que no —mi padre rompe el incómodo silencio que flota en el aire.

Lo miro con las cejas fruncidas. ¿Qué acaba de decir?

—De lo contrario, puede que los dos no puedan trabajar juntos —añade.

¿Trabajar juntos? ¿Qué tonterías dice mi viejo esta vez?

Aprieta el hombro de Stella.

—Stella va a ser tu asistente ejecutiva. Ya sabes, va a gestionar tu agenda, organizar tus reuniones, filtrar tus llamadas, preparar tus documentos, planificar tus viajes, llevar tus trajes a la tintorería, todas esas cosas que Roseanne solía hacer por mí.

Mis cejas se arquean.

—¿Por qué? ¿Qué pasó con Roseanne?

—Me preguntó si podía retirarse cuando yo dejara el cargo, y pensé que era lo correcto. De hecho, iba a proponérselo. Fue mi asistente durante muchos años. Ahora, Stella será la tuya. ¿Te parece bien?

Tengo ganas de darme una palmada en la frente. Ahora que todo tiene sentido, me siento aún más avergonzado. En lugar de eso, enderezo los hombros mientras me dirijo a Stella con una sonrisa.

—Perfecto —le digo—. Y espero que me perdones por el malentendido de antes.

Stella sacude la cabeza.

—No se preocupe, señor.

—Estoy deseando trabajar contigo. Estoy seguro de que podemos hacer un gran equipo y aprender mucho el uno del otro.

Ella le devuelve la sonrisa.

—Gracias.

Es una sonrisa vacilante, pero cálida, que resalta más los destellos dorados de sus ojos. Le ilumina todo el rostro.

Joder. Ahora que sé que no puedo acostarme con ella, me apetece aún más hacerlo, aunque solo sea para ver cómo se le ven los ojos cuando le brillan de lujuria, solo para saber qué tipo de sonrisa puede mostrarme cuando terminemos.

—Bueno, la dejo en tus manos. —Mi padre me palmea la espalda antes de alejarse.

Noto que los ojos de Stella lo siguen como si deseara que no nos hubiera dejado solos. De nuevo, juega con su manga.

—¿Quieres un trago? —Le pregunto.

Tal vez un trago la ayude a relajarse.

—No, gracias —responde Stella—. Todavía tengo trabajo que hacer después de esto.

—¿Qué trabajo? —pregunto con curiosidad.

—Cosas que leer. Archivos que organizar. También tengo que desempacar mis cosas. Acabo de mudarme desde Seattle.

—¿De verdad? Bueno, creo que te encantará estar aquí en Chicago.

Stella asiente.

—Ya me gusta.

—¿Qué te gusta comer? —le pregunto.

Ella se toca la nuca.

—Me gusta la comida asiática como a usted. Tailandesa. Vietnamita.

—Bien. Te daré una lista de mis restaurantes favoritos.

—En realidad ya la tengo. Cindy, su antigua asistente, me la dio.

Por supuesto que sí. De repente me pregunto por qué papá no ascendió a Cindy. Debe estar molesta. O no. Siempre se quejaba de no tener suficiente tiempo para salir en citas cuando pensaba que yo no la escuchaba. Tal vez Mark le dé más opciones.

—¿Qué dijo de mí? —Le pregunto a Stella.

Ella se encoge de hombros.

—Muchas cosas.

Ninguna de las cuales quiere contarme. Está bien.

—¿Alguna pregunta?

—Una docena —responde—. Ninguna que se me ocurra ahora mismo.

Asiento con la cabeza.

—Bueno, puedes preguntarme cualquier cosa.

—De acuerdo.

Pero tengo la sensación de que no va a hacerlo. Es más reservada que Cindy, quizá porque es más joven. Voy a echar un vistazo a su currículum más tarde, pero ya tengo la sensación de que es al menos siete años más joven que yo. O tal vez sea porque es nueva. O tal vez es solo su personalidad. No me parece alguien a quien le gusten las fiestas o las aventuras. No es que esos sean requisitos para una asistente ejecutiva.

Estoy seguro de que es muy capaz. Pero no estoy seguro de que esté preparada para este trabajo. De hecho, ni siquiera estoy seguro de estar preparado para mi trabajo. Sé que voy a estar bajo mucho estrés, parte del cual acabaré descargándolo en ella. Si me tiene miedo ahora, podría huir entonces. Si se ve intimidada ahora, podría estar abrumada entonces.

¿Podrá Stella aguantar? ¿O se va a largar la primera que las cosas se vayan al infierno? Porque estoy bastante seguro de que lo harán.

~

—¡Joder!

Reúno toda mi frustración en esa única obscenidad y la suelto mientras paso el brazo por mi sección de la mesa de conferencias. Las hojas de papel salen volando por la habitación. No contento, golpeo con los puños el cristal. Mis hombros se agitan mientras intento recuperar el aliento.

Ese hijo de puta. ¿Cree que porque mi padre ya no es el director general puede hacer lo que quiera?

Cuando se abre la puerta de la habitación, levanto la cabeza. Un hombre, alguien del personal de limpieza a juzgar por su camisa gris, se asoma. Ve el desorden en el suelo y jadea. Su mandíbula sigue abierta cuando su mirada choca con la mía.

—¿Qué estás mirando? —le digo con brusquedad.

Se rasca la nuca y mira hacia otro lado.

—Lo siento, señor. Yo...

—¿Nadie te ha enseñado a llamar a la puerta?

—Sí, señor. Es que... no quería entrar, señor. Solo pasaba por aquí y oí un ruido, así que pensé...

—¡Fuera!

Sale corriendo por la puerta, dejándola abierta. Me hundo en mi silla y suelto un suspiro. A medida que mi temperamento se va apagando, siento que el cansancio se apodera de mí.

Debería decirle a Stella que reduzca el número de mis reuniones y citas. Sé que acabo de empezar como director general y que tengo un montón de expectativas que cumplir, pero a este ritmo voy a arder antes de conseguir nada.

Unos segundos después, entra en la habitación. Sus ojos se cruzan brevemente con los míos, pero no dice nada. Se arrodilla sobre la alfombra y empieza a recoger las hojas de papel.

La observo, mientras me pregunto qué pensamientos estarán rondando dentro de su cabeza. He podido leer su expediente, así que ahora sé un poco más sobre ella. Es diez años más joven que yo, no tiene hermanos y su primer trabajo fue en una biblioteca. Aun así, sigo sintiendo que no la conozco.

Golpeo con los dedos sobre la mesa.

—¿No deberías haberte ido ya?

—Tenía que terminar algunas cosas —responde Stella sin levantar la vista.

Ya lo creo. Está tan ocupada como yo, quizá más. Estos últimos días parece estar siempre al teléfono o escribiendo en su portátil, a veces las dos cosas a la vez. Y sin embargo, nunca la he visto frenética o agotada. Su escritorio está siempre ordenado. Cada mechón de su pelo está en su sitio. Sus hombros están siempre rectos. Incluso la he sorprendido sonriendo varias veces. Y yo que pensaba que ya se habría ido, o que al menos habría roto a llorar unas cuantas veces.

Odio decirlo, pero a ella le va mejor en su nuevo trabajo que a mí en el mío.

—¿Cómo lo haces? —le pregunto—. ¿Hacer tanto sin quejarte?

—Quejarse no va a facilitar las cosas, ¿verdad? —dice ella—. Lo mismo que gritar a la gente que no ha hecho nada malo.

¿Ella escuchó eso?

—Entró en la habitación sin llamar. Sabes que eso no está permitido.

—La luz roja estaba apagada —señala ella—. Eso indica que no hay ninguna reunión en curso. Además, Jim estaba preocupado. Ese ruido era realmente fuerte.

—¿Jim?

Stella levanta la vista.

—He memorizado los nombres de la mayoría de los empleados de esta planta. Creo que es importante saber con quién se trabaja, incluso con los que limpian los baños y vacían la basura.

No puedo decir que me haya molestado. De hecho, Stella es la única empleada de esta planta que puedo nombrar.

Me inclino hacia delante y apoyo los brazos en la mesa.

—Crees que soy un jefe horrible, ¿no?

—No —responde ella—. Pero creo que está perdiendo de vista lo que es importante. Ahora usted es el líder de esta compañía. Está ocupado tratando de ganarte las alabanzas de unas cuantas personas a las que no les interesa esta empresa, mientras que debería estar ganándose el respeto de las personas a las que sí le importa. Su gente.

—¿Qué quieres que haga? ¿Aumentar el sueldo a todo el mundo? ¿Unas vacaciones mensuales? ¿Ir a cada planta a saludar a todos cada mañana?

—Solo trate de no parecer que está de mal humor todo el tiempo. Y no grite.

—¿Parece que estoy constantemente de mal humor? No era consciente de ello.

—Y no tenga miedo de entablar una pequeña charla, aunque sea en el ascensor o en el pasillo. Aunque sea solo unas pocas frases.

—¿Así que crees que debería ser más amable? —pregunto.

—Creo que no debería ser demasiado serio —responde Stella—. Tal vez si no se presionara tanto, no sentiría la necesidad de... descomprimirse tan a menudo.

Vaya. No sabía que tuviera ideas tan interesantes.

—Y no deje que idiotas como Cripshaw le afecten —añade—. Usted sabe más de negocios que él, así que si no quiere seguir adelante con el acuerdo que firmó con su padre, él se lo pierde. Dígaselo.

Sonrío. Es una idea con la que definitivamente puedo estar de acuerdo.

Stella es increíble. Solo con señalar algunas cosas, me ha hecho sentir mejor. Ya no estoy exasperado. O agotado. Me levanto de la silla y la ayudo a recoger el resto de los papeles.

—Entonces, ¿te has instalado en tu nuevo apartamento? —le pregunto.

Parece desconcertada por el cambio de tema.

—Una pequeña charla —le explico—. Dijiste que debía hacerlo. Pensé en empezar contigo.

—Oh.

Intenta ponerse de pie, así que la ayudo a pararse antes de entregarle los otros papeles. Ella los abraza contra su pecho.

—No he desempacado todo, en realidad —dice—. Y todavía necesito algunas cosas más, pero sí, empieza a sentirse como mi casa.

—¿Qué te parece Chicago?

—Más seco —responde con una risa.

Sonrío.

Stella se calla y frunce los labios. Me doy cuenta de que ha vuelto a ser tímida. Espero que con el tiempo lo sea menos.

—Ve a casa y descansa un poco —le digo—. Todavía nos queda un día más antes de dar por terminada la semana.

—Sí, señor —Se da la vuelta.

—Ah, y tal vez hacer un máximo de tres reuniones al día a partir de la próxima semana —sugiero—. Como dijiste. Menos presión.

Stella asiente.

—De acuerdo.

—Buenas noches.

—Buenas noches.

Me dedica una última sonrisa por encima del hombro antes de marcharse. Yo también sonrío mientras cruzo los brazos sobre el pecho.

Y me duele. Nunca una mujer me había dicho lo que debía hacer como lo hizo Stella. Y está ardiente. Solo quiero arrastrarla hasta aquí, empujarla encima de esta mesa, dejar que me diga todo lo que quiere que haga con ella, hacerlo, y luego enterrarme dentro de ella hasta que no me quede nada.

Pero no.

Por muy increíble que sea Stella, es mi asistente, mi empleada. Quizás mi funcionaria más valiosa en este momento. No puedo jugar con eso. No puedo romper las reglas y poner en peligro nuestras carreras.

Es tentador, pero no puedo. Así que envolveré este deseo en un bonito paquete y lo lanzaré dentro de un pozo al fondo de mi mente donde espero que acabe enterrado y se desintegre en la nada.

Yo soy el jefe y Stella es mi empleada de confianza. Eso es todo lo que hay entre nosotros.

Eso es todo lo que habrá siempre.

CAPÍTULO UNO

Stella

Dos años después

—¡No! —grito después de pasar la página del libro que estoy leyendo para encontrar la siguiente en blanco, excepto por la palabra Continuará...

Por un momento, me quedo mirando el papel con los ojos y la boca abiertos, una parte de mí esperando que aparezcan más palabras por arte de magia, como los detalles de una foto Polaroid expuesta a la luz y al aire. Cuando no lo hacen, acepto mi derrota con un suspiro. Cierro el libro y lo abrazo contra mi pecho mientras me hundo en el montón de almohadas de mi cama.

No puedo creer que el autor haya terminado el libro así, con la revelación de un secreto impactante que nunca vi venir y que ahora lo cambia todo. Ni siquiera sé cómo van a acabar los protagonistas juntos ahora, y se me romperá el corazón si no lo hacen. Es tan mezquino. Y sin embargo, tengo que admitir que también es pura genialidad. Es como cuando estás viendo una película y odias al villano, pero luego también estás maravillado con el actor porque ha interpretado tan bien su papel que te ha hecho odiarlo tanto. De esta manera, definitivamente voy a comprar el próximo libro cuando salga. De hecho, estoy deseando devorarlo.

¿Cuándo saldrá? Me conecto a mi portátil para comprobarlo. ¿El año que viene? ¿Tengo que esperar tanto? Esto es una tortura.

Me permito dejar que mi frustración se cocine a fuego lento durante un minuto. Si tuviera a alguien con quien hablar de este libro, probablemente me sentiría mejor más rápido, pero no lo tengo. Es triste, de verdad. Lo único más triste que terminar un libro es no tener a nadie con quien discutirlo. Para eso se inventaron los clubes de lectura. ¿Pero qué puedo hacer? Dejé a mis pocos amigos en Seattle y no he hecho ninguno nuevo. Bueno, hay algunas personas de la empresa con las que almuerzo, pero no he tenido la oportunidad de salir con ellas después del trabajo. Mejor dicho, no he tenido tiempo. Normalmente tengo que quedarme en la oficina hasta altas horas de la noche. Incluso cuando no lo hago, estoy al teléfono o al ordenador o al lado de Ethan casi cada minuto del día, intentando estar al tanto de todo sin perder la cordura ni la compostura. Cuando llego a casa, estoy tan agotada que me voy directamente a la cama. Excepto los viernes por la noche, como hoy. Saber que tengo dos días para descansar me da un impulso extra de energía para poder quedarme despierta y leer un libro. Lástima que haya terminado este antes de las diez.

Mientras coloco el libro en la mesita de noche, mis ojos se posan en la foto familiar del marco rojo: mi padre, mi madre y yo después de haber interpretado a un hada en una obra de teatro del colegio. Días felices.

Recojo el marco y lo pongo sobre mi regazo.

Los echo de menos. Al crecer, sabía que los perdería a una edad temprana, pues ya eran mayores cuando me tuvieron. Mi madre tenía treinta y siete años, mi padre cuarenta y dos. Ellos también lo sabían, así que hicieron todo lo posible para prepararme, para asegurarse de que pudiera valerme por mí misma cuando sucediera. Podía hacerlo. Lo hice. Pero no estaba lista.

Desearía que todavía estuvieran aquí. Ojalá pudiera volver a oír la risa de mi padre, nunca olvidaré cómo se escuchaba. Le encantaba hacer chistes y siempre era el primero en reírse de ellos. Me gustaría poder tener más de la cocina de mi madre. Le gustaba la repostería: tartas, pasta, albóndigas. Me las traía a mi habitación cuando tenía que quedarme estudiando hasta tarde o cuando sabía que había tenido un mal día. Más que nada, me gustaría que siguieran aquí para poder hablar con ellos, para poder contarles todo sobre el trabajo y escuchar sus consejos y aliento, o simplemente hablar con ellos de cualquier cosa y no sentirme tan sola en noches como esta.

Sé que estoy sola, y la mayor parte del tiempo, estoy bien. Pero hay algo en el silencio y las sombras de la noche que convierte mi soledad en un cuchillo afilado que me apuñala en las tripas.

Vuelvo a colocar el cuadro en la mesita de noche con un nudo en la garganta. Entonces veo el diario encuadernado en cuero. Mi diario.

Llevo uno desde que era una niña. No escribo en él todos los días, normalmente solo cuando tengo ideas sobre las que quiero reflexionar, experiencias que quiero recordar, pensamientos que necesito procesar o emociones que preciso poner en palabras para poder darles sentido y tomar el control de ellas. Como ahora.

Cojo el diario, le quito la correa y encuentro una página en blanco. Luego tomo el bolígrafo de mi cajón y empiezo a escribir.

En noches como esta, es difícil respirar a través del aire de soledad que llena mi oscura habitación. Es casi como niebla o humo.

En noches como esta, desearía estar en cualquier otro lugar que no fuera mi apartamento. Tal vez en una ciudad costera griega, o en París, o en un encantador pueblo escocés.

En noches como esta, desearía tener a alguien. Alguien que me rodeara con sus brazos y me dijera que todo estará bien.

Quisiera tener a alguien que pudiera decir que es mío. Un niño. Un hijo o una hija a quien llevar en brazos y apretar contra mi corazón, de quien su frente pueda besar, con cuyos diminutos dedos pueda envolver uno de los míos. No estoy segura de que vaya a ser una buena madre, pero sé que voy a amar a la personita que salga de mi cuerpo como nunca he amado antes. Juntos, conquistaremos el mundo.

Y quizá también un hombre que me pertenezca. Un amante que me haga compañía en mi cama. Un buen hombre que mantenga las sombras a raya hasta la mañana, que me toque de todas las formas mágicas en que una mujer desea ser tocada. Que me inmovilice las manos por encima de la cabeza y exija mi rendición con su boca, reclamando mis labios y adorando mis pechos. Con sus dedos, hará que me derrita, pulsando el botón secreto que transforma mi excitación en éxtasis.

Dejo de escribir cuando el calor fluye desde las yemas de los dedos de mis manos hasta los dedos de los pies, convirtiéndose en dolor cuando llena mis pechos y luego avanza poco a poco hasta instalarse entre mis piernas. No puedo ignorarlo.

Dejo la pluma y el diario. Luego cierro los ojos y me recuesto.

Levanto el dobladillo de mi camisola hasta las axilas. Lo atrapo entre los dientes antes de empujar mi ropa interior hasta las rodillas.

Levanto las rodillas y deslizo la mano entre las piernas. Mis dedos buscan mi punto débil y lo encuentran en cuestión de segundos. Mientras lo acaricio, me toco el pecho con la otra mano. Pellizco suavemente el pezón y empiezo a frotarlo.

Con las manos ya ubicadas, dejo volar mi imaginación. Nunca he tenido sexo. Nunca he tenido tiempo para el romance, salvo aquel que tuve en la secundaria que, por suerte, no llegó a ser físico, porque ese tipo era un imbécil. Así que simplemente conjuro los actos sexuales que recuerdo de los libros que he leído, fingiendo que soy la heroína. Pienso en el libro que acabo de leer, en la escena del huerto. Imagino que estoy tumbada sobre mi capa en la hierba, el héroe encima de mí con sus ojos de ébano mirándome.

Se supone que es pelirrojo, como todos los miembros de su familia, y que tiene una cicatriz en la mejilla, pero no consigo imaginar su rostro. Siento que mi deseo se desvanece.

No. Piensa en un hombre. Cualquier hombre. Cualquier hombre con ojos penetrantes y una estructura facial que a cualquier artista le encantaría capturar. Un hombre con un cuerpo en perfecta forma envuelto en un traje, que exuda testosterona y poder.

De repente, me viene a la mente Ethan. Sus ojos negros como el carbón. Su pelo azabache. Su línea de la mandíbula a la que nunca cubre la barba y que parece especialmente definida cuando se le mira de lado o cuando está pensando y tiene las manos apoyando la barbilla. Sus finos labios que apenas sonríen pero que, cuando lo hacen, resaltan las adorables líneas de sus ojos.

Me besa con esos labios. Coloco mis manos en sus mejillas y tiro de su cara hacia abajo. Me agarra de las muñecas y las sujeta por encima de mi cabeza mientras su lengua somete a la mía. Sus dedos me acarician el pezón y el clítoris mismo tiempo y los gemidos salen de mi garganta, solo para ser amortiguados por su hábil boca.

Esa boca desciende sobre mi pecho y el calor se extiende por mi espalda. Su mano se mueve más rápido, rasgando mi cuerpo como un guitarrista que hace magia con sus cuerdas. Estoy empapada. Respiro entrecortadamente. Mis caderas se levantan de la cama y los dedos de los pies se retuercen en el colchón.

Llega la ola de placer. Me hace temblar todo el cuerpo y me deja sin aliento. Echo la cabeza hacia atrás y suelto un grito mientras saboreo la altura de esa ola. Cuando pasa, dejo caer las caderas y enderezo las piernas. Me tomo un momento para recuperar el aliento antes de volver a acomodarme la ropa. Luego apoyo las manos en mi pecho mientras miro al techo.

Cuando mi mente se aclara, la consternación y el remordimiento me devuelven a la realidad.

¿Qué demonios, Stella? ¿Masturbándote con tu jefe? No está bien.

Me doy una palmada en la frente. Sé que me sentía sola, pero eso no es excusa para hacer lo que acabo de hacer. Ethan es mi jefe. Claro, puede que sea el jefe más sexy del mundo, y mentiría si dijera que no lo encuentro atractivo. De hecho, he estado enamorada de él durante los últimos dos años, desde el momento en que vi su foto en la página web de la empresa justo después de ser contratada. ¿Y cuando nos conocimos en la piscina de la casa de su padre? Mis rodillas se debilitaron tanto que casi me caí al agua.

Pero es mi jefe. Es el director general de una empresa que está en la lista Fortune 500 y uno de los hombres más ricos del país, y yo solo soy una asistente que ni siquiera puede permitirse viajar. Puede que esté siempre a su lado, pero somos mundos aparte. Luego están las reglas, por supuesto. Como jefe y empleado, hay una línea entre nosotros que no se puede cruzar en absoluto. No hay manera de que tengamos sexo.

Tendré que conformarme con llevarle el café, responder a sus llamadas y poner papeles sobre su mesa. Y las charlas que a veces tenemos después del trabajo.

La verdad es que las espero con impaciencia. Son mi parte favorita de la semana, la razón por la que suelo quedarme en la oficina incluso después de que los demás se hayan ido a casa. Las conversaciones jamás duran más de cinco minutos y nunca hablamos de nada importante, pero en esos cinco minutos parecemos amigos en lugar de jefe y asistente.

Sé que eso es lo máximo a lo que puedo aspirar, y últimamente ni siquiera lo consigo. Quizá por eso he empezado a fantasear con él. Tal vez solo lo extraño. Ha estado tan ocupado con la más reciente y mayor adquisición de la empresa, una firma financiera de Suiza, que ha estado asistiendo a más reuniones y quedándose en la oficina más tarde que nunca. Creo que a veces duerme allí. Incluso irá pronto a Suiza para ultimar algunos detalles.

~

Una idea repentina detiene mis pensamientos. Hablando de Suiza, ¿no tenía que enviar al sastre fondos adicionales para que termine los trajes de Ethan?

Mierda. He estado intentando planificar tantas cosas para su viaje que ese pequeño e importante detalle se me ha olvidado. Pero voy a arreglarlo ahora.

Me lavo y me visto lo más rápido que puedo, luego recojo las cosas que están encima de la cama y las meto en el bolso mientras salgo corriendo por la puerta.

Con suerte, puedo arreglar esta metida de pata antes de que Ethan se dé cuenta.

~

—Gracias a Dios. —Dejo escapar un suspiro de alivio tras colgar el teléfono.

He conseguido ponerme en contacto con el sastre en Suiza. Menos mal que ya estaba despierto. Acabo de enviarle el pago desde el monedero digital instalado en el ordenador de mi oficina y le he instruido que entregue los trajes en el hotel en cuanto los termine. En resumen, he conseguido evitar un desastre. Ahora, Ethan tiene todo listo para ir a Suiza.

Y yo puedo volver a casa.

Miro la puerta de su despacho mientras recojo mis cosas. Puedo ver la luz que sale debajo de ella, así que sé que todavía está dentro. Debo llegar a casa antes de que se dé cuenta de que estoy aquí y...

Mi respiración se agita al ver el diario encuadernado en cuero dentro de mi bolso. ¿Qué?

Lo cojo y hojeo las páginas para asegurarme de que es lo que creo que es. Sí, es mi diario. Debo de haberlo metido accidentalmente en el bolso junto con mis otras cosas mientras entraba en pánico por mi error.

Oh, Stella, puedes ser tan estúpida a veces.

Estoy a punto de volver a meterlo en el bolso, pero se abre la puerta del despacho de Ethan y vuelvo a entrar en pánico. Me levanto tan bruscamente que el bolso que tengo sobre el regazo se cae. Antes de que pueda recogerlo, me doy cuenta de que aún tengo en la mano mi diario, que definitivamente no quiero que Ethan vea, así que lo escondo rápidamente bajo unas hojas de papel en mi escritorio.

—¿Estás bien? —pregunta Ethan al acercarse.

—Sí —respondo mientras recojo mi bolso y su contenido desparramado. Luego me pongo de pie y lo miro con una sonrisa—. Todo está bien.

Ethan no parece convencido. Me mira con una expresión de desconcierto y me doy cuenta de que me veo un desastre. No me até el pelo antes de salir de casa y cae sobre mis hombros con más de un mechón fuera de su lugar. Y lo que llevo puesto es mucho más informal que mi ropa habitual de oficina: unos pantalones anchos caqui y una blusa blanca lisa. Mierda. ¿Por qué tenía que verme así? Acabo de arruinar la imagen de mujer eficiente, fría, tranquila y con todo bajo control que tanto me he esforzado en crear.

—¿No vestías otra cosa antes? —pregunta Ethan.

Sí. Algo más bonito.

—Sí —asiento mientras me acomodo un mechón de pelo detrás de la oreja—. Ya me fui a casa, me cambié y estaba todo preparado para disfrutar de mi fin de semana, pero de repente me acordé de algo que tenía que hacer.

—¿No podía esperar hasta el lunes?

—La verdad es que no. Y no quería preocuparme por ello durante el fin de semana, así que... —Tomo aire—. De todos modos, ya está hecho. No hay de qué preocuparse. Puedo ir a disfrutar del fin de semana.

Ethan asiente.

—Disfrútalo.

—¿Y usted? —le pregunto.

Sé que me acaba de dar la señal para que me retire, pero una parte de mí no puede evitar querer alargar esta conversación, aunque sea un poco más, sobre todo teniendo en cuenta que es la primera vez que me habla en días.

—¿Dormirá en su oficina otra vez?

—No. No creo que lo haga. —Se toca el cuello— Echo de menos mi cama.

De repente tengo una imagen de él entre sábanas negras, completamente desnudo y con un enorme bulto asomando por la seda. Me deshago de ella. Una cosa es imaginarlo mientras estoy en mi apartamento. Otra cosa es hacerlo cuando está delante de mí.

—Bueno, usted también necesita descansar —le digo— Sé que está estresado por esta adquisición de Suiza, pero necesita estar en perfecto estado de salud para poder seguir al frente.

—Lo sé. Gracias.

Sonríe y mis rodillas se debilitan. ¿Por qué parece tener un efecto más fuerte en mí que de costumbre? ¿Es por lo que llevo puesto? ¿Por lo que estaba haciendo antes?

—De nada. Y debería irme. —Trago saliva.

Antes de perder completamente el control y cometer otro estúpido error.

—Buenas noches.

—Buenas noches —dice Ethan— Y cuídate.

Asiento con la cabeza y me voy. En cierta forma, es más difícil que de costumbre, especialmente porque puedo sentir que me observa. Siento su fuerza magnética y quisiera sucumbir a ella, darme la vuelta y lanzarme hacia él haciendo realidad mi fantasía en lugar de volver a mi apartamento vacío y solitario. Además, me doy cuenta de que necesita un descanso, y ahora mismo no hay nadie aquí, así que podríamos hacer lo que quisiéramos y ninguno lo sabría. Sería nuestro pequeño y sucio secreto.

La sola idea es suficiente para que se me calienten las mejillas, y me alegro de que Ethan no pueda verme la cara. Sigo caminando, recordando a cada paso que Ethan es mi jefe.

No más errores por hoy, Stella.

CAPÍTULO DOS

Ethan

Es extraño, pienso mientras veo a Stella desaparecer tras las puertas del ascensor. Siento que la mujer con la que acabo de hablar es completamente diferente a aquella con quien he estado trabajando estrechamente durante los últimos dos años.

No es solo porque Stella tenga un aspecto diferente. Solo la he visto con vestidos conservadores o blusas de seda de colores y faldas ajustadas, pero esta noche llevaba pantalones y un top blanco que parecía colgarle de los hombros. El botón superior estaba desabrochado y, aunque su escote permanecía oculto, podía ver su sujetador negro a través de la fina tela. De hecho, tuve que evitar mirarlo. Luego está su pelo. Aparte de la primera vez que la conocí, siempre la he visto con su melena capuchina peinada hacia atrás y atada, lo cual es bastante atractivo, pero nada comparado con cuando lleva el pelo suelto. Hay algo sensual en una mujer cuyos mechones brillantes caen libremente por los hombros, como si me invitaran a pasar los dedos por ellos. Estuve a punto de hacerlo. Quería desordenarlos aún más.

Esa es la cuestión. Esta noche, Stella era un desastre. Bueno, en realidad no era un desastre, pero no parecía tan organizada o serena como suele ser. Me hizo dar cuenta de lo mucho que ha estado trabajando. Sé que labura duro, pero ¿pasar por el problema de hacerlo parecer fácil? No le doy suficiente crédito.

Ahora la admiro aún más, pero al mismo tiempo, quiero ver más de este lado de ella. Esta Stella desprevenida, inocente y desorientada. Quiero desorganizarla aún más y luego abrazarla y decirle que todo estará bien. Quiero ser quien recoja sus pedazos dispersos y los ponga en su sitio. Quiero mimarla y protegerla.

La deseo. Siempre lo he hecho, pero esto es diferente. La deseo tanto que siento mi pecho como una tonelada de acero.

Pero nada ha cambiado. Stella sigue siendo mi asistente y yo sigo siendo su jefe. Puede que la línea entre nosotros se haya atenuado antes, pero está ahí y todavía no puedo cruzarla, aunque Dios sabe que he tenido que reunir cada gramo de autocontrol que tenía en mí para no hacerlo.

Joder.

Golpeo las palmas de las manos sobre el escritorio con frustración. El porta bolígrafos y el bloc de notas adhesivas rebotan. La pila de papeles se abre en abanico.

Al acomodarlo, me fijo en el cuaderno forrado en piel que se esconde debajo y me pica la curiosidad. ¿Qué es esto? ¿Su propia agenda? ¿Un directorio telefónico? O tal vez sea su colección personal de axiomas y citas inspiradoras que la ayudan a superar cada día. Mi abuela solía tener una. Sea lo que sea, no puede ser tan privado si Stella lo dejó en su escritorio. Voy a echar un vistazo.

Abro el libro en una página al azar y lo encuentro lleno de líneas escritas a mano. Leo.

«No puedo dormirme. Estoy agradecida por estar viva, por tener un trabajo y un techo, pero no puedo evitar sentir que no es suficiente. Me siento tan sola».

Me detengo. Vaya. Eso es privado.

Cierro el cuaderno y escudriño la portada. ¿Es el diario de Stella?

Sé que lo es. Sé que esas líneas eran de su puño y letra. También sé que no está bien leer el diario de otra persona. Debería dejar esto sin leer más. Debería devolverlo donde lo encontré. Pero no lo hago. No puedo.

Esas palabras que acabo de leer eran como una puerta a un mundo completamente nuevo: el mundo de los pensamientos de Stella. Si esta noche he visto a Stella fuera de su elemento habitual, sin todos sus muros levantados, este diario es Stella al desnudo. La verdadera Stella. Solo con esas pocas líneas, he podido verla.

Nunca supe que se sentía sola. Sé que no tenía amigos cuando empezó a trabajar porque acababa de mudarse desde Seattle, pero ya han pasado dos años. Me la imaginaba divirtiéndose con amigos los fines de semana, viendo una película por la noche, yendo a un spa de 24 horas o a un bar. No pensé que pasara los fines de semana en solitario o que se sintiera tan sola que tuviera problemas para dormir.

Quiero saber más.

Me siento en su silla y leo el diario empezando por la primera entrada.

«Hoy ha sido mi primer día de trabajo. La tarea es tan dura como pensaba, pero no me voy a quebrar. Voy a dar lo mejor de mí. Mi atractivo jefe cuenta conmigo, después de todo. Tiene unos ojos negros intensos y un pelo castaño oscuro perfecto, verdaderamente oscuro. Y no me hagas hablar de cómo se ve su cuerpo, especialmente en traje. Ya sabes que me gustan los hombres con terno, pero te juro que ninguno puede llevar un traje como Ethan Hawthorne».

Sonrío. Así que cree que soy atractivo, ¿no? La he pillado mirándome en varias ocasiones. Ahora sé por qué.

Sigo leyendo. Algunas de las entradas son solo divagaciones. Otras son solo una línea, como que está cansada del trabajo o que tiene antojo de helado. Y sorprendentemente, algunas son sobre mí.

«No creo que Ethan lo sepa, pero está exagerando en su nuevo trabajo. Trabaja más duro que nadie en este edificio. Y su cabeza está llena de ideas brillantes. Sabe lo que quiere y lo hace realidad. Estoy orgullosa de llamarlo mi jefe.

»Ethan es tan serio. Me gustaría que sonriera más. Pero también me gusta su expresión seria. Creo que se ve más guapo cuando frunce el ceño o cuando está sumido en sus pensamientos.

»Ethan y yo hemos tomado el hábito de charlar unos minutos después del trabajo. Me hace ilusión, pero me agradaría que pudiéramos tener conversaciones de verdad. Quisiera que se abriera más a mí».

Es gracioso. Me he sentido de la misma manera.

«Ethan está fuera en un viaje de negocios. Está en Berlín. Ojalá me hubiera llevado con él».

Mis cejas se arquean. ¿Stella quería ir? Nunca lo supe. Siempre he pensado que cuando estoy de viaje por negocios, Stella tiene menos trabajo, así que puede relajarse y volver a casa antes. Pensé que dejarla aquí, le permitía descansar. Nunca se me ocurrió que ella sería más feliz yendo conmigo. Definitivamente nunca lo mencionó.

Hay otras cosas que tampoco nombró.

«Echo de menos a mamá y a papá. No me importaría volver a ser una niña si eso significara que puedo tenerlos de vuelta.

»Odio los tacos. Son imposibles de comer.

»Me gustaría tener más dinero en mi cuenta bancaria para poder empezar a planear ese viaje por Europa. Me pregunto si es demasiado pronto para pedir un aumento de sueldo.

»Hoy me he dado cuenta de lo que quiero ser por encima de todo: madre».

Esto último me agarra por sorpresa incluso más que el resto. La había catalogado como una mujer de carrera, alguien que acabaría ocupando otro puesto en el mundo de las corporaciones y empezaría a subir, hasta convertirse tal vez en una ejecutiva de alto rango que se sentaría a mi lado en las reuniones importantes, no detrás de mí tomando notas. Me la imagino sentada detrás de un escritorio, siendo la que da las órdenes. No la visualizo empujando un cochecito de bebé por el parque.

Pero no tengo nada en contra de la idea de que sea madre. En todo caso, lo que me cuesta aceptar es el hecho de que algún día pueda casarse, quedar embarazada y marcharse. Supongo que esperaba que se permaneciera soltera y se mantuviera mi lado como Roseanne hizo con mi padre.

Sigo leyendo, preguntándome qué otros secretos tenía Stella ocultos entre las páginas. Tengo la sensación de que hay más, pero no me esperaba lo que descubro a continuación.

«Quiero tener sexo. Quiero saber qué se siente tener un hombre dentro de mí.

»Cuando tenga sexo, quiero que sea algo rudo. Quiero experimentarlo plenamente. Quiero perder la cabeza.

»Me pregunto qué se siente al tener sexo con los ojos vendados o frente a un espejo».

Se me hace un nudo en la garganta. Para alguien tan tímida, Stella de seguro tiene algunas fantasías sexuales salvajes. Me está excitando.

Y hay más.

«Me inmovilizará las manos por encima de la cabeza y exigirá mi rendición con su boca, reclamando mis labios y adorando mis pechos. Con sus dedos, hará que me derrita, pulsando el botón secreto que transforma mi excitación en éxtasis».

Esa es la última línea de su entrada más reciente, lo cual es bueno porque no creo que pueda leer más. A pesar del aire acondicionado de la habitación, estoy sudando. Y estoy excitado.

Si no hubiera deseado ya tanto a Stella, lo haría ahora. Tengo ganas de ir a su apartamento y enseñarle lo que es el sexo. Durante todo el fin de semana.

Pero mi conciencia no se calla. Es como una alarma que suena en mi cabeza, diciéndome una y otra vez que soy el jefe de Stella y que debo actuar como tal, recordándome todas las cosas que podrían salir mal si dejo que mi miembro tome las decisiones por mí.

No. La respuesta sigue siendo no.

Cierro el diario y lo vuelvo a poner donde lo encontré, escondiéndolo bien para que nadie más lo haga. Casi desearía no haberlo leído. Ahora sentiría menos dolor. Por otra parte, si no hubiera leído el diario de Stella, seguiría sin saber nada de ella.

Me alegro de conocer más sobre ella ahora. Juro que voy a tratarla mejor.

Pero primero tengo que distraerme con el trabajo para que mi «no tan pequeño problema» desaparezca. Luego me voy a tomar aquellas copas de medianoche con mis hermanos y a emborracharme.

~

—Otro —le digo al camarero después de dejar mi vaso de whisky vacío por cuarta vez. Él lo rellena de la botella en cuestión de segundos.

—Lo mismo aquí —dice Ryker—, señalando su vaso vacío de gin tonic.

—Parece que los dos lo están pasando mal —comenta Asher mientras da un sorbo a su Martini—. Es esa adquisición suiza, ¿no?

—La cuestión es: ¿por qué tú no estás ansioso? —le pregunta Ryker.

—¿O has olvidado que si esta compra no sale adelante, será un perjuicio para toda la empresa?

—Lo sé, pero de ser así será peor para ustedes dos —dice Asher.

Ryker frunce el ceño.

—Quizá deberíamos dejarlo aquí cuando vayamos a Suiza —digo—. ¿Qué opinas, Ryker?

—¡Oye! —se queja Asher— No es justo. Ya he hecho planes para Suiza.

Ryker levanta una ceja.

—¿Planes?

—He oído que las chicas suizas son preciosas.

Ryker pone los ojos en blanco. Sé lo que está pensando: que algunas cosas nunca cambian.

—Nos vamos a Suiza por trabajo, lo sabes —Le recuerdo a Asher—. ¿Tengo que decirte que tienes que comportarte lo mejor posible?

—Oh, siempre me porto bien con las mujeres —responde.

Le dirijo una mirada severa.

—Asher.

—Oh, no te pongas nervioso. —Hace un gesto con la mano—. No voy a hacer nada que empañe nuestra querida empresa ni que estropee nuestros negocios en Suiza.

Me gustaría creerlo, pero es difícil cuando ya se vio envuelto en un escándalo una vez.

Asher levanta la mano.

—Lo prometo.

Parece bastante sincero.

—Te haré cumplir esa promesa —le digo.

—Eres un aguafiestas, ¿lo sabías? —Él suspira—. Sé que eres director general y todo eso, pero no tienes que ser tan serio todo el tiempo. Te estás contagiando de Ryker. O él te está contagiando a ti, no sé cuál de los dos.

—¡Oye! —Ryker se ofende—. Sé cómo divertirme.

—¿Y yo no? —les pregunto a ambos con un poco más de irritación de lo que pretendía.

Ryker no responde. Asher intenta no reírse, pero acaba haciéndolo igualmente.

—Yo también sé divertirme —digo a la defensiva.

—Dime, entonces —dice Asher— ¿Qué has estado haciendo los fines de semana?

—Beber con ustedes dos —respondo—. Por cierto, esta noche te toca pagar las copas.

—Ya estoy advertido, y ya he previsto que los dos van a beber más de lo habitual por eso, ya hice el cálculo del coste.

Por supuesto que lo ha hecho.

—De todos modos, esta rutina no cuenta. ¿Qué más haces los fines de semana?

—Manejar bicicleta, hacer senderismo o ir a surfear a algún sitio —responde Ryker, aunque Asher no se lo preguntó. Supongo que quiere demostrar que sí sabe divertirse.

—Dormir —respondo—. Pero eso no significa que no sepa divertirme. Solo que he estado ocupado.

—¿Demasiado ocupado para echar un polvo? —pregunta Asher.

No respondo. ¿Por qué siempre tiene que tratarse de sexo con él?

—Tú, hermano mío, necesitas echar un polvo. —Me da una palmadita en el hombro—. Sé que papá todavía te está presionando para que te establezcas...

Eso es decir poco.

—Pero solo porque te acuestes con alguien no significa que tengas que casarte con ella. Y si no quieres que se quede embarazada (aunque, francamente, creo que a papá no le importaría, con o sin matrimonio) solo tienes que tener cuidado. Ya sabes, usa un condón. Tengo algunos extras ahora mismo si quieres.

—¿Extras? Parece que alguien no tuvo tanta acción como preveía —le espeté.

—Oye, yo compro al por mayor. Vamos, no hay nada como un buen polvo para quitarse el estrés. —Mira a su alrededor en el bar—. Veo algunas mujeres aquí a quienes no les importaría que las lleves a una habitación de arriba. ¿Cuál es tu tipo? ¿Rubia? ¿Morena?

La cara de Stella surge en mi cabeza, con su pelo castaño cayendo en cascada sobre sus orejas y algunos mechones pegados a la comisura de su sensual boca.

—¿Alta? ¿Pequeña? ¿Delgada? ¿Curvilínea?

Recuerdo cómo se veía con esa blusa blanca y delgada, cómo sus pechos parecían resaltar aún más con el sujetador negro que llevaba debajo.

¿Era consciente de lo sexy que lucía? ¿Lo hizo a propósito?

No, no lo creo. Esa es la cuestión. No es consciente de lo seductora que es, lo que la hace aún más atractiva. Nunca ha tratado de seducirme, y sin embargo no puedo dejar de pensar en tener sexo con ella.

Pero tengo que hacerlo.

—Déjalo en paz, Asher —dice Ryker.

—¿Qué? —Asher se vuelve hacia él—. ¿Quieres que te escoja una mujer en su lugar, hermanito?

—Deja de llamarme así —le dice Ryker frunciendo el ceño.

Termino mi whisky.

—Déjalo, Asher.

—Bien. —Deja escapar un suspiro—. Pero prométanme que los dos se van a divertir en Suiza.

—Claro —dice Ryker.

No respondo porque no hago promesas que no pueda cumplir. Me voy a Suiza con un objetivo en mente: asegurarme de que esta compra se lleve a cabo. Pero, ¿quién sabe? Algo me dice que las cosas serán más interesantes ahora que he decidido cambiar un poco mis planes.

Solo tengo que avisar a Stella el lunes.

~

—Entra —le digo a Stella cuando llama a la puerta de mi despacho.

Entra en la habitación. Vuelve a llevar su atuendo habitual: un vestido gris muy limpio con un fino cinturón negro alrededor de la cintura. Los mechones de su pelo están recogidos en un moño.

Una pena. Se ve mejor con el pelo suelto. Pero tal vez esto sea mejor. Quizá así no me cueste recordar que es mi asistente, aunque ahora conozca más de ella.

La escucho mientras me informa sobre mi agenda del día. Como siempre, cuando termina, deja la tableta y me mira.

—¿Hay algo que quiera que cambie sobre esto, señor?

—No. Está bien.

Aunque quiero tomármelo con calma, todavía tengo muchas cosas que hacer para preparar el viaje a Suiza. Además, tengo que ocuparme de algunas cosas para que la empresa no se desmorone mientras estoy fuera.

—¿Puedo hacer algo más por usted? —pregunta Stella a continuación.

—La verdad es que sí. —Me inclino hacia adelante en mi escritorio y mantengo mis ojos sobre su rostro previendo el cambio en su expresión—. Quiero que empaques tus cosas.

Sus cejas se arquean y su mandíbula cae. El desencanto se extiende por su cara.

—¿Estoy... siendo despedida? Si esto es por lo que pasó la última vez...

—No —le corto—. No te estoy despidiendo. De hecho, te voy a dar un aumento.

Sus ojos se abren de par en par. Si ahora está sorprendida y emocionada, sé que estará encantada cuando le dé la siguiente noticia.

Tomo aire.

—La razón por la que te pido que empaques tus cosas, Stella, es porque te voy a llevar conmigo a Suiza.

CAPÍTULO TRES

Stella

¿Ethan me va a llevar con él a Suiza? No puedo creer lo que oigo.

Nunca me había llevado a sus viajes de negocios. ¿Por qué ahora? ¿Por qué de repente? Si pensaba llevarme con él, podría habérmelo dicho hace semanas. Ya he hecho todos los arreglos. No lo pensó entonces, ¿por qué hacerlo ahora? ¿Qué le hizo cambiar de opinión?

—Sé que es un poco repentino —me dice Ethan—. Pero me he dado cuenta de que este viaje es aún más importante de lo que pensaba. Nunca he manejado una adquisición tan grande. Quiero estar preparado para cualquier cosa, así que te necesito allí.

Perfectamente comprensible, pero todavía no me atrevo a creerlo. Mis dedos se aferran a los bordes de la tableta que tengo en mis manos, temiendo que, al igual que este sueño hecho realidad que me acaba de anunciar, se me escape y se haga añicos.

¿Puede ser esto real? ¿Está bien que me vaya a Suiza con Ethan? Viajaremos juntos y puede que estemos solos. ¿Y si vuelvo a perder la compostura como el viernes pasado? ¿Y si se da cuenta de que me atrae? ¿Y si cometo un error y lo avergüenzo?

—Por supuesto, si no quieres ir o si...

—Quiero ir —exclamo al recuperar mi voz.

¿Qué me pasa? Llevo esperando una oportunidad como esta desde que empecé a trabajar aquí. Quiero viajar a Europa desde que tengo uso de razón. ¿Por qué estoy dudando ahora? ¿De qué tengo tanto miedo? ¿Y qué si Ethan y yo vamos a Suiza juntos? Es un viaje de negocios. Estaremos ocupados. Si alguna vez estamos juntos a solas, estaremos trabajando. Y no perderé la compostura de nuevo. No cometeré más errores.

—Quiero decir que, si me necesita allí, entonces estaré encantada de ir con usted y ayudarle en lo que pueda... señor. —Me aclaro la garganta y mantengo la barbilla alta mientras recupero la calma.

Por fuera, hago lo posible por mantener la calma. Por dentro, estoy llena de emoción. Fuegos artificiales estallan en mi cabeza. El corazón se me sale del pecho, como si quisiera llegar a Suiza antes que el resto de mi cuerpo. Los dedos de mis pies se contraen dentro de mis zapatos. Ellos están deseando catapultar mi cuerpo desde el suelo, mis hombros quisieran hacer un pequeño baile.

No puedo esperar a ir a Suiza.

—Bien —Ethan se echa hacia atrás en su silla—. Confío en que harás los cambios necesarios.

—Sí, señor.

—Eso es todo por ahora. —Asiente con la cabeza.

Me doy la vuelta y salgo de la habitación, me dan ganas de saltar. En cuanto regreso a mi escritorio, me siento y me tapo la boca con una mano para contener un grito. Luego bailo en mi silla, incapaz de contenerme por más tiempo.

¡Me voy a Suiza!

~

—¡Me alegro mucho por ti!

Jess, mi amiga de marketing, suena casi tan emocionada como yo mientras me da un abrazo durante el almuerzo. A su lado, mi otro amigo, Randy, el informático, sigue boquiabierto, sin palabras por primera vez desde que lo conocí.

—Gracias —le digo—. Estoy realmente emocionada.

En realidad, quiero ir a casa y empezar a hacer la maleta (ya tengo en mente una lista de todas las cosas que voy a llevar), pero está claro que no puedo.

—Sé que estarás allí para trabajar —dice Jess—. Pero prométeme que te darás una vuelta cuando tengas la oportunidad. Quiero ver buenas fotos.

—Lo haré —le digo.

Con suerte, podré tener algo de tiempo para hacer turismo.

—No me importa a dónde vayas —dice Randy—, recuperando por fin la voz—. Solo asegúrate de no volver aquí sin una caja de bombones con mi nombre.

—Para mí también, por favor —dice Jess levantando la mano.

—Y recuerda que no me gustan los chocolates con nueces —añade Randy—. O turrón. Pasas está bien, pero nada cítrico. Tampoco me gusta el relleno de coco. Pero me encanta el caramelo. También me encanta el chocolate blanco.

—Hablando de ser quisquilloso —Jess resopla.

Las cejas de Randy se fruncen.

—¿Hay algo malo con eso?

—Chocolate blanco con pasas o chocolate negro con relleno de caramelo —hablo antes de que empiecen a discutir—. Entendido.

—Eres una buena amiga —dice Randy apoyando su cabeza en mi hombro.

—Me alegro de que no me hayas pedido que meta un modelo masculino suizo en mi maleta —le digo.

Sus cejas se levantan

—¿Puedes hacer eso?

Jess niega con la cabeza

—No lo hagas.

—De todos modos, estaba bromeando.

—Hablando de machos guapos, ¿sabes por qué te tengo tanta envidia ahora mismo? —Randy me pregunta y luego responde—: Porque estás viajando con Ethan Hawthorne.

—Por supuesto que sí —dice Jess—. Es su compañera.

—Apuesto a que irás en su jet privado —dice Randy.

Me detengo un momento a pensar.

—Creo que sí. —Por eso no tuve que reservar los billetes.

—Y se alojarán en el mismo hotel, ¿verdad? ¿Compartirán una suite?

—No —le digo—. Nos alojamos en el mismo hotel, pero en habitaciones separadas.

Aunque están una al lado de la otra.

—Sigo teniendo envidia —dice Randy—. Es decir, estarán en el mismo hotel en una ciudad muy, muy lejana donde nadie los conoce. Podría pasar cualquier cosa.

Me hace un largo guiño.

—Oh, detente —le dice Jess—. Stella no es como tú.

—Sí, estoy de acuerdo. No va a pasar nada. Sabes que Ethan es mi jefe. Nuestro jefe, en realidad.

—Entonces, si no fuera tu jefe, ¿dejarías que te hiciera el amor? —me pregunta Randy.

La pregunta me coge por sorpresa y me cuesta responder. No. Sé la respuesta. Solo que no quiero admitirla.

—Te estás sonrojando —señala Randy—. Lo que significa que lo harías. No seas tímida, yo también lo haría. De hecho, Jess también lo haría.

—¡Eh, yo tampoco soy como tú! —se queja Jess.

—Pero es nuestro jefe, lo que significa que no lo haría —digo con firmeza.

Fin del tema.

—Y me tengo que ir —añado mientras miro mi reloj—. Ya me conocen. Tengo un montón de cosas que hacer.

—Lo sabemos —responden al mismo tiempo.

Les envío una sonrisa antes de recoger mi bandeja. La deposito en el carro correspondiente antes de dirigirme al ascensor. Tras una rápida parada en el baño para refrescarme, vuelvo a mi escritorio.

Realmente tengo mucho trabajo. Tengo que hacer ajustes en a la agenda de Ethan. Tengo que imprimir documentos para llevarlos conmigo. También tengo que repasar mi francés y mi alemán, e investigar sobre los lugares de interés de Zúrich. Y las mejores tiendas de chocolate.

Pero antes, tengo que revisar todos estos papeles que tengo en mi mesa. No quiero marcharme sabiendo que he dejado muchas cosas sin hacer, ni volver para encontrar mi escritorio enterrado bajo el papeleo.

Cuando llego al final de la pila de papeles, me detengo. Mis ojos se posan en un cuaderno de aspecto familiar.

Muy familiar.

Sí, es cierto. Olvidé mi diario en la mesa. Iba a cogerlo y meterlo en mi bolso antes que nada, pero me distraje con otras cosas. Entonces Ethan me llamó a su despacho, y después de decirme que me iba a llevar a Suiza, el diario se me olvidó por completo.

Ahora lo cojo. Una vez que está a salvo en mi bolso, suelto un suspiro de alivio.

Ya está. No ha habido ningún daño. Cuando llegue a casa, lo pondré en mi mesita de noche, para que no vuelva a salir de mi apartamento. No, no lo llevaré a Suiza. Definitivamente no. Después de todo, tendré mejores cosas que hacer que garabatear mis pensamientos en mi diario. Me limitaré a tomar instantáneas mentales de mi viaje y a escribirlas cuando vuelva.

Se me dibuja una sonrisa en los labios.

El viernes pasado, cuando escribía en mi diario, me sentía tan sola, como si mi vida no tuviera sentido. Ahora, siento que acaba de empezar.

Respiro profundamente mientras miro el fondo de pantalla de mi ordenador, que ya he cambiado por una imagen del Matterhorn.

Suiza, allá voy.

~

El vuelo de Chicago a Zúrich dura algo menos de nueve horas.

Me paso la primera media hora maravillada con el interior del avión de Ethan; bueno, en realidad es propiedad de la empresa, pero este es de uso exclusivo del director general. Es un Gulfstream, o eso me dice Henry, el único auxiliar de vuelo del avión. Se supone que solo puede transportar once pasajeros, así que pensé que sería pequeño y estrecho. Me equivoqué.

Desde luego, por fuera parece un enano comparado con los gigantescos aviones comerciales, pero por dentro hay espacio suficiente para que un niño corra y dé patadas a una pelota. Y eso es solo la zona de los asientos. Hay un de comedor con un bar, una cocina, un baño con ducha y una sala de conferencias.

Más que el espacio, es la atmósfera de lujo la que me tiene boquiabierta y asombrada. Los suaves asientos de cuero que incluyen masajeadores de cuello y se convierten en camas planas. La gruesa moqueta de color burdeos. La iluminación ambiental. Mi propio televisor de 15 pulgadas. Además, el servicio está diseñado para que uno se sienta como la realeza. Henry no es solo un auxiliar de vuelo, sino que hace las veces de mayordomo y satisface todos los caprichos. Incluso me preguntó si quería un baño para remojar mis pies. El champán. El chocolate y el caviar.

Todo ello me hace desear irme de vacaciones y no de viaje de negocios. Es irónico, permitirse todos estos privilegios y no poder disfrutarlos. Pero bueno, me quedo con el viaje de negocios.

Saco mi portátil y me pongo a trabajar. Todavía tengo que terminar algunas cosas de última hora.

Me doy cuenta de que Ethan ya ha hecho lo mismo. Cuando sus dedos no se deslizan por las teclas, tiene una mano en la barbilla, los ojos fijos en la pantalla y las cejas fruncidas. Es una visión fascinante, hacia la que mis ojos no pueden dejar de desviarse. Pero después de que Ethan me sorprendiera mirando, me esfuerzo más por concentrarme en lo que estoy haciendo. Estoy aquí para trabajar, no para mirar como una adolescente en la primera fila de un concierto de su grupo favorito.

Trabajo. Trabajo. Trabajo.

Al final, encuentro mi ritmo. De hecho, estoy tan absorta en mi trabajo que me olvido de que estoy en un avión. Solo me acuerdo cuando Henry me toca el brazo, diciéndome que la cena está lista.

¿La cena? Miro el reloj. Son poco más de las ocho, lo que significa que llevamos tres horas en el aire. ¿Ya ha pasado tanto tiempo? Francamente, no tengo hambre. O eso creo hasta que percibo los olores de la cocina y se me hace agua la boca. Bueno. Quizá tenga un poco de hambre.

Ethan señala una silla vacía.

—Siéntate, por favor.

Obedezco. Ethan ocupa el asiento frente a mí.

Mientras Henry sirve vino en mi copa, me doy cuenta de que es la primera vez que comemos juntos. A solas. Hemos asistido a muchos almuerzos y cenas, pero en cada oportunidad, la sala estaba llena de al menos otras veinte personas. Esta vez, solo estamos él y yo, lo que significa que seré el centro de su atención durante unos veinte minutos, sin ningún artilugio tras el que esconderse y sin posibilidad de huir.

Siento que se me hace un nudo en el estómago.

Para empeorar las cosas, hay un plato de porcelana y demasiados cubiertos delante de mí. ¿Cuál era la regla? ¿Empezar por fuera y avanzar hacia adentro?

He comido en restaurantes de alta cocina antes, pero de nuevo, no sola con Ethan. De alguna manera, ese pequeño hecho está nublando mi cerebro y me hace sentir como una niña en su primer día en una nueva escuela.

Contrólate, Stella. Es solo una cena.

Con tu atractivo jefe.

Mierda.

—¿Qué te parece el vuelo hasta ahora? —me pregunta Ethan.

Me trago el nudo en la garganta y pongo una sonrisa.

—Genial, la verdad. Es muy agradable.

—Lo sé —Ethan sonríe con orgullo—. Ella vale cada centavo.

Supongo que ella vale muchos centavos.

—Has estado en un avión antes, ¿verdad?

—Claro –respondo—. Pero nunca he estado en un avión privado. Solo he volado en clase económica. Y sí, la comida es mala.

—Bueno, no te preocupes. Te puedo asegurar que la comida aquí no es mala. —Ethan sonríe.

Antes de que pueda replicar, Henry me pone un plato de sopa con gambas, setas, un surtido de guarniciones verdes y un caldo naranja lechoso. El olor de las especias del curry mezclado con el coco, las hierbas y el marisco llega a mis fosas nasales. Cojo mi cuchara sin pensarlo y la dejo cuando me doy cuenta de que Ethan no ha tomado la suya.

—Por favor, come —me insta Ethan—. Sabe incluso mejor de lo que huele, lo prometo.

Tomo un poco de caldo y me llevo la cuchara a los labios. En cuanto pruebo la sopa, mi paladar empieza a cantar. Cada componente se une como una orquesta de sabores dentro de mi boca. Ethan tiene razón. Sabe aún mejor.

Tomo otra cucharada antes de darle mi opinión.

—Esto está muy bueno.

Coge su cuchara.

—Me alegro de que te guste.

Deseo decir más, pero no puedo evitar seguir comiendo. Casi quiero tomar ese tazón en mis manos y verter ese magnífico caldo en mi garganta. Incluso sin hacerlo, termino el plato antes de lo que pensaba, lo cual es un poco decepcionante porque siento que podría comer diez platos más. Es así de bueno.

—Creo que nunca he comido algo así —digo mientras me limpio los labios con la servilleta de la mesa—. ¿Esto es lo que come todo el tiempo?

—No todo el tiempo —responde Ethan—. Pero es uno de mis favoritos. El chef que diseñó esto, servía su comida en una pequeña cabaña cuando lo conocí. Ahora tiene un imperio no solo en toda Asia, sino también en Europa.

—¿Y está aquí? —pregunto con las cejas arqueadas.

—No. Odia volar. Pero el chef que nos ha cocinado esta noche se ha formado con él, entre otros muchos. Es muy hábil.

Levanto las manos.

—No hace falta que me convenza. Si el próximo plato es tan bueno como este, me sentiré muy feliz.

Ethan sonríe.

—Creo que lo estarás.

Momentos más tarde, llega el segundo plato: un par de *dumplings* con un poco de ensalada al lado y una salsa oscura para mojar. En cuanto lo veo, se me oprime el pecho. Llevo mis manos hacia el mientras respiro profundamente.

—¿Pasa algo? —me pregunta Ethan.

Niego con la cabeza, pero no consigo ocultar mis emociones.

—Es que esta es una de las cosas que mi madre solía hacer. Le gustaba trabajar con harina, así que hacía mucha pasta, pasteles, albóndigas.

Y los *dumplings* eran su plato estrella cuando no tenía mucho tiempo para cocinar, lo que ocurría muy a menudo cuando empezó a trabajar de nuevo. Independientemente de lo cansada que estuviera, siempre cocinaba para papá y para mí, y no importaba la rapidez con la que preparaba las masitas, siempre estaban deliciosas.

—Dios, la echo de menos —susurro mientras lucho contra las lágrimas.

Para mi sorpresa, Ethan pone su mano sobre la mía.

—Lo siento.

Dos palabras y, sin embargo, la bondad que contienen retienen las lágrimas de mis ojos. Levanto la mano para limpiarlas.

—Gracias. Y siento mucho estar provocando este caos.

¿Qué estoy haciendo? ¿No dije que iba a mantener la compostura delante de él? Debe pensar que soy un bebé grande ahora.

—Está bien —dice Ethan.

—No, no lo está —le digo mientras reprimo mis emociones—. Estamos comiendo y estoy arruinando su apetito.

—No lo estás haciendo —me asegura—. Créeme, sigo teniendo hambre.

—Entonces, ¿comemos?

Agarro el par de palillos que estaban sobre el plato y cojo uno de los dumplings. Doy un mordisco y los sabores del jugoso relleno de cerdo explotan en mi lengua.

Me tapo la boca con una mano.

—Oh, Dios mío.

—¿Tan buenos como los de tu madre? —me pregunta Ethan antes de comerse una masa entera.

—Casi —respondo antes de terminar la otra mitad de la mía. Pero esto sigue siendo condenadamente bueno.

—Lo está —asiente Ethan.

Nos comemos el otro dumpling en silencio y luego cogemos nuestras copas de vino. La acidez del Sauvignon Blanc elimina el sabor persistente del picante en mi boca.

Pasamos al siguiente plato: pechuga de pato crujiente con un cremoso puré de verduras. Este parece más un plato occidental, pero sigue teniendo los reconfortantes sabores asiáticos en el pato perfectamente cocinado. Sabroso.

—El pato era la comida favorita de mi madre —me dice Ethan.

Mis cejas se levantan.

—¿De verdad?

Asiente con la cabeza.

Hago una pausa en medio de la tarea de cortar otro trozo de pato. Espera un momento. Ha dicho «era», ¿no?

—Mi madre también murió —dice Ethan—. Falleció cuando yo tenía doce años.

¿Doce años? Y yo que pensaba que había perdido a mi madre demasiado pronto.

Bajo mis cubiertos

—Lamento escuchar eso.

De alguna manera sabía que la señora Hawthorne ya no estaba, pero nunca pensé que dejó a Ethan cuando aún era tan joven.

—¿Cuántos años tenías cuando falleció tu madre? —pregunta.

—Sucedió hace apenas tres años —respondo mientras recojo mi cuchillo—. Y mi padre murió dos años antes.

—¿Así que ahora solo quedas tú?

Asiento con la cabeza.

—¿No hay hermanos?

Niego con la cabeza.

—¿No hay compañeros de piso?

Vuelvo a sacudir la cabeza.

—He oído demasiadas historias de terror de compañeros de piso.

—¿Y un gato o un perro?

—Antes tenía un perro —digo—. Pero ahora no tengo tiempo para cuidar uno. Me daría pena. Una vez pensé en tener un gato, pero supongo que tampoco tenía tiempo para ello.

—Ya veo. ¿Y qué hay de...?

—¿Una planta? —Termino la frase por él—. Tengo algunas suculentas en mi baño y una planta araña en mi balcón.

—Iba a decir novio —dice Ethan.

—Oh —Dejo que el tenedor se quede entre mis labios—. No. No tengo ninguno.

Consideré mentir por un momento, pero ¿qué sentido tiene?

—¿Alguna vez has tenido uno? —pregunta Ethan.

Lo miro. ¿Por qué tiene tanta curiosidad por mi vida personal de repente?

—No, no respondas a eso —dice—. Solo contestame a esto. ¿Es culpa mía que no tengas novio ahora mismo?

Casi me ahogo con el trozo de pato que tengo en la boca. Rápidamente, cojo mi vaso de vino y bebo un trago. La comida baja por mi garganta, pero aún siento un nudo en ella. Siento el fuego en mis mejillas. ¿Sabe Ethan, después de todo, que estoy muy enamorada de él?

—Quiero decir, ¿te estoy dando demasiado trabajo?

Parpadeo. Oh, eso es lo que quería decir. Me sonrojo aún más por la vergüenza.

Oh, Stella, ¿en qué estabas pensando?

—¿Lo estoy haciendo? —vuelve a preguntar Ethan.

Sacudo la cabeza con firmeza.

—No. No es culpa suya. Mi trabajo es el que es. Y yo lo elegí. Y me encanta.

Me mira con desconcierto.

—¿Te gusta?

Asiento con la cabeza.

—Quiero decir, claro que a veces es mucho, pero la paga es buena, sobre todo con el aumento que me acaba de dar, que agradezco, por cierto.

—De nada.

—Y hay ventajas como esta, este vuelo en este increíble avión y esta... deliciosa comida. —Hago un gesto hacia mi plato vacío.

—Y la comida aún no ha terminado —me dice Ethan—. Todavía hay postre.

—Mi favorito —Sonrío.

—¿Qué quisieras que sea? —pregunta.

—Cualquier cosa dulce —respondo—. Necesito que el azúcar me dé mucha energía para poder terminar más rápido el trabajo antes de llegar a Suiza.

CAPÍTULO CUATRO

Ethan

Supongo que ese montón de energía se agotó.

Apago la luz que está sobre el asiento de Stella y pulso el botón para acomodar mejor su espalda y que esté más cómoda. Se mueve, pero sigue dormida. La cubro con la manta de lana y se la envuelvo en los hombros. Emite un sonido de satisfacción como el ronroneo de un gato. Me hace sonreír, pero al mismo tiempo siento una pizca de ansiedad al mirarla durmiendo.

Stella, ¿qué voy a hacer contigo?

Nunca había conocido a una mujer que me hiciera sentir tantas emociones a la vez. Antes, mientras trabajaba, no podía dejar de admirarla por laborar tan duro. Sus dedos golpeaban el teclado como locos y sus ojos perforaban la pantalla. Me daba vergüenza porque parecía que ella estaba más afanada que yo. Pero también me inspiró a seguir trabajando duro. Al mismo tiempo, quería arrebatarle el portátil y decirle que dejara el trabajo para que pudiéramos continuar con la conversación que habíamos mantenido durante la cena.

Eso fue relajante. Stella estaba tensa al principio, pero enseguida bajó la guardia cuando llegó la comida. Fue divertido. Me encantaron las diferentes expresiones que hizo mientras alucinaba con la comida. Fue la primera conversación real que mantuvimos, un paso más allá de las charlas después del trabajo que normalmente son recapitulaciones del día o comentarios sobre el tiempo, las noticias o la necesidad de descansar. Fue una revelación.

Ya había aprendido algunas cosas sobre Stella leyendo su diario, pero conocerlas directamente de ella tiene un impacto más fuerte. Es como la diferencia entre leer el manual de uso de una máquina y que alguien te haga una demostración. Pude ver a la verdadera Stella. En carne y hueso. Y era cien veces más fascinante, más conmovedora.

Si quería abrazarla después de leer su diario, las ganas eran cien veces más durante la cena. Cuando vi sus ojos ámbar brillantes por las lágrimas que intentaba contener después de ver esos dumplings, quise ir a su lado y estrecharla entre mis brazos. Quería acariciar su cabello mientras la dejaba llorar contra mi pecho y luego limpiar las lágrimas de sus mejillas cuando terminara.

Incluso ahora, quiero rodearla con mis brazos. Quiero asegurarme de que nada interrumpa su sueño. Quiero mantener a raya las pesadillas. Quiero que sepa que no está sola, que ya no se sienta solitaria.

Dice que ya no tiene a nadie. Quiero estar ahí para ella. Puede que no esté bien que seamos amantes, puede que no se me permita ser su novio, pero puedo ser su amigo. Puedo ser su jefe y seguir siendo su amigo. Puedo cuidar de ella, evitar que trabaje demasiado, apoyarla cuando sienta que empieza a desmoronarse, escuchar sus ideas y sueños para que no sienta la necesidad de escribirlos, invitarla a comer bien, viajar con ella.

Quiero cuidarla porque se lo merece. Todo el mundo lo merece, pero Stella sobre todo porque pone todo y a todos por delante de ella misma. Quiero asegurarme de que nunca más tenga que sufrir en silencio.

Cojo un mechón de pelo que se ha escapado del moño y se lo paso suavemente por detrás de la oreja. Las yemas de mis dedos rozan sus mejillas y las comisuras de su boca se levantan para formar una sonrisa.

Mi corazón se detiene. Esta sonrisa es exactamente lo que estoy decidido a proteger. Esta rara mirada de paz y satisfacción es lo que quiero conservar a toda costa.

Yo también sonrío.

Duerme bien, Stella. Todo estará bien. Ahora estoy contigo.

~

El avión aterriza en Zúrich sobre las ocho de la mañana. Stella se despierta poco antes, con aspecto renovado pero sorprendida al ver que ya ha salido el sol. Tengo que recordarle la diferencia de los husos horarios. Aunque parezca que ha dormido diez horas, en realidad solo ha descansado cuatro. En cuanto a mí, apenas he podido dormir una hora, así que cuando llegamos al hotel, me voy directamente a la cama. Mi primera reunión es por la tarde, tengo tiempo de dormir un poco.

Después de despertarme, me afeito, me ducho y trabajo un poco antes de cambiarme. Acabo de ponerme los pantalones cuando oigo que llaman a la puerta.

Mis cejas se fruncen. ¿Servicio de habitaciones? No he oído que lo dijeran.

—¿Quién es? —pregunto.

—Stella, señor —me responden desde el otro lado de la puerta.

Por supuesto que sí. Seguramente está lista para irse.

—Dame un segundo —digo mientras me pongo el cinturón.

Luego abro la puerta. Stella está lista para irse. Ya lleva puesto su traje azul marino de dos piezas y sus tacones negros. Lleva el pelo recogido en una trenza y los labios pintados del mismo tono de rosa que las plumas de un flamenco. El ligero y floral aroma de su perfume llega a mis fosas nasales.

—Pensé que la descompensación horaria te afectaría al menos un poco —le digo—. Supongo que me equivoqué.

No parece que acaba de llegar de otro continente hace solo horas.

Se sonroja.

—Gracias.

—Por favor, entra —le digo mientras me alejo.

Stella vacila un momento, tal vez porque esta vez está entrando en mi dormitorio y no solo en mi oficina. De hecho, parece más cautelosa que de costumbre, tal vez porque teme haber cruzado la línea anoche. Pero endereza los hombros y cruza el umbral.

Buena chica.

Cierro la puerta.

—¿Has comido algo?

—Me dio hambre, así que pedí algo al servicio de habitaciones antes de ducharme —responde Stella.

—La verdad es que pensaba que eras del servicio de habitaciones —le digo—. Iba a decirles que no tengo hambre. Normalmente no tengo apetito hasta horas después de aterrizar. Comeré algo más tarde, después de la reunión.

—Sobre eso... —Stella toma aire—. Me temo que la reunión se ha cancelado.

Dirijo mi mirada hacia ella.

—¿Cancelado?

Asiente con la cabeza.

—El Sr. Odermatt envía sus disculpas y lo lamenta, pero le ha surgido un asunto personal urgente en su agenda y, en su lugar, lo verá mañana cuando visite la sede de la empresa.

¿Asunto personal, o es que se está arrepintiendo de vender su empresa? Más vale que no. En cualquier caso, mañana sabré exactamente qué piensa. Hasta entonces, no tiene sentido especular o preocuparse por ellos.

—Entonces al parecer tenemos el resto del día libre —le digo a Stella mientras me siento en el diván—. Puedes volver a tu habitación y descansar.

En cuanto a mí, podría seguir trabajando. De todos modos, no creo que pueda volver a dormir.

Stella se toca la barbilla.

—En realidad, estaba pensando en salir del hotel y hacer algo de turismo, ya que he terminado mi trabajo. Hice una lista de los lugares que quería visitar por si tenía algo de tiempo. Pero claro, si prefiere que me quede aquí por si necesita que haga algo...

—Ve —le digo—. Es tu primera vez en Zúrich, ¿no?

Además, ¿cómo voy a decirle que se quede cuando está claro que quiere salir? La emoción está escrita en su cara.

Stella asiente.

—Es mi primera vez en una ciudad europea, de hecho.

—Entonces ve. Explora. Disfruta de las vistas, los olores, los sonidos, los sabores. Eres libre de hacer lo que quieras. Y Zúrich es una ciudad muy segura, así que no tienes que preocuparte de que te asalten en un callejón o algo así.

—Sí. —Me dedica una amplia sonrisa—. No se preocupe por mí. Estaré bien por mi cuenta.

Sus palabras me hacen reflexionar. ¿Bien por su cuenta? ¿No dije que no la dejaría sola? ¿Que no la haría sentir sola?

—Me voy, entonces. Si necesita algo, puede…

Me pongo de pie.

—Voy contigo.

Los ojos de Stella se abren de par en par.

—Solo tengo que responder a unos cuantos correos electrónicos, pero luego…

—¡No! —Stella protesta enérgicamente, tomándome por sorpresa.

Parece que ella también se sorprende, porque después se queda callada. Luego se aclara la garganta.

—Quiero decir, no tiene que hacerlo… señor. Estaré bien.

—Tal vez —De hecho, estoy seguro de que lo estará—. Pero mi alemán es mejor que el tuyo. No te ofendas.

—Me las arreglaré —insiste—. Seguro que está cansado.

Me encojo de hombros.

—Me vendrá bien un poco de aire fresco.

—Y tiene mucho trabajo que hacer.

—No tanto. En realidad, avancé mucho en el avión.

No entiendo por qué discute conmigo. ¿Puede ser que no quiera mi compañía? ¿Es porque anoche le hice muchas preguntas personales? ¿La hice sentir incómoda?

—Si dije o hice algo anoche que te ofendiera…

—No —me corta Stella—. Anoche estuvo… bien. No hizo nada malo.

—¿Pero prefieres no tenerme cerca?

Sus cejas se arquean.

—No es eso lo que quería decir. Yo solo...—Ella mira hacia otro lado—. No quiero causarle problemas.

—No es ningún problema —le aseguro—. De hecho, no creo que sea mala idea que ambos intentemos relajarnos antes de mañana, el gran día.

Stella suelta un suspiro.

—De acuerdo.

Pero no parece convencida. Supongo que tendré que persuadirla sobre la marcha.

—Solo dame quince minutos —le digo—. Tú también tienes que cambiarte, ¿no? A no ser que quieras caminar con tacones.

—No quiero.

—Entonces vuelve aquí cuando estés lista. Y trae tu listado. Intentaremos cubrir todo el terreno que podamos.

~

Lo primero que hacemos es tomar un crucero por el brillante lago, que está justo al lado del hotel. Después, nos dirigimos al casco antiguo. Lo exploramos a pie, empezando por la Bahnhof en la calle principal. Luego paseamos por las coloridas casas de la Augustinergasse, pasamos por el Lindenhof y nos detenemos en la comisaría de Uraniastrasse para ver los vibrantes murales de Augusto Giacometti.

A pesar de todo, me doy cuenta de que Stella sigue desconfiando de mi compañía. Se mantiene alejada de mí y no toma la palabra si no se le habla. De vez en cuando, se escabulle y baja la guardia, sobre todo cuando algo interesante le llama la atención y se olvida de que estoy allí, pero el momento en que se acuerda, se apresura a ponerse a la defensiva de nuevo.

Todavía no entiendo por qué, pero no me importa. Sigo alegrándome de haber decidido acompañarla. Es evidente que está entusiasmada con la idea de explorar Zúrich, aunque se esfuerza por ocultarlo, y cuanto más ve, más parece enamorarse de la ciudad. Mientras ella disfruta de las vistas, yo la asimilo a ella: cada jadeo, cada suspiro, cada arruga y arco de las cejas, cada sonrisa, cada carcajada. Me siento como un padre que lleva a su hijo a la tienda de juguetes por primera vez y Stella es esa niña, loca y despreocupada. Es otra faceta de ella que no había visto antes.

Tras recorrer el resto de la Uraniastrasse, nos encontramos en el Antiguo Jardín Botánico. No está en la lista de Stella, pero decide que merece la pena echar un vistazo.

La sigo, aunque no me gustan demasiado los jardines. Me agrada el de la mansión, pero no veo por qué los turistas querrían visitarlos. Tal vez sea porque no tengo mucho conocimiento sobre plantas; la biología era una de mis asignaturas menos favoritas en la secundaria. He visto algunos jardines, y siento que los he visto todos. Al menos el sol se ha escondido tras las nubes, así que no hace mucho calor para pasear.

Stella, en cambio, parece embelesada. No para de hacer fotos y a cada paso se detiene a mirar de cerca las plantas.

—Algo me dice que alguien va a comprar más plantas cuando llegue a casa —comento.

—La verdad es que no —responde ella—. Estoy bien con mis suculentas y mi araña. Si tuviera más, se marchitarían. Pero me gustaría tener un jardín para que mi hijo...

Se detiene bruscamente, como si se diera cuenta de que ha dicho algo que no debía.

—Continúa —la insto.

Stella toma aire.

—Estaría bien tener una casa con plantas. Mi madre tenía un pequeño jardín. Me gustaba sentarme en aquel banco y escribir.

La miro con curiosidad.

—¿Escribir qué? ¿Cuentos?

Ella asiente con la cabeza.

—Lo crea o no, antes quería ser escritora.

Me encojo de hombros.

—No creo que haya nada malo en ello. Creo que serías una buena escritora.

Stella cierra un poco los ojos al mirarme.

—¿Y cómo lo sabe? Nunca ha leído nada de lo que he escrito, ¿verdad?

Sí. Ella no sabe que leí su diario. Se supone que no debe saberlo.

—Pero lo he hecho —le digo.

Me mira confusa.

—Has escrito innumerables cartas e informes para mí en los últimos dos años —añado.

Deja escapar un suspiro de alivio y luego resopla.

—Eso no cuenta. Esos no tienen ni una gota de creatividad.

—Pero todavía puedo decir que eres buena con las palabras.

Sus labios se curvan en una ligera sonrisa.

—Gracias.

Luego se calla de nuevo, como si tratara de compensar la conversación que acaba de permitirse tener conmigo. Seguimos por los senderos del jardín, parando de vez en cuando para hacer fotos. Cuando llegamos a la fuente, Stella intenta tomarse una foto con ella, pero le cuesta.

—Permíteme —me ofrezco.

La verdad es que he querido hacerle fotos. He estado esperando a que me lo pidiera, pero no lo ha hecho.

Niega con la cabeza.

—No. Eso es... Es suficiente con que me acompañe. No quiero que se convierta en mi fotógrafo.

¿Eso es todo?

—En primer lugar, tomar una foto no convierte a una persona en fotógrafo —le digo—. En segundo lugar, no te estoy acompañando. Estoy recorriendo la ciudad contigo, lo cual me alegra, porque, aunque ya he estado en Zúrich varias veces, nunca he tenido la oportunidad de ver la ciudad.

Sus ojos se abren de par en par.

—Está bromeando.

—No, no lo estoy. Así que ya ves, tú eres la que realmente me ha hecho un favor.

Stella no responde. Le alcanzo mi mano.

—Ahora dame esa cámara.

Duda, pero coloca la cámara en mi palma.

—¿Sabe usarla? —me pregunta.

En lugar de sentirme insultado por su falta de confianza en mí, me río.

—Creo que puedo arreglármelas.

Doy un paso atrás y miro a través del objetivo. Estoy enfocando su cara. Algunos mechones de su pelo se han soltado de la trenza, pero sigue viéndose preciosa. Tan hermosa, de hecho, que mi dedo presiona el obturador para sacar una foto rápida.

—¿Eso es todo? —pregunta Stella.

—Una más —respondo.

Amplío la imagen para poder ver todo su atuendo: un jersey de cuello alto de color crema y unos pantalones holgados de color verde oliva. Unas brillantes zapatillas de lona cobriza ocultan sus pies. Me recuerda a lo que llevaba cuando la vi el viernes por la noche, pero esta es una versión más elegante.

Lo apruebo.

Amplío la imagen para ver solo la parte superior de su cuerpo y la fuente.

—¿Lista?

—Sí —responde.

—¿Es la mejor pose que tienes? —Bromeo.

Está de pie frente a la fuente, agarrando su gorra y sus gafas de sol.

Pone los ojos en blanco.

—Solo tome la foto.

Lo hago. Después, le echo un vistazo. Se ve bien.

—¿Y bien? —pregunta Stella.

—Vamos a hacer una más para estar seguros —le digo.

Me dispongo a hacer otra foto, pero antes de que lo logre, siento una gota de agua en mi mano. Cuando la miro, otra cae a su lado. Levanto la cabeza y me doy cuenta de que las nubes oscuras han empezado a derretirse.

Escondo la cámara bajo mi jersey y miro rápidamente a mi alrededor en busca de refugio, pero todo lo que veo son arbustos. ¿Dónde estaba el invernadero? ¿O el quiosco?

Entonces siento un tirón en el brazo. Giro la cabeza y veo a Stella con su paraguas y una mirada de preocupación en su rostro.

—Si no le importa, podemos compartirlo.

CAPÍTULO CINCO

Stella

No debería haberme ofrecido a compartir mi paraguas con Ethan.

Fue una mala idea, una receta para el desastre. Mi paraguas está diseñado para una persona, no para dos, y Ethan es un tipo grande, así que ahora mi hombro se está mojando por la lluvia, lo que significa que se está enfriando, aunque me esfuerzo por no llamar la atención de Ethan. Además, él es más alto que yo, sobre todo porque no llevo tacones, así que es Ethan quien sostiene el paraguas. En cierto modo, eso es bueno: creo que se me caería el brazo si fuera yo quien lo llevara. El problema es que cada vez que sopla la brisa, las gotas de lluvia se posan en mis mejillas. Menos mal que la lluvia no es tan fuerte (un chaparrón suave en lugar de un aguacero) o ya estaría completamente empapada de pies a cabeza. Pero no por eso creo que haya tomado una mala decisión.

Ethan me rodea con su brazo y me acerca a él. Su mano se posa bajo mi axila, cerca de mi pecho.

—Te estás mojando.

Tiro del brazo hacia mi pecho para que no choque con su firme estómago de forma incómoda, pero apenas puedo conseguir espacio para el codo.

Esta es la razón.

Durante todo el día, he intentado mantener las distancias con Ethan porque, a pesar de lo increíble que fue la noche anterior, me dejó confundida. Antes solo habíamos parloteado un poco. Anoche definitivamente no fue eso. Fue una conversación real. Una íntima. Fue la primera vez que Ethan mostró algún interés en mi vida personal, en realidad. Siempre ha sido amable conmigo, pero anoche fue agradable. Y no como un jefe. Es cierto que seguía vestido de traje, pero me trató más como una amiga. Incluso me puso una manta encima cuando estaba durmiendo.

¿Ethan y yo somos amigos?

No. No podemos serlo. No podemos tener ningún tipo de relación personal o de lo contrario otras personas se darán cuenta y se quejarán o difundirán rumores desagradables. Por eso me dije que daría un paso atrás. Por eso estaba decidida a hacer turismo sola. Sin embargo, Ethan insistió en acompañarme, y ahora estamos aquí, apretujados bajo un paraguas hecho para uno. No hay lugar para que me esconda. No hay forma de huir.

Ahí va todo mi trabajo duro.

Ethan y yo estamos tan cerca el uno del otro que puedo sentir su colonia para afeitarse olor a menta. ¿O es su aliento? Si inclino mi cabeza hacia la derecha, podría apoyarla contra su hombro. Si la girara y él girara su cabeza al mismo tiempo, nuestros labios estarían a menos de un centímetro de distancia.

Olvídate de amigos. Compartir un paraguas en una bonita ciudad europea mientras se camina por una vieja y estrecha calle adoquinada, con los cuerpos acurrucados, sin intercambiar palabras contra el golpeteo de la lluvia... es una página sacada directamente de una historia de amor. De hecho, estoy segura de que cualquiera que nos viera ahora mismo nos confundiría con una pareja.

Y casi desearía que lo fuéramos. Desearía que fuéramos recién casados en Zúrich para nuestra luna de miel. Entonces no nos importaría lo que piensen los demás. O la lluvia. O por tener un paraguas pequeño. O la tentación de besarse.

Ves, todo esto de compartir paraguas me está jugando una mala pasada.

Tengo que hacer algo mientras pueda pensar con claridad. Tengo que salir de esta situación antes de que se apodere de mí. ¿Qué hago?

Justo en ese momento, veo por el rabillo del ojo una chocolatería. Es una de las que tenía excelentes referencias. Oración respondida.

Señalo la tienda y hablo en voz alta.

—Vamos a entrar ahí.

Ethan me encamina hacia la chocolatería. En cuanto estamos bajo el toldo, me libero de su agarre. Por fin, un poco de espacio para respirar. Mientras dobla el paraguas y lo deja en el estante, me seco el hombro lo mejor que puedo. Luego entramos.

Nada más entrar, aspiro el aroma del cacao. Se me hace agua la boca. Veo los montones de chocolate expuestos: marrón oscuro, marrón claro, cuadrado, ovalado, rectangular, redondo, en forma de corazón, a rayas, espolvoreado, coronado con trozos de oro. Trago saliva.

Esto es el paraíso.

—Hola. ¿Qué tipo de chocolate busca? —me pregunta la vendedora del mostrador con una cálida sonrisa.

Miro los trozos de chocolate y me pongo las manos en las mejillas. Nunca pensé que me harían una pregunta tan sorprendente ni que me costaría tanto responder.

—Um...

—Puede probar todos los que desee, dice la vendedora.

Mis cejas se arquean.

—¿En serio?

Suena demasiado bueno para ser verdad, pero ella asiente.

—Es verdad —secunda Ethan—. Puedes probar todas las variedades.

Y me encantaría, pero no me parece justo, ya que solo pienso comprar una docena como máximo. Además, todavía quiero poder meterme en los vestidos que he traído.

Me asomo al cristal. De momento, solo veo trozos de chocolate negro y con leche.

—¿Tiene chocolate blanco? —pregunto.

—No —La vendedora niega con la cabeza—. Lo siento.

—Me temo que el chocolate blanco no se considera realmente chocolate por aquí —me susurra Ethan.

Lo miro con desconcierto. ¿Qué? Estoy bastante segura de haber visto una tableta de chocolate blanco con un nombre suizo en el envoltorio.

—Al parecer, el chocolate blanco solo se hace con manteca de cacao, no con el grano —explica.

Asiento con la cabeza.

—Ya veo.

Ahora me siento estúpida. Estoy segura de que la vendedora también piensa que lo soy, aunque mantiene su sonrisa perfecta.

—Si busca algo dulce, ¿puedo sugerirle un chocolate con relleno de ganache cremoso? —dice.

—En realidad, creo que probaré uno de los rellenos de caramelo —respondo.

Estoy segura de que lo tienen.

La vendedora me ofrece un trozo cuadrado a rayas en un platillo de cartón dorado. Lo cojo y lo muerdo. Casi inmediatamente, el caramelo pegajoso rezuma. Un hilo se me pega a la barbilla.

Me como el resto antes de que el caramelo me manche los dedos y la cara. No puedo creer que esté comiendo como un niño de tres años.

Ethan me ofrece su pañuelo. Aunque no quiero aceptar ningún favor de él, lo tomo y me limpio la barbilla y la boca.

Bueno, eso ha sido vergonzoso.

—Gracias —le digo a Ethan—. Miro su pañuelo, que ahora tiene manchas de mi labial. —Se lo devolveré más tarde, después de lavarlo.

—No te preocupes —dice. Luego se señala los dientes delanteros.

Tardo un segundo en entender lo que quiere decir. Cuando lo hago, una maldición sale de mis labios.

—Mierda.

Saco rápidamente mi polvera del bolso y me miro los dientes. Efectivamente, tengo un trozo de caramelo pegado entre dos de ellos. Me deshago rápidamente de él, pero el daño a mi autoestima ya está hecho.

—Dios mío. Esto es tan vergonzoso.

—No es tan vergonzoso como tener un bigote de chocolate durante casi todo un día, dice Ethan.

Tapo mi polvera y entrecierro los ojos para mirarlo.

—¿Qué?

—Cuando estaba en primer grado, llegué a casa del colegio y cuando mi madre me vio, se puso pálida. Pensó que me sangraba la nariz porque tenía algo entre la nariz y los labios. Pero no era así. No era sangre. Era chocolate.

Mis ojos se abren de par en par.

—¿Chocolate?

—Verás, me comí una tableta de chocolate en el coche de camino a la escuela y debió quedarme un poco bajo la nariz. Así que, tenía un bigote de chocolate. No me extraña que mis compañeros me miraran raro.

Mis cejas se fruncen.

—¿Pero nadie se lo dijo?

Ethan niega con la cabeza.

—No. Ni siquiera mi profesor. Quizá porque no quería avergonzarme.

Intento mantener una cara seria, pero no lo consigo, sobre todo cuando me imagino a Ethan con el bigote de chocolate ahora. Me tapo la boca con la mano.

—Lo siento mucho.

—No pasa nada. —Ethan se encoge de hombros—. Ves, todos tenemos nuestros momentos embarazosos con el chocolate. Eso no hace que nos guste menos.

Le sonrío. Me rindo. No hay manera de que siga actuando con tanta compostura a su lado cuando acaba de verme con caramelo entre los dientes, ni tampoco puedo actuar con distancia hacia él cuando me cuenta un momento embarazoso de su pasado para hacerme sentir mejor. No sé por qué está siendo tan amable, pero sé que tengo que devolverle el favor.

—No se preocupe —le digo—. No le contaré a nadie lo de su bigote si usted no le dice a nadie lo de mi...

—¿Diente de chocolate? Trato hecho. —Mira hacia el mostrador—. Entonces, ¿quieres probar otra cosa? Supongo que no vas a comprar el de caramelo.

—La verdad es que sí —respondo—. Pero no para mí. Para un amigo.

—¿Un amigo?

—Randy, de informática.

Los ojos de Ethan se entrecierran.

—Creía que no tenías ningún amigo en el trabajo.

Me toco la barbilla.

—¿He dicho eso?

No lo recuerdo.

—Es que no has mencionado a nadie antes —dice Ethan.

Bueno, hasta anoche, nunca habíamos hablado de la vida personal del otro.

—Pero me alegro —añade—. Me alegro de que tengas amigos.

Asiento con la cabeza.

—Sí. Es bueno tener gente con quien hablar en el trabajo. De hecho, son las primeras personas a las que se lo conté después de que enterarme del viaje a Suiza.

—Ya veo —Ethan se inclina hacia mí—. Así que este Randy, ¿es solo un amigo?

—Sí —respondo—. Es gay.

—Oh.

Oigo el alivio en su voz. Espera un segundo. ¿Ethan estaba celoso?

—¿Así que vamos a comprar una caja de bombones rellenos de caramelo para Randy? —Continúa.

—Solo una pequeña —le digo a la vendedora—. Y otra cajita de variados para mi otra amiga, Jess.

—Por supuesto —responde la vendedora.

—¿Jess también es de IT? —pregunta Ethan.

—De marketing.

—Ya veo. ¿Y para ti? ¿No vas a comprar ningún bombón para ti?

—Hmm —Vuelvo a echar un vistazo a la selección—. Realmente no sé qué quiero comprar.

—Bueno, ¿qué buscas?

—Algo dulce pero no demasiado. Algo delicado... y único.

—Deja que te ayude —ofrece Ethan.

Señala una de las piezas redondas de chocolate que tiene polvo de oro espolvoreado por encima. La vendedora se lo entrega y él me lo da a mí.

—Creo que este te va a gustar.

Miro fijamente el trozo de chocolate. Aparte del polvo de oro, parece perfectamente normal. Pero sé que no lo es. No puede serlo si Ethan lo ha elegido.

—¿Qué es? —pregunto con curiosidad.

—Pruébalo —me insta.

Me meto todo el trozo de chocolate en la boca y lo mastico, esperando que algo rezume y me inunde la boca. En lugar de eso, siento una miríada de sabores: dulce, salado, amargo, ácido, todos ellos mezclados a la perfección y fundiéndose suavemente sobre mi lengua. Nunca he probado nada igual.

—¿Qué lleva esto? —Vuelvo a preguntarle a Ethan.

No puede ser solo el polvo de oro lo que hace que sepa tan bien. De hecho, me doy cuenta de que lleva muchos ingredientes, algunos de los cuales me resultan casi familiares. Pero no puedo identificar ninguno de ellos.

—Pistachos de Irán, sal del Himalaya, aceite de trufa, té, frambuesas, azúcar de caña y otros catorce ingredientes —responde.

Mis ojos se abren de par en par mientras hago cuentas. ¿Esa cosita tenía veinte ingredientes? Sabía que tenía más de tres, pero ¿veinte?

—Está bromeando.

—No bromeo.

Y la mirada que me lanza lo corrobora. Maldita sea. ¿Veinte ingredientes en un trozo de chocolate? No me extraña que fuera una mini bomba de sabor.

—¿Te gustó? —pregunta Ethan.

Asiento con la cabeza.

—Es único.

Ethan sonríe.

—Me recuerda a ti, de hecho. Sencillo por fuera, bonito, pero con un montón de capas inesperadas por dentro, cada una igual de sorprendente.

Mis cejas se levantan. ¿Es eso lo que piensa de mí?

Mira a la vendedora.

—Pediré una caja grande de eso. Ah, y también pagaré las otras dos cajas.

—No —protesto con incredulidad—. No puede hacer eso.

Los ojos de Ethan se entrecierran.

—¿Por qué no?

Porque ya has hecho mucho por mí.

—Porque es mi jefe y...

—Lo que significa que haces lo que yo digo. Y yo digo que pago.

—Pero...

—Sin peros —me corta mientras levanta un dedo—. Considéralo mi forma de agradecerte que me dejes compartir tu paraguas.

De ninguna manera. Abro la boca, a punto de protestar un poco más, pero su mirada me dice que no va a escuchar nada. En cambio, suelto un suspiro. No puedo creer que obtuve tres cajas de bombones de lujo solo por compartir un paraguas con alguien.

Hablando de paraguas...

Miro por la ventana.

—Ha dejado de llover —observo en voz alta.

Ethan también gira la cabeza.

—Así es.

Lo miro. ¿Son imaginaciones mías o acabo de oír un tono de decepción en su voz?

—¿Y ahora a dónde vamos? —me pregunta—. ¿Caminamos un poco más?

—La verdad es que tengo un poco de hambre —confieso.

Después de todo, solo he comido un sándwich y he caminado mucho desde entonces.

—Yo también —admite Ethan.

Ahora que lo pienso, no creo que haya comido hoy.

Me sonríe.

—Ya que hemos tomado el postre, ¿qué te parece si cenamos?

~

—Eso estuvo muy bien —le digo a Ethan después de cenar mientras me limpio los labios húmedos con la servilleta de la mesa.

Puede que no haya sido una comida de cuatro platos en un restaurante de lujo, sino solo un plato principal abundante (un sabroso estofado de cerdo) y un postre sencillo (el mejor strudel de manzana que he probado nunca) en un pequeño y acogedor lugar al lado de la carretera, pero ha sido igual de satisfactorio.

—Lo sé —asiente Ethan—. No puedo creer que nunca haya comido aquí.

—Yo sí —Alcanzo mi copa de vino—. ¿No suele comer en restaurantes que no tengan al menos cuatro juegos de cubiertos?

Se echa hacia atrás en su silla.

—Lo creas o no, la comida más cara que he tenido fue un solo plato de sushi que me comí con un par de palillos.

—¿Y la más barata? —pregunto con curiosidad después de tomar un sorbo.

Ethan se toca la barbilla mientras hace una pausa para pensar.

—Seguro que nunca ha comido una hamburguesa con patatas fritas de una cadena de comida rápida —le digo—. O comido en la cafetería de su colegio.

—En realidad, sí he comido en la cafetería del colegio.

Me inclino hacia delante.

—Déjeme adivinar. En la cafetería de su colegio había filete, langosta y caviar.

—Ojalá hubiera sido así —Se ríe.

—¿Así que había patatas fritas empapadas y pastel de carne insípido?

Frunce el ceño.

—No exactamente.

Eso pensé.

—Pero eso no significa que mi vida haya sido perfecta.

Lo sé. Perder a tu madre a los doce años y tener un padre que espera tanto de ti debe ser duro. Y tengo la sensación de que acabo de recordarle lo difícil que es.

Tomo un trago de vino.

¿Qué hago arruinando una comida tan bonita?

—Al menos tiene a sus hermanos —le digo en un intento de deshacer el daño que he hecho—. Llegarán aquí mañana, así que puede traerlos.

—Estarán ocupados —responde Ethan—. Todos lo estaremos.

Por supuesto.

—Pero al menos están todos juntos en esto.

Sé que no están de acuerdo en todo. He sido testigo de algunos de sus desacuerdos de primera mano. Pero también he visto lo mucho que se preocupan el uno por el otro y lo bien que pueden trabajar juntos.

—Es cierto —dice Ethan.

Sonrío.

—La verdad es que me da envidia. Cuando crecía, había muchas veces que quería tener aunque fuera un solo hermano. Se suponía que iba a tener un hermano mayor, pero murió horas después de nacer.

—¿Querías un hermano mayor?

—O una hermana menor —respondo—. Así habría podido enseñarle muchas cosas y disfrutar de su asombro y admiración.

Ethan sonríe.

—Creo que habrías sido una excelente hermana mayor.

Intento no sonrojarme ante el cumplido.

—¿Y usted? —le pregunto—. ¿Le gusta ser el hermano mayor?

Se yergue en el asiento.

—No me gusta ser el hijo mayor.

No me lo esperaba.

—¿Porque es el que tuvo que hacerse cargo de la empresa? —pregunto.

—La verdad es que no me molesta —responde—. Creo que tengo un don para los negocios.

En eso no se equivoca.

—Si no tuviera que hacerme cargo de la empresa familiar, creo que habría fundado la mía propia.

Y habría tenido éxito, sin duda.

—Las responsabilidades y expectativas relacionadas con la empresa las puedo manejar —añade Ethan—. Son las personales las que me resultan agotadoras.

—¿Cómo? —pregunto.

Ethan suspira.

—Como que mi padre insista en que me case.

Mis cejas se arquean. No tenía ni idea de que eso ocurriera. Sin embargo, tendría sentido que Ethan se casara. Ya ha llegado a lo más alto de la escala empresarial, así que no hay mejor momento para que siente la cabeza. Además, ya tiene treinta y seis años. Muchos hombres se casan antes de cumplir los treinta.

¿Por qué no se me ocurrió antes? ¿O intentaba no pensar en ello porque quería que siguiera siendo soltero? ¿Por qué? ¿Porque tenía miedo de que si tenía una familia no pudiera trabajar tanto? ¿O era por mi pequeño enamoramiento, que me estoy dando cuenta de que puede que no sea tan pequeño después de todo? ¿He estado disfrutando en secreto del hecho de que esté demasiado ocupado con el trabajo para tener una vida personal porque no quiero que preste atención a ninguna otra mujer que no sea yo? ¿He estado deseando secretamente que nunca se casara?

Debo de haberlo hecho, porque cuando la idea de que Ethan pueda casarse se me mete en el cerebro, el corazón se me hunde en el estómago.

¿Podría entrar un día en la oficina de Ethan y oírle pedirme que compre un anillo de compromiso para su prometida? O peor aún,

¿encontrar a una mujer en su despacho con un anillo en el dedo y una sonrisa de satisfacción en la cara?

Cojo mi vaso y me trago el resto del vino.

Sé que Ethan es mi jefe. Sé que es multimillonario. Sé que es imposible que terminemos juntos. Aun así, no puedo evitar que me moleste la idea de que esté con otra mujer.

—¿Su padre ya tiene una esposa en mente para usted? —pregunto, aunque no estoy segura de querer escuchar la respuesta—. O tal vez usted tenga a alguien en mente.

Ethan se encuentra con mi mirada. Por un momento, nos miramos fijamente desde cada lado de la mesa, sin decir nada. Luego endereza los hombros y alisa los bordes de su chaqueta.

—¿Sabes qué? No hablemos de eso.

—De acuerdo.

No me importa dejar el tema incómodo. Solo desearía haber escuchado primero su respuesta a mi pregunta. ¿Ya hay una mujer en la carrera para ser su esposa? ¿Sí o no?

Ethan le hace una señal al camarero para que le dé la cuenta y la paga. Luego se levanta.

—Sé que aún es temprano, pero mañana tendremos un gran día. ¿Volvemos al hotel?

CAPÍTULO SEiS

Ethan

—Buenas noches —le digo a Stella cuando llegamos a la puerta de su habitación en el hotel.

No sonríe. No más amabilidades. No más rodeos. Solo las habituales palabras de despedida que nos dedicamos el uno al otro cuando termina un día de trabajo y tenemos que tomar caminos distintos.

—Buenas noches —responde ella.

Me dirijo hacia la siguiente puerta. Meto la mano en el bolsillo para sacar la tarjeta llave.

—Y gracias —añade Stella—. Por acompañarme hoy a pasear por la ciudad. Me divertí.

Mis labios casi se curvan en una sonrisa. Lo dice la mujer que antes insistía en ir sola. Quiero decirle que yo también me he divertido, pero tengo miedo de que, si digo otra palabra, se diga todo lo que he intentado no decir. O peor aún, si paso un minuto más con ella, podría acabar besándola, porque eso es lo que quiero hacer ahora mismo. Quiero inmovilizarla contra esa puerta y besarla a fondo, para luego entrar en su habitación y hacerle otras cosas con la boca, con las manos, con todo mi cuerpo. Hago todo lo posible por contenerme en este momento, pero no confío en que mi determinación se mantenga, así que simplemente asiento en dirección a Stella y entro en mi habitación.

Una vez adentro, cierro la puerta tras de mí y me dirijo al baño. Me quito la ropa, abro la ducha y me meto en el agua. El agua se siente bien en mi piel y me alivia los músculos. Mientras baja por mi cuerpo a través de varios recorridos, cierro los ojos, respiro profundamente y ordeno mis pensamientos.

Stella, ¿qué voy a hacer contigo?

Hay un millón de cosas que quiero hacer con ella, pero no puedo hacer ninguna. Puede que estemos en Suiza y que hayamos pasado una tarde perfecta juntos sin hacer nada relacionado con el trabajo, pero el hecho de que soy su jefe no ha cambiado. Eso lo sé. El problema es que ya no me conformo con ser solo su superior. Ni siquiera me conformo con ser solo su amigo, aunque dije que eso es lo que intentaría ser.

Afrontémoslo. Esta tarde fue una cita. Hicimos cosas en pareja: pasear por la ciudad, caminar bajo la lluvia con un solo paraguas, probar diferentes chocolates y compartir historias embarazosas, tener una cena tranquila y romántica en un restaurante de carretera. Y Stella las disfrutó todas. Yo también lo hice. Me gustó pasar tiempo a solas con ella, aprender cosas nuevas sobre su vida y compartir experiencias con ella.

Quiero pasar tiempo con ella en la cama. La sola idea de mi miembro enterrado dentro de ella me hace palpitar. Gruño.

Tal vez sea solo lujuria. Quizá he estado demasiado tiempo sin una mujer, con lo ocupado que he estado últimamente, y me está pasando factura como predijo Asher. Tal vez debería volver a salir y relacionarme con alguien. Pero no. Algo me dice que ninguna otra mujer lo hará. De hecho, antes, cuando hablábamos de la insistencia de mi padre y Stella me preguntó si tenía alguna mujer en mente, solo pude pensar en ella.

La quiero a ella.

Pues ve por ella.

Soy esa clase de hombre. Si quiero algo, voy a buscarlo. Así es como he llegado lejos como hombre de negocios. Por eso estoy aquí en Zúrich, decidido a adquirir esa joven y prometedora empresa sobre la que muchos otros han puesto sus ojos. Si quiero a Stella, y la quiero, solo tengo que tomarla. He leído su diario. Sé que es lo que ella también desea.

¿Y qué si soy su jefe? No estamos en la oficina. De hecho, estamos a miles de kilómetros de allí. Ella es mi única empleada aquí. Mañana llegarán mis hermanos, pero por ahora, estamos los dos solos. Podemos hacer lo que queramos y nadie lo sabrá. Y cuando terminemos, podemos seguir trabajando como siempre. Podemos hacerlo. Somos adultos. Profesionales. Podemos guardar un secreto.

Coloco mi mano sobre los azulejos. Tentador. Muy tentador. La cosa es que no depende de mí. Claro, Stella puede quererlo, pero tiene que estar de acuerdo. Y no puede simplemente insinuarlo. Tiene que decirlo. Tiene que venir a mí. ¿Quizás si le doy un pequeño tirón, se subiría a mi regazo?

Sacudo la cabeza. Ya basta de esta locura. He tenido un largo día. Mañana tengo uno importante. Debería estar pensando en el trabajo, no en mi pene.

Dejo que la ducha haga su trabajo y salgo. Me seco, me pongo la bata que cuelga de la percha de la pared y me dirijo a mi escritorio. Enciendo el ordenador y me pongo a trabajar.

Después de un rato, me detengo. Debería irme a dormir, pero aún no tengo sueño. Me sirvo un vaso de whisky y me dirijo al balcón para tomar un poco de aire fresco. Para mi sorpresa, Stella también está en el suyo, inclinada sobre la balaustrada con la mirada puesta en el horizonte, con el pelo cayendo en cascada por encima de sus hombros y ondeando cuando sopla la brisa. Lleva la misma bata de baño que yo, pero no puedo evitar pensar que le queda mejor. Tampoco puedo evitar preguntarme qué lleva debajo, si es que lleva algo.

En ese momento, gira la cabeza. Nuestras miradas se encuentran. Siento que la mía se ensancha ligeramente mientras sus ojos ámbar se abren como platos. Sus labios se separan. Sus mejillas adquieren un tono rosado. Las esconde bajo su pelo mientras se endereza y se da la vuelta.

¿Por qué? Su reacción parece exagerada para ser solo porque no esperaba verme. Debe haber considerado la posibilidad ya que nuestras habitaciones están una al lado de la otra. ¿Es porque una vez más la he pillado con la guardia baja? ¿O es porque la he sorprendido haciendo algo que cree que no debería hacer, como pensar en mí, por ejemplo?

¿Ha estado pensando en mí tanto como yo en ella?

Le doy un sorbo a mi whisky.

—¿No puedes dormir?

—Sí —responde Stella—. Debe ser el jet lag.

—Debe ser.

—Pensé que estaría lo suficientemente cansada como para poder dormir, pero creo que no es así. También pensé que el vino me ayudaría, pero quizás necesito algo más fuerte.

Miro el líquido en mi vaso y luego a ella.

—¿Quieres un whisky?

Sus cejas se arquean. Luego agita la mano delante de ella.

—No, gracias. Yo...

—Tengo bastante —le digo.

Ella niega con la cabeza.

—Yo... no bebo whisky.

Y, sin embargo, mira mi vaso.

Me lo llevo a los labios.

—Acabas de decir que necesitabas algo más fuerte. Esto podría servir.

Sin embargo, Stella duda. Sus cejas se fruncen mientras golpea sus dedos en el brazo.

Un empujón más.

—Sabes, si no duermes bien será un problema para mí también. Necesito que mañana estés lo mejor posible.

Eso es todo. Ella deja escapar un suspiro y se rinde.

—Bien. Lo intentaré.

Asiento con la cabeza.

—Ven y te serviré un vaso.

En cuanto termino de hablar, me doy cuenta de lo que acabo de hacer, exactamente lo que estaba planeando antes. La he atraído. La he invitado a mi habitación. Y ella ha aceptado. Así de fácil. Por un segundo, pienso en cancelar mi invitación, pero es demasiado tarde. Stella ya ha salido del balcón.

Termino mi bebida y me dirijo a la puerta. Cuando la abro, ya está parada afuera.

¿No va esto demasiado rápido? No tiene sentido. Ya he esperado demasiado tiempo.

Doy un paso hacia atrás.

—Entra.

Es su última oportunidad de volverse, y no lo hace. Se ajusta bien la bata y se dirige directamente al balcón.

Cojo la botella de whisky y otro vaso y me uno a ella. Sirvo las bebidas y le doy una.

—Gracias —dice Stella mientras acerca su cuerpo hacia mí.

Mientras da un sorbo a su escocés, mi mirada se desvía hacia el muslo desnudo que asoma por debajo de su bata. Supongo que no lleva pantalones cortos ni camiseta. ¿Ropa interior?

Mis ojos vuelven a su cara, justo cuando se frunce en una expresión de desagrado.

—¿Demasiado fuerte? —le pregunto.

—Un poco.

Deja su vaso y se inclina sobre la balaustrada. Esta vez, vislumbro su escote. ¿Tampoco lleva sujetador?

—Esta vista es preciosa, ¿verdad? —dice.

Me giro para admirarla mientras dejo que el whisky se deslice por mi garganta. Supongo que hay algo fascinante en esas hileras de luces más allá del lago y en las montañas que se asoman por encima de todo, pero no es tan impresionante como la vista que tengo a mi lado.

Se endereza.

—¿Cuál es la ciudad más bonita en la que ha estado?

Hago una pausa para pensar.

—Roma, tal vez. O Florencia. O París.

—París —repite Stella con un suspiro soñador mientras vuelve a dirigir su mirada hacia el horizonte.

—Me encantaría ir a París.

—Lo sé.

Me mira intrigada.

—Es que puedo adivinar que te encantaría ir allí, dado lo mucho que te gusta aquí —le explico rápidamente mientras me doy una patada interior.

Casi hago que se dé cuenta de que he leído su diario, lo que habría estropeado el ambiente.

—¿Le preocupa lo de mañana? —me pregunta Stella.

Bebo otro trago de whisky.

—¿Qué te hace decir eso?

Se encoge de hombros.

—Es que parece que... está un poco tenso.

Así que se ha dado cuenta. Supongo que ya sabe leerme bien. Tiene razón. Estoy estresado, pero no por la razón que ella piensa.

—Es natural, por supuesto —continúa—. Mañana es un momento crítico.

—Lo es —acepto antes de terminar mi bebida y dejar el vaso vacía—. Pero no es eso lo que me preocupa.

—Oh —Parece sorprendida—. ¿Entonces es porque estaba pensando en la... petición de su padre?

—Me río.

Estoy bastante seguro de que «petición» no es la palabra.

—No creo que sea una mala idea, en realidad: que se case —dice Stella mientras me mira a los ojos—. Pasa demasiado tiempo en el trabajo. Debería tener más para usted. Y no sería tan malo tener a alguien por quien volver a casa, alguien a su lado que escuche sus preocupaciones, le apoye y le anime cuando tenga un mal día.

Alguien como ella.

—¿Y tú? —le pregunto—. ¿Tienes planes de casarte?

—Algún día —responde con un matiz de esperanza en su voz.

Al mismo tiempo, veo el miedo en sus ojos. ¿De verdad cree que no es lo suficientemente buena para ningún hombre? Es absurdo.

—Cualquier hombre sería un tonto si no te quisiera. —Me hallo diciendo.

Los ojos de Stella se abren de par en par. Sus mejillas vuelven a ponerse rojas. Desvía la mirada y coge su vaso de whisky para beber un par de tragos. Luego lo deja y resopla.

—Entonces todos los hombres son tontos —refunfuña—. Ninguno ha intentado siquiera besarme.

Bueno, yo no soy un tonto. Y he dejado de ser un cobarde.

Me acerco a Stella para estar a su lado y la miro a los ojos.

—¿Quieres que lo haga?

Ella respira profundamente. Puedo ver el deseo y la sensibilidad luchando a través de sus ojos. Por un momento, pienso que lo segundo podría ganar, pero entonces abre la boca y deja escapar un susurro.

—Sí.

CAPÍTULO SIeTE

Stella

Debería haber dicho que no. No está bien que Ethan me bese. Pero esa no era su pregunta. La pregunta era si yo quería que él me besara, y así era.

Me he estado preguntando cómo se sentirá tener sus labios sobre los míos desde la noche en que nos conocimos. Durante los últimos dos años, he estado soñando con ello, imaginándolo. Sí, incluso me he masturbado con ello.

Y, sin embargo, esto no se parece a nada que haya imaginado.

Los labios de Ethan son suaves pero firmes, como mi almohada favorita. En el momento en que tocan los míos, mis párpados caen. Me presionan suavemente, con reverencia, y mi corazón se agita. La excitación bulle en mis venas. Sus labios continúan besándome, una y otra vez, mientras pasa sus dedos por mi pelo hasta que siento que el resto de mis defensas se desmoronan. Mi boca se relaja.

Le devuelvo el beso a Ethan a tientas. Después de todo, no sé lo que estoy haciendo. Pero Ethan claramente lo sabe. Atrapa mi labio inferior entre los dos suyos. Entonces siento que algo cálido y húmedo roza mi labio superior. Separo los labios y saco la lengua un poco. Se frota contra la suya y el calor me llega hasta los dedos de los pies.

La lengua de Ethan entra en mi boca y mi cabeza da vueltas. Me aferro a su cintura. Sus dedos se enredan en mi pelo mientras me toma la nuca. Su otra mano me acaricia el brazo por encima de la manga de la bata. Cuando su lengua roza la mía, siento que empiezo a derretirme: mi capacidad de pensamiento coherente, mis pechos, mis rodillas, mi vientre, la parte más secreta de mí entre las piernas. Siento un cosquilleo como nunca antes dentro de mis bragas. La seda se humedece. Me estremezco y gimo en la boca de Ethan.

Se aparta y me doy cuenta de que he estado conteniendo la respiración. Tomo una bocanada de aire y la pierdo cuando Ethan me besa la oreja.

¿No ha terminado?

Su lengua recorre las curvas del lóbulo de mi oreja mientras su mano me acaricia la mandíbula. Me hace cosquillas y respiro con fuerza.

¿Qué está haciendo? ¿Intenta volverme loca con su boca?

La mueve hacia mi cuello, justo por encima de mi bata. Me besa encima del pulso y este empieza a acelerarse. Me pregunto si puede sentirlo.

¿Sabe lo que me está haciendo?

Arrastra sus labios por el escote de mi bata. Cuando se oprimen contra el escote, me quedo inmóvil. No llevo sujetador, así que todo lo que tiene que hacer Ethan es tirar un poco de la bata y podrá ver mis pechos desnudos. Puede meter las manos y tocarlos. Y una parte de mí lo desea. Mis pechos ya se están hinchando por la anticipación. Mis pezones se tensan contra el algodón.

Pero Ethan no los toca, ni los ve. En cambio, se arrodilla frente a mí. Mis cejas se arquean.

¿Ha perdido la cabeza? ¿Está borracho?

Lo tomo del brazo.

—¿Qué está haciendo?

—Besándote —responde antes de levantar el dobladillo de mi bata para presionar sus labios contra mi rodilla.

¿Ahí?

Ethan continúa, el camino de besos sube por mi muslo mientras desaparece bajo mi bata. La piel me arde allí donde tocan sus labios. Con cada beso, mi excitación aumenta. Y mi preocupación.

¿Dónde acabará este recorrido?

Cuando su boca llega al borde de mis bragas, le pongo la mano en el hombro con la intención de apartarlo. En lugar de eso, acabo agarrándola mientras él besa la seda húmeda. Jadeo al sentir el roce de sus labios con mi zona intima.

¿Ethan me está besando... ahí? Eso es algo que nunca había imaginado.

Lo hace de nuevo y el cosquilleo entre mis piernas es más fuerte que antes. Utiliza su lengua, la punta presiona contra mi clítoris, y mis rodillas se debilitan. Me agarro a su otro hombro y me apoyo en él para no caer. Mis uñas se clavan en el algodón.

Una y otra vez, Ethan me lame a través de la seda. La piel me arde. Mis bragas están cada vez más mojadas. Un poco más y podrían disolverse.

De pronto, se detiene. Un suspiro sale de mis labios. ¿Alivio? ¿Decepción? No lo sé, pero antes de que pueda averiguarlo, Ethan desliza sus pulgares por debajo de la liga de mis bragas y empieza a bajarlas.

¿Qué?

Le doy una palmadita en el hombro.

—Ethan.

Su cabeza sale de mi bata y levanta la vista. Lo miro a los ojos están entrecerrados.

—Has dicho mi nombre —dice.

Se me cae la mandíbula. Mierda. Lo he dicho. He utilizado su nombre de pila. Me doy cuenta de ello con una pizca de preocupación. ¿Lo hice enfadar?

—Lo si...

Mi intención de disculparme se evapora de mis labios cuando los suyos se curvan en una sonrisa. El deseo brilla como una brasa en sus ojos negros como el carbón.

Desaparece de nuevo bajo mi bata y continúa donde se quedó. Mi ropa interior se desliza hasta las rodillas.

Pensar que su cara está justo delante de mi parte más privada, que probablemente la esté mirando fijamente, me hace arder las mejillas. La vergüenza me hace sentir un cosquilleo en el pecho.

¿No es esto un beso demasiado intenso?

Los labios de Ethan me presionan. Contengo la respiración. Entonces siento la punta de su lengua sobre mi piel acalorada. Jadeo.

¿Me está lamiendo?

Ahora estoy aún más avergonzada. Y no solo eso. Me siento expuesta. Vulnerable.

—Ahí no — le digo a Ethan mientras lo alejo a medias.

Él encuentra mi mirada.

—¿Por qué no?

—No.... se siente bien —respondo.

Sé que me he duchado hace unos minutos y que no tengo ninguna enfermedad, pero aun así me siento... sucia. Se siente como algo que no debería pedirle a ningún hombre, y mucho menos a este hombre.

Ethan frunce el entrecejo.

—¿Quieres decir que no se siente agradable?

¿Es así? Estaba demasiado nerviosa para darme cuenta.

—No es eso. Solo se siente... Hago una pausa mientras lucho por encontrar la palabra correcta, o al menos un término mejor que el que estoy pensando.

—¿Sucia? —Ethan me lo quita de la cabeza.

Lo miro sorprendida. ¿Cómo lo ha sabido?

Sonríe divertido y me siento aún más confundida. ¿Se está burlando de mí?

Entonces toma mi mano. Después de besar mi palma con reverencia, me mira a los ojos, con una mirada tierna.

—No te preocupes —me dice—. No pasa nada. Confía en mí.

No respondo. No puedo. Mi mente sigue siendo un lío, dividida entre el deseo y el intento de hacer lo correcto, aunque no pueda saber qué es. ¿Está esto realmente bien?

Antes de que pueda convencerme, Ethan continúa. Vuelvo a sentir su lengua sobre mí y me tiemblan las rodillas. Supongo que se siente bien. Y se pone aún mejor cuando me separa con sus dedos y su lengua entra en mí, tan rico que se me corta la respiración y me estremece. Un sonido extraño sale de mis labios. Me coge por sorpresa.

¿He sido yo?

Sé que he gemido antes mientras me tocaba. Probablemente también he gemido. ¿Pero qué ha sido eso de ahora? ¿Un... chillido?

Me tapo la boca con la mano. Esto ya es bastante embarazoso incluso sin hacer ruidos extraños.

En ese momento, sopla una brisa que hace que los mechones de pelo me golpeen las mejillas. Me arden más al recordar dónde estamos: en el balcón. En el exterior. En público.

Mierda.

—Espera —le digo a Ethan en un arrebato de pánico mientras intento apartarlo—. Alguien podría vernos.

—Nadie lo hará —responde él, quedándose bajo mi bata.

—Pero estamos afuera.

—No hay ningún otro... edificio cerca.

Tiene razón. Solo está el lago frente a nosotros. Sin embargo...

—¿Qué pasa con los otros huéspedes? Podrían vernos.

—Solo te verán a ti... parada en el balcón.

Exactamente. Me verán.

Estoy a punto de decir algo más, pero la lengua de Ethan me roza el clítoris. Jadeo y frunzo el ceño. No sé qué me preocupa más, si el hecho de que no parezca importarle que nos puedan descubrir, o el que hable entre los perversos golpes de su lengua contra mi piel abrasada y sensible.

—Relájate —añade—. Solo disfruta. Y si te preocupa que te descubran, intenta bajar la voz.

Lo intento. Me apoyo en la balaustrada y respiro profundamente. Luego cierro los ojos y trato de olvidarme de mi entorno. Me concentro en lo que Ethan está haciendo, con su cálida lengua deslizándose dentro de mí, lamiéndome mientras me derrito, en sus dedos que me palpan el clítoris. Me agitan y el placer se extiende por todo mi cuerpo como si fueran fuegos artificiales bajo mi piel. Los dedos de mis pies se crispan. Mis uñas rozan el borde de la balaustrada de mármol mientras un gemido se escapa de mis labios.

Mierda. Disfrutar es la parte fácil. ¿Mantener el silencio? Casi imposible, sobre todo cuando el placer aumenta. Me vuelvo a tapar la boca para evitar que los sonidos se escapen, pero mis gemidos ahogados siguen llenando el aire cuando la lengua de Ethan se mueve más rápido. Y cuando esa lengua ejerce su magia contra mi clítoris mientras sus dedos se sumergen en mí, mi mano cae. Me agarro al pelo de Ethan a través de la bata mientras se me escapan suaves gritos.

Empuja sus dedos dentro de mí y me deshago. Mis miembros tiemblan. Mi cabeza cae hacia atrás. Mis ojos se cierran de golpe. Mi boca se abre de par en par, pero no sale ningún grito, solo un jadeo una vez que los temblores del placer se han calmado.

He tenido orgasmos antes, pero nunca como el que acabo de tener. Aquellos eran meras chispas. Esto fue una explosión.

Ethan por fin se para. Apenas puedo mantenerme en pie, así que no protesto cuando me levanta en brazos. Las zapatillas de mi habitación caen al suelo.

Me lleva al interior del cuarto y me deposita en la cama. Miro al techo mientras recupero el aliento.

—¿Estás bien? —me pregunta Ethan.

Giro la cabeza para mirarlo y veo la preocupación en sus ojos, así que asiento con la cabeza, aunque no estoy segura de estarlo. Todavía estoy mareada, cansada y confundida. No puedo creer que acabo de recibir mi primer beso y mucho más, y nada menos que de Ethan, mi amor de mujer madura, de hace más de dos años.

—¿Debo parar? —pregunta a continuación.

¿Cómo? me pregunto, pero me doy cuenta de lo que quiere decir cuando tira de la faja de su bata. La prenda blanca se desbarata y cae al suelo. Mi cabeza se levanta de la cama. Me quedo boquiabierta al ver lo que tengo delante.

Ethan está completamente desnudo. Por primera vez, me fijo en su pecho, sus músculos no están abultados ni llenos de venas como los de un culturista, sino apretados y suavemente esculpidos como un busto de marfil. Su abdomen también parece firme, aunque no puedo describirlo del todo porque me distrae el astil de carne que apunta hacia arriba desde su entrepierna.

Nunca se me ha dado bien medir las cosas a ojo, pero puedo decir que mide más de quince centímetros. Y grueso. No creo que pueda rodearlo con los dedos, aunque de repente me entran ganas de intentarlo. Parece que me está invitando en toda su gloria, con su hinchada cabeza de hongo brillando.

Trago.

—¿Stella?

Miro a Ethan. Como si su pene erecto no fuera prueba suficiente, la lujuria está escrita en su cara. Y esperanza.

Sé lo que está pidiendo. No es una pregunta, sino una petición. Ethan está pidiendo permiso para terminar lo que empezó, para tener sexo conmigo. Y no tengo la voluntad para negárselo.

Me incorporo.

—Está bien.

Tengo veintiséis años. Ya es hora de acabar con mi virginidad, y no se me ocurre ningún hombre mejor para perderla que él.

Ethan se sube a la cama. Lo rodeo con los brazos. De nuevo, captura mis labios. Su lengua se abre paso dentro de mi boca mientras me empuja hacia abajo. Saboreo algo dulce.

¿Esto es... a lo que sabe?

Ethan me agarra por la cintura. Un tirón y la bata cae a mis costados. Me quita la ropa interior. Luego levanta la cabeza y se toma un momento para mirar mi cuerpo.

Giro la cabeza hacia un lado. Incluso entonces, siento su mirada abrasadora sobre mi piel y mis latidos vacilan. Es extraño. Ya ha probado la parte más secreta de mí y aun así me siento avergonzada.

—Precioso —susurra Ethan.

Me encuentro con su mirada. La admiración en sus ojos me detiene el corazón y me deja sin aliento.

Nunca nadie me había mirado así.

Me besa de nuevo. Le paso los dedos por el pelo y le devuelvo el beso. Antes estaba agotada, es cierto, pero siento que recupero las fuerzas. Y mi excitación. El miembro de Ethan me roza el muslo y un escalofrío me recorre la espalda.

Se aparta y me besa en el cuello. Luego me quita la bata para poder besarme el hombro. A continuación, sus labios presionan el valle entre mis pechos. Se lleva uno a la boca y yo gimo.

Me agarro a su pelo y cierro los ojos mientras el placer se arremolina en mi pecho. Su hábil lengua vuelve a trabajar, esta vez rodeando mi pezón rígido y jugueteando con él. Me estremezco de placer.

Su mano pasa por mi estómago y se instala entre mis piernas. Sus dedos encuentran mi clítoris. Todavía está sensible por sus jugueteos de antes, y jadeo mientras intento apartar su mano. Abandona ese lugar, pero su mano permanece. Dos dedos se introducen en mi interior y un suave grito sale de mi garganta.

Mueve su boca hacia mi otro pecho mientras me estira. Tiro de sus cabellos mientras nuevas ondas de deseo recorren mi piel. Las yemas de sus dedos rozan los puntos anhelantes de mi interior, pero no parecen llegar lo suficientemente profundo. Mis caderas se mueven solas, queriendo más. Más.

En cambio, Ethan saca sus dedos. Casi gimoteo.

—Estás lista —dice mientras se acerca a la mesita de noche.

No digo nada. Me limito a esperar pacientemente mientras disfruto de la vista de su trasero redondo que parece ser todo músculo. Siempre supe que tenía uno bueno debajo de sus pantalones negros, pero maldita sea, esto me hace babear.

Trago saliva justo antes de que Ethan se dé la vuelta. Bueno, la vista de frente también es increíble, y es difícil no mirar cuando se pone el condón. De hecho, encuentro algo sexy en ello.

Se lo pone hasta la mitad y de repente oigo el sonido de algo que se rompe. Veo el desgarro en el lateral de la funda de goma.

—Joder —maldice Ethan mientras se lo quita. Luego me mira—. Lo siento. Debo haberlo tenido por demasiado tiempo.

Pensar que no se ha acostado con nadie en mucho tiempo me excita aún más. Le agarro de la muñeca para impedir que coja otro condón y luego envuelvo su pene con mis dedos. Al menos, lo intento. Tal y como pensaba, es demasiado grueso.

—Está bien —le digo mientras lo acaricio lo mejor que puedo—. Puedes metérmelo así.

Sus cejas se fruncen como si hubiera dicho una locura.

—¿Seguro?

—Claro.

Sé que está limpio. Confío en él. Y acabo de tener la regla, así que sé que no puedo quedar embarazada.

Además, esta no solo puede ser la primera vez que tengo sexo con Ethan Hawthorne. Puede ser la última. Quiero experimentarlo plenamente. Quiero sentir cada centímetro de él.

Ethan sonríe.

—Realmente eres algo más en la cama.

Lo tomo como un cumplido y sonrío.

Me borra la sonrisa de los labios con un beso feroz. Apasionado. Hambriento. Me hace arder de deseo.

Casi me olvido de su pene, pero entonces siento la punta empujando contra mí. Gimoteo.

Ethan deja de besarme. Me agarra los muslos y yo me aferro a los bordes de la almohada bajo mi cabeza. Contengo la respiración. En cuanto su miembro empieza a entrar en mí, cierro los ojos. Me llena lentamente, jalándome hacia él.

—¿Duele? —pregunta Ethan.

Abro los ojos para mirarlo.

El roce parece un poco rudo, pero no es nada que no pueda soportar, nada comparado con el dolor que veo en sus ojos. Me doy cuenta de que se esfuerza por contenerse porque no quiere hacerme daño, aunque eso signifique que sea él quien acabe sufriendo.

Bueno, yo tampoco quiero que sufra.

Le toco la mejilla.

—Estoy bien.

Entonces atrapo sus labios. Se quedan pegados a los míos mientras él sigue empujando su miembro dentro de mí. Entonces se detiene. Saca la polla un poco y la mete dentro de mí. Aparto la boca y grito.

Me agarro de las sábanas y le clavo los talones en las nalgas mientras él sacude mi cuerpo de un lado a otro con sus embestidas. Cada uno de ellas me hace jadear mientras su pene se frota contra todos esos puntos ardientes por dentro. La cabeza me da vueltas.

Ethan me dobla casi por la mitad. Veo mis pies en el aire. Entonces saca casi todo y vuelve a meterlo. Su pene me llena por completo y suelto un grito.

Lo corta con un beso mojado mientras me agarra las manos y me las clava a los lados de la cabeza. Luego me mira fijamente mientras me penetra.

Aprieto los ojos y dejo escapar más gritos. Sus embestidas son tan fuertes

que creo que voy a romperme, pero al mismo tiempo, se sienten tan bien. Siento que el placer vuelve a apoderarse de mí. En cualquier momento explotará.

—Stella —Ethan dice mi nombre en un ronco susurro.

Parpadeo para alejar las lágrimas de mis ojos y los abro a medias.

—Di mi nombre —me pide mientras sus caderas continúan su ritmo inmisericorde.

Sonrío.

—Ethan.

Se mueve aún más rápido y mis párpados se cierran. Unos cuantos empujones más y me deshago por segunda vez. Mis manos aprietan las suyas. Mi cuerpo tiembla alrededor de su pene mientras mi voz se deshace en una serie de gritos.

Me sella los labios abiertos y entierra su pene tembloroso en lo más profundo de mi ser. Siento que todo su cuerpo se tensa sobre mí. Sus manos se aferran las mías con una fuerza contundente.

Entonces explota con un jadeo. Me suelta las manos y se desploma sobre mí. Lo rodeo con mis brazos mientras él se queda quieto un momento, en busca de su aliento. Luego se desprende de mí.

De pronto me siento extrañamente vacía, pero no digo nada. Tampoco me muevo. Estoy demasiado cansada. Me quedo mirando el techo mientras Ethan me cubre con las mantas. Después de unos segundos, miro en su dirección y me doy cuenta de que se ha quedado dormido.

Supongo que el sueño lo atrapó por fin.

Yo también siento que me atrapa. La descompensación de horarios ha desaparecido. Me acurruco contra el hombro de Ethan y me deleito con el aroma de su sudor mientras me dejo llevar por el sueño.

~

Cuando vuelvo a abrir los ojos, Ethan sigue a mi lado. Al principio creo que estoy soñando, pero entonces toco su pelo y me doy cuenta de que es real. Las comisuras de mis labios se convierten en los bordes de una sonrisa... que se desdibuja cuando me doy cuenta de lo que he hecho.

Lo que Ethan y yo hemos hecho.

Una rápida mirada a los cuerpos desnudos bajo las sábanas lo confirma. Ethan y yo tuvimos sexo. A medida que las telarañas del sueño se desvanecen, cada detalle vuelve a mí y me tapo la boca con la mano, horrorizada.

Acabo de acostarme con mi jefe. El único hombre con el que me dije que no tendría sexo.

¿Cómo he podido permitirlo? ¿Había algo en ese whisky? ¿Algo en este aire fresco de Suiza? ¿Fue la descompensación horaria?

Sacudo la cabeza. No. He sido yo. Perdí el control. Me dejé llevar por el deseo. Cometí el error. No hay excusas.

Tampoco hay tiempo para el arrepentimiento. Lo hecho, hecho está. Lo único que puedo hacer ahora es limpiar el desastre.

Me levanto de la cama, con cuidado de no despertar a Ethan. Al ponerme de pie, siento que algo gotea entre mis piernas. Miro hacia abajo y veo la sustancia pegajosa que recubre el interior de mis muslos.

Supongo que tengo muchos problemas que limpiar.

Me pongo la bata. Veo mis bragas en el suelo y decido no ponérmelas. Me las meto en el bolsillo, recojo las zapatillas del balcón y me dirijo de puntillas hacia la puerta. Gracias a la gruesa alfombra, mis pasos no hacen ruido.

Abro la puerta lentamente y miro en ambas direcciones. No hay nadie a la vista. Qué bien. Nadie debe saber lo que acaba de ocurrir aquí.

Echo una última mirada por encima del hombro para asegurarme de que Ethan sigue durmiendo. Lo está. Duerme tan plácidamente que no puedo evitar sonreír. Casi me rompe el corazón dejarlo, pero lo hago de todos modos. Salgo de su habitación y cierro la puerta tras de mí.

Luego me dirijo a la mía. En cuanto vuelvo a entrar en mi habitación, me quito las zapatillas y suelto un suspiro de alivio porque no creo que alguien haya visto lo que he hecho.

CAPÍTULO OCHO

Ethan

—Despierta, dormilón —una voz familiar me hace recobrar la conciencia.

Al mismo tiempo, algo suave me golpea la cara. Después de abrir los ojos y sacudirme el sueño, me doy cuenta de que es mi bata. Un momento después, oigo el susurro de unas cortinas que se corren. Levanto el brazo para cubrirme los ojos mientras la luz del sol me salpica la cara.

—O como se dice en francés, *reveille-toi, gros endormi*. Es hora de levantarse, brillar y patear algunos traseros.

Entrecierro los ojos mientras me incorporo. Cuando mi visión se ha ajustado, bajo el brazo y miro fijamente a Asher, que está estirando los brazos por encima de la cabeza mientras está de pie en el umbral entre la habitación y el balcón.

No me importaría darle una patada en el culo ahora mismo.

—Estamos en la parte germanófona de Suiza, no en la francófona —le recuerdo antes de soltar un bostezo.

No es que todavía tenga sueño. De hecho, no recuerdo la última vez que dormí tan bien.

—Bueno, la mujer con la que he hablado en la recepción parecía entender mi francés perfectamente —dice Asher.

Me levanto de la cama y me pongo la bata.

—Déjame adivinar. Fue ella quien te dio la llave de mi habitación.

Su amplia sonrisa me dice que sí.

Exhalo.

—¿No te dije que te comportaras aquí en Suiza?

Y, sin embargo, ¿qué es lo primero que hace al llegar al hotel? Coquetear con la recepcionista. Debería haberlo sabido.

—Bueno, está claro que alguien no se portó bien anoche.

Sostiene un bolígrafo, en cuya punta hay un condón roto, el que no pude usar anoche. Mierda. Debo haberlo dejado por ahí. Pero Asher no tenía que recogerlo. De hecho, no puedo creer que lo hiciera. ¿Acaso mi hermano no tiene una pizca de decencia?

Sonríe.

—Deberías haber aceptado los que yo intenté darte. Esta marca no es muy fiable.

Trato de quitárselo, pero lo esconde a su espalda.

Imbécil.

—Espero que tengas otros extras. ¿O se le estará cumpliendo su deseo a papá?

Consigo coger la funda de goma en mi segundo intento. Voy al baño para tirarla al cubo de la basura.

—¿No tienes mejores cosas que hacer —le pregunto a Asher mientras me lavo las manos—, como prepararte para tu presentación?

—Estoy listo.

—¿O quedarte en tu propia habitación?

Si no recuerdo mal, está dos pisos más arriba. Por una razón. Si lo quisiera en la mía, habría reservado la del otro lado del pasillo.

—¿Y hacer qué? —Asher pregunta—. ¿Pedir el servicio de habitaciones y ver la televisión?

Ahí tienes una idea. Y se me ocurren más.

—Tomar una siesta. Ducharte. Pasa el rato con Ryker.

—Está abajo desayunando. No tengo hambre. Y ya he hecho todo lo demás. He visto la tele, he dormido, me he duchado, me he cambiado.

Salgo del baño y lo miro bien. Su traje no luce como si hubiera dormido con él.

Mis cejas se fruncen.

—¿A qué hora llegaste?

—Oh, anoche —responde Asher—. Salimos antes de lo previsto. Iba a pasar por tu habitación, pero pensé que estarías ocupado —Sonríe—. Parece que tenía razón. ¿Quieres contármelo todo?

—No.

Asher hace un mohín.

—Debería haber pasado por aquí.

Me alegro de que no lo haya hecho. De ser así, Stella habría entrado en pánico y se habría ido a toda prisa, avergonzada.

Miro la cama vacía. Supongo que lo hizo. Una parte de mí la aplaude por ser inteligente, cuidadosa. Otra parte se siente defraudada. Hubiera preferido despertarme con ella a mi lado más que con una bata arrojada a mi cara, y oyendo su voz en lugar de la de Asher.

Me pregunto si estará bien.

Esa línea de pensamiento se interrumpe cuando mi mirada se posa en el reloj de la mesita de noche. Supuse que aún era temprano, pero ahora me doy cuenta de que me queda poco más de una hora antes de la reunión.

Mierda. No me extraña que Asher esté listo para ir. Yo no lo estoy. Si iba a despertarme, ¿no podía haberlo hecho antes?

Vuelvo al baño y me meto en la ducha. Empiezo con prisa, pero decido ir más despacio y respirar hondo. El edificio donde se celebra la reunión está a solo diez minutos y ya he hecho todos los preparativos. Tengo tiempo. Lo único que debo hacer es ponerme el traje, coger el portátil y quizá una taza de café y dirigirme hacia allí.

Ah, y buscar a Stella. No debería olvidarme de ella.

No lo he hecho. Incluso mientras el agua borra los rastros de la noche anterior, recuerdo cada segundo, cada centímetro del cuerpo perfecto de Stella, cada sonido exquisito que hizo, desde ese primer sonido agudo hasta ese grito estrangulado final. Fue incluso mejor de lo que había imaginado.

Pero ya se ha acabado.

Anoche, Stella y yo decidimos tomarnos un descanso de nuestros roles, para olvidarnos del trabajo y simplemente disfrutar como lo hacen los hombres y mujeres. Tomé la decisión de invitarla a mi habitación. Ella tomó la decisión de dejarme que la besara, de tener sexo conmigo. Un sexo increíble. Pero ahora, tenemos trabajo que hacer. Tenemos que volver a ser jefe y empleada, y fingir como si nunca hubiéramos sido nada más.

Creo que puedo hacerlo. La pregunta es: ¿puede Stella?

Termino la ducha y me dirijo al armario para vestirme. Cuando estoy listo, encuentro a Asher todavía en la habitación.

—¿No tienes que ir por tus cosas? —le pregunto mientras me pongo el reloj.

—Las cogerá Miller —responde, refiriéndose a su ayudante—. Además, aún no me has dado ningún detalle sobre lo de anoche.

—Y no lo haré —le digo.

—¿No me vas a decir al menos quién fue la afortunada? ¿Una huésped de este hotel? ¿Una empleada? ¿Una prostituta? ¿Europea? ¿Americana?

Un golpe en la puerta le interrumpe antes de que pueda llegar a «asiática» o «africana». Pienso que podría ser Ryker, así que abro. En su lugar, veo a Stella con un impresionante vestido rojo que le abraza la cintura. El escote asimétrico le da un aire divertido sin quitarle importancia a un look que debe transmitir seriedad. Una apariencia sólida.

Pero quizá no sea el vestido, sino la propia Stella. Parece preparada no solo para el trabajo, sino para la batalla, con el pelo peinado hacia atrás en una bobina que parece una corona en la parte superior de la cabeza, el lápiz de labios, los hombros rectos, el bolso colgando del brazo. Perfecto.

Y lo único que quiero hacer es desordenarla.

—Buenos días, señor —me saluda mientras me alcanza la taza de café que tiene en la mano.

Es suficiente para hacerme volver a mis cabales.

—Buenos días.

Detrás de mí, oigo un silbido.

—Stella —saluda Asher con una sonrisa—. Qué sorpresa.

Le dirijo una mirada de desconcierto.

—Te dije que la traería en este viaje.

—Lo sé —dice Asher—. Es que casi no la reconozco.

Se pone a mi lado y evalúa a Stella de pies a cabeza.

—Estás deslumbrante, Stella. Parece que Suiza te sienta bien.

—Gracias, señor —responde Stella—. Me alegro de que haya llegado bien.

—También ha llegado pronto —señalo.

—Eso he oído. Espero que haya podido descansar.

—Lo hice —responde Asher—. Pero no estoy seguro de que Ethan lo hiciera.

Entrecierro los ojos dirigiéndome hacia él. Él me ignora.

—¿Y tú? ¿Has dormido bien o el desfase horario aún te afecta?

—Estoy bien —dice Stella con seguridad.

—Definitivamente así parece —le dice Asher—. ¿Verdad, Ethan?

Aparto mi mirada de ella y me vuelvo hacia Asher.

—Creo que deberíamos irnos. ¿Estás listo?

—Sí.

—Entonces vamos. —Tomo un sorbo de mi café—. Tenemos un gran día por delante.

~

Llegamos a la sede de la empresa Odermatt Corp. con tiempo de sobra. En cuanto arriba Simone Odermatt, comienza la reunión. Después de un intercambio de las habituales cortesías y alguna pequeña charla, empiezo con un discurso y luego Ryker sigue con su presentación. Después Asher. Entonces comienzan las negociaciones. Odermatt se presenta como un hombre reservado de ideales. No es precisamente la mejor combinación para los negocios, pero reconozco su brillantez y el hecho de que sus principales ejecutivos parecen estar dispuestos a seguirle hasta las profundidades del mismísimo infierno. Casi me da envidia porque ese es el tipo de liderazgo que yo he aspirado a establecer.

Ahora que lo conozco a él y a sus principales ejecutivos en persona, estoy aún más convencido de que su empresa será un importante activo para la nuestra. No, no solo un activo. Será un acierto, algo que añadirá mucho valor a la empresa y la hará avanzar. Estoy decidido a llevar a cabo esta adquisición.

Hasta ahora, todo parece ir bien. Las presentaciones de Asher y Ryker fueron impresionantes, y aunque Odermatt y su grupo parecen ser un público difícil de complacer (no han esbozado ni una sonrisa desde que empezó la reunión) no he oído ninguna objeción seria, ni visto ninguna señal de que puedan echarse atrás. Solo algunas preocupaciones menores que ya veíamos venir y que estamos preparados para abordar.

Todo está bajo control.

Solo hay un pequeño problema imprevisto: Stella. No es que esté cometiendo algún error. De hecho, para ser su primera vez en una reunión con otra empresa en suelo extranjero, ha estado perfecta. Está sentada en un rincón tomando notas, silenciosa, invisible, y sin embargo cada vez que necesito algo de ella, aparece delante de mí, a veces antes de que yo diga nada. No podría haber pedido una mejor asistente.

¿El problema? Por mucho que intente no llamar la atención (y lo consigue con las demás personas de la sala), de alguna manera sigue captando la mía.

Es ese vestido rojo. Cada vez que miro en su dirección, me atrae, igual que ese punto rojo de láser en el suelo que nunca deja de despertar el interés de un gato. Me encuentro mirando ese trozo de piel por encima de su escote asimétrico y pensando que tal vez debería haber dejado mi marca allí, en ese punto por encima de su pulso. Mi mirada se desvía hacia las rodillas que asoman bajo el dobladillo del vestido, especialmente cuando cruza las piernas. Me pregunto qué ropa interior lleva hoy. ¿Otra tentadora pieza de seda? ¿De encaje? ¿Hace juego con su sujetador? No veo ningún tirante, pero seguro que lleva uno. ¿O no?

Lo único que quiero hacer es arrancarle ese vestido rojo y pasar mis manos y mi boca por todo ese increíble cuerpo que se esconde debajo. Quiero dejar una marca indeleble en cada centímetro, saborear cada parte de ella. Anoche no fue suficiente. Ni de lejos. Hay mucho más que quiero hacerle a ella, con ella.

Joder.

—¿Ethan? —Ryker llama mi atención—. ¿En qué piensas?

¿Sobre qué? No he oído lo que acaba de decir.

Frunzo el ceño. ¿Qué estoy haciendo, entreteniéndome con fantasías en medio de una reunión importante, reproduciendo porno dentro de mi cabeza cuando debería estar escuchando cada inquietud, respondiendo a cada pregunta?

De repente, me siento avergonzado de mí mismo. El problema no es Stella. Soy yo.

—La junta quiere tener acceso completo al programa original del señor Odermatt —dice Asher, su voz llena el incómodo silencio de la sala—. ¿No es cierto, Ethan?

Le agradezco en silencio la indicación y enderezo los hombros. Basta ya de tonterías.

—Exactamente. Y esto es algo en lo que me temo que no podemos comprometernos, aunque estamos prestos a escuchar todas sus preocupaciones al respecto y estamos dispuestos a hacer todos los arreglos para que el código permanezca seguro e intacto...

~

—Creo que lo hemos hecho bien —me dice Ryker después de la reunión.

Ya es de noche y estamos en el vestíbulo, por fin libres de esa sala de conferencias. Estamos esperando el coche para volver al hotel y descansar un poco. Muy merecido, además. La reunión duró más de lo que pensaba, pero Ryker tiene razón. Salió bien.

—Todo gracias a ti —le digo—. Estabas atento a todo.

—Solo hacía mi trabajo —dice humildemente—. El que no podría haber hecho sin tu apoyo. Y el de Asher. Es un esfuerzo de equipo.

Bien dicho, pero aún me avergüenzo de mi lapsus de antes.

—¿Hay algo más que te preocupa? —Ryker pregunta.

Por supuesto que se ha dado cuenta.

—Ahora que la reunión ha terminado, podemos hablar de ello.

—Estoy bien —le aseguro mientras intento apartar el pensamiento de Stella de mi mente.

Al menos debería ser capaz de dejar de pensar en ella cuando no está cerca.

—Solo... recordé algo por un momento, algo de la oficina, lo que por supuesto no debería haber hecho. Lo siento.

—No pasa nada. No hay daño. Fuiste capaz de hacerlo pasar desapercibido.

—Gracias a Asher —Miro a mi alrededor—. Hablando de Asher, ¿dónde está?

Ryker se encoge de hombros.

—¿En el baño?

Justo en ese momento, las puertas del ascensor se abren. Asher sale, con una mujer de pelo negro rizado con un traje azul de dos piezas a su lado. ¿Por qué no me sorprende?

—Ahí está —anuncia Ryker.

Mis ojos se entrecierran.

—Espera un momento. ¿No es esa Violet Cleary?

Ella estaba en la reunión. La jefa del departamento de finanzas de Odermatt. Inteligente. Segura de sí misma. Feroz. El tipo de mujer que Asher no será capaz de encantar fácilmente en la cama (lo que significa que no será de mucha ayuda, pero lo intentará).

Parece que lo está intentando ahora. Conozco esa sonrisa, ese brillo en sus ojos. Ha encontrado a su presa y está intentando acorralarla.

Violet, sin embargo, no quiere saber nada de eso. Se mantiene firme, con las garras listas para dar el zarpazo. Parece que quisiera matar a Asher en lugar de solo tratar de quitárselo de encima.

Frunzo el ceño. Espero que Asher no haya intentado alguna estupidez y haya deshecho todo nuestro trabajo.

—¿Qué has hecho? —le pregunto en cuanto se une a nosotros.

Asher me mira con desconcierto.

—¿Qué quieres decir? Solo estaba charlando amistosamente con una mujer que, por mucho que odie admitirlo, podría coincidir con mi genio financiero.

—No parecía demasiado amistosa —Ryker señala lo que parece evidente.

—Esa mujer es la jefa del departamento de finanzas de Odermatt —expongo otro dato.

Asher se encoge de hombros.

—Lo sé.

—Así que eres consciente de que ella puede hablarle al oído a Odermatt. Si te odia, como parece, podría convencer a Odermatt de que se dé la vuelta, y entonces todo lo que acabamos de discutir en esa habitación se esfumará. La adquisición desaparecerá.

—Relájate —Asher palmea mi hombro—. Ella no es así. Es muy profesional.

Entrecierro los ojos al mirarlo.

—¿Y tú lo fuiste? ¿Intentaste algo?

Asher resopla.

—Oh, qué poca fe tienes en mí.

—¿Lo hiciste? —Exijo saber.

—No —me dice con firmeza—. No he hecho nada. Lo juro.

—Y no lo harás, ¿verdad? —Es una orden tanto como una pregunta—. ¿Te comportarás mientras estés aquí en Zúrich?

—No te preocupes —me dice Asher—. No causaré ningún problema.

Puedo oír que viene un «pero».

—Pero no puedo prometerte que serás el único que se divierta. Eso no es justo, ¿verdad?

Debería haber sabido que sacaría el tema de la noche anterior. De todas las personas posibles, ¿por qué tenía que ser él quien irrumpiera en mi habitación esta mañana?

—¿De qué estás hablando? —pregunta Ryker.

—De nada —le digo.

Es suficiente con tener un hermano metido en mis asuntos personales.

—Creo que veo el coche —les digo a ambos—. Volvamos al hotel.

~

Quería subir directamente a mi cuarto y solo pedir el servicio de habitaciones, pero Ryker quería cenar en el restaurante y le fue tan bien en la reunión que me apetecía complacerle. Asher también se unió a nosotros. Y todos los demás. Incluyendo a Stella.

Está sentada a tres sillas de distancia a mi izquierda alrededor de la gran mesa, lo suficientemente cerca como para que pueda oír su voz cuando Asher se calla. Intento no prestarle atención, pero es difícil mientras sigue llevando ese vestido rojo y Asher parece conversar mucho con ella. De hecho, me atrevo a decir que está coqueteando con ella, lo que me molesta más de la cuenta.

¿No estaba tratando de caerle en gracia a Violet Cleary antes? ¿Y ahora está usando esos mismos encantos con otra persona? Y no con cualquiera. Sabe que Stella es mi asistente y, por lo tanto, está tan fuera de los límites como la jefa de finanzas de Odermatt, ¿verdad?

Intento ser paciente. Intento concentrarme en la buena comida y ahogar parte de mi frustración en el vino. Me recuerdo a mí mismo que Asher es mi hermano y eso es razón suficiente para no estrangularlo. Me recuerdo a mí mismo que estamos en público y que debo controlar mi temperamento. En gran parte, lo consigo. Pero cuando Asher embosca a Stella el momento en que vuelve a la mesa desde el baño e intenta llevarla hacia el jardín, pierdo el control.

Me excuso de la mesa y camino hacia ellos. Me coloco justo detrás de Stella y me aclaro la garganta.

—Me voy a mi habitación —le digo—. Necesito esos documentos de la secretaria del señor Odermatt.

—¿No pueden esperar hasta mañana? —me pregunta Asher.

—No —le respondo sin apartar la mirada de Stella—. ¿Los tienes?

—Sí —Ella empieza a abrir su bolso—. Yo...

—Preciso que transfieras los archivos a mi ordenador. Ahora.

Stella respira profundamente y asiente.

—Sí, señor.

CAPÍTULO NUEVE

¿Está Ethan enfadado conmigo?

La pregunta sacude mis pensamientos mientras lo sigo en silencio hasta los ascensores.

No es la primera vez. Cuando fui a su habitación esta mañana, tuve la sensación de que estaba molesto conmigo, sobre todo porque no dijo nada sobre mi vestido. No es que esperara un cumplido. ¿Tan solo una sonrisa, tal vez? ¿Algún gesto de aprobación? Pero no obtuve nada. Luego, en el coche, de camino a la reunión, no me dijo ni una palabra, lo que hizo que el viaje pareciera mucho más largo que diez minutos. Ni siquiera me miró. Sorpresivamente teniendo en cuenta que últimamente ha sido tan cálido y amable.

Pero eso fue antes de la noche anterior, antes de que Ethan y yo tuviéramos sexo.

Intento no sonrojarme al recordarlo mientras entro en los ascensores detrás él. Por si acaso, me quedo a sus espaldas, en una esquina.

No pienses en ello, Stella.

Entonces se me ocurre algo. ¿Y si por eso Ethan está enfadado conmigo? ¿Y si está molesto conmigo porque cree que es mi culpa?

No puedo negar que lo es. Soy yo quien decidió ir a su habitación y aceptar una copa a pesar de conocer los riesgos. Soy la que no pudo decir que no cuando me preguntó si quería que me besara y de nuevo cuando me preguntó si debíamos tener sexo.

¿Es por eso que ahora no soporta mirarme? ¿Ha perdido toda la fe en mí? ¿Me va a despedir?

Quiero preguntárselo directamente, pero el miedo se apodera de mí.

—Creo que la reunión ha ido bien —digo en su lugar—. Es mejor empezar con una pequeña charla—. El Sr. Odermatt parecía satisfecho.

—Yo también lo creo —responde Ethan.

Interiormente, suelto un suspiro de alivio. Me ha hablado. Eso significa que no está enfadado conmigo, ¿verdad? Solo estoy pensando demasiado las cosas.

—Tal y como lo pensé, tus hermanos y tú hacen un buen equipo

—continúo—. Y los dos son muy agradables, además. Jamás pensé que no lo fueran, pero nunca había pasado mucho tiempo con ellos ni les había hablado. No sabía que el Sr. Asher era un ávido lector. Él...

Me detengo porque Ethan mira por encima del hombro. No, no mira, atisba.

Mierda. ¿He estado hablando demasiado? ¿Está enfadado conmigo después de todo?

Justo entonces, las puertas del ascensor se abren. Ethan sale. Lo sigo por el pasillo.

—¿Dónde están los archivos? —pregunta.

—En mi tableta.

La saco del bolso e intento encenderla, pero frunzo el ceño cuando me doy cuenta de que la batería está agotada.

—Mierda.

—¿Qué pasa? —pregunta Ethan.

—Necesito recoger mi cargador.

No dice nada. Mientras abro la puerta de mi habitación con mi tarjeta, siento sus ojos sobre mí. ¿Me está observando otra vez?

No puedo soportarlo más, así que me doy la vuelta y lo miro.

—Ethan, estoy tan...

No termino mi disculpa porque su boca se traga el resto de mis palabras. Cierra la puerta tras de sí y me aprieta contra ella. Mi bolso cae al suelo.

Sus labios aplastan los míos y no puedo respirar. Su lengua entra en mi boca y comprime la mía.

Un calor me recorre la columna vertebral. Mis pensamientos empiezan a desvanecerse. En algún lugar del caos de mi cabeza, suena una alarma que me dice que estoy a punto de cometer otro error, que debería parar ahora mismo. Sé que debería hacerlo. Pero mi cuerpo no me escucha. Mi corazón ya está acelerado, saltando, feliz de que Ethan no quiera deshacerse de mí, por el contrario, no se canse de mí. La piel me hormiguea por todas partes, excitada, recordando todas las caricias de Ethan y anticipando más. Mis manos encuentran el pecho de Ethan. Puedo sentir sus firmes músculos a través de las capas de ropa que lleva y el un calor agita mis manos. Mi lengua empuja la suya de vuelta. Succiono su punta antes de que mis labios se aprieten hambrientos contra los suyos.

Cuanto más se tocan nuestros labios y nuestras lenguas se enredan, más me da vueltas la cabeza y mis dudas se desvanecen. El hecho de que pueda oler la colonia de Ethan mezclada con el aroma de su sudor y de que aún pueda imaginármelo con un aspecto tan fresco y controlado en su traje en la sala de conferencias de hace un rato, me ayuda, al igual que la copa de vino que he tomado en la cena. La alarma en mi cabeza se convierte en una sirena lejana: se va, se va, se fue. Todos los pensamientos coherentes desaparecen. Nada tiene sentido. No me importa.

Ethan me tira del labio inferior. Luego pasa la punta de su lengua a lo largo de él, haciéndolo cosquillear aún más. Cuando intento volver a chupar su lengua, la empuja hacia dentro. Me roza el paladar y me estremece. Lo último de mis defensas se desvanece cuando el deseo se despierta en mis venas. Mi cuerpo toma el control.

Desabrocho la chaqueta de Ethan y se la quito tomándola de los hombros. Él se contrae. Sus dedos se deslizan entre los mechones de mi pelo y empiezan a desenredarlo. Encuentra las horquillas que mantienen mi moño en su sitio. Me las quita y el cabello me cae encima de los hombros. A continuación, trabaja en el broche que hay detrás de mi vestido. Le cuesta trabajo y me da vuelta.

—¿Cómo se quita esta maldita cosa? —gruñe impaciente.

—Permíteme —le ofrezco, temiendo que pueda romperlo y arruinar el vestido. Lo compré especialmente para este viaje. Estaba en oferta, pero seguía siendo caro.

Intento quitar el gancho. Tengo muchos vestidos y normalmente puedo hacerlo en diez segundos como máximo, pero esta vez me cuesta porque los dedos todavía me tiemblan por el beso con el que Ethan acaba de sorprenderme.

Las manos que empiezan a recorrer mis piernas y los labios que se comprimen contra la parte trasera de mi vestido, justo por encima de mis nalgas, hacen que la tarea sea aún más difícil. Me aprieta las rodillas y aspiro el aire.

¿No puede Ethan quedarse quieto ni un minuto?

Parece que no, pienso, mientras sus manos siguen subiendo. Ahora están bajo mi vestido, acariciando mis muslos. Si no me quito esta ropa, me temo que va a acabar haciéndome el amor con ella puesta.

Y empiezo a pensar que tal vez no sea una mala idea.

Justo cuando estoy a punto de rendirme, mis dedos finalmente lo consiguen. El gancho se suelta. Agarro la cremallera y empiezo a bajarla, pero Ethan hace el relevo. Mientras la baja por mi espalda, me deja besos en la piel. Cuando llega al final, me quita el vestido desde los hombros. Saco los brazos de las mangas y él hace el resto. La prenda se escurre hasta mis pies y dejo mis zapatos con ella al momento de zafarme.

Ethan me da la vuelta y me atrae hacia él para darme otro beso. Me agarro a su cintura. Sus dedos recorren mi pelo. Sus manos me acarician los hombros y los brazos. Entonces toma mi espalda para desabrocharme el sujetador sin tirantes.

Mientras él intenta librarme de una de las dos últimas prendas que me quedan, yo pruebo quitarle una a él. Engancho mi dedo en la base de su garganta y tiro del nudo de su corbata en un intento de quitársela. Solo consigo aflojarla antes de que se me caiga el sujetador. Entonces Ethan me toma del brazo.

Me arrastra hacia la mesa del escritorio que está a un lado de la habitación, y que tiene un espejo por encima que llega hasta el techo. En cuanto se detiene frente a él, se me corta la respiración.

¿Vamos a tener sexo delante de un espejo?

Sé que una vez lo leí en un libro, lo que significa que también fantaseé con ello. Tenía curiosidad por saber cómo se sentiría. Pero ahora que está sucediendo de verdad, no puedo evitar sentirme aprensiva.

¿Estoy preparada para esto?

Preparada o no, Ethan me da un tirón del brazo y me coloca entre él y el espejo. Miro fijamente mis ojos mientras me recoge el pelo y me lo coloca sobre el hombro izquierdo. Luego me rodea con sus brazos y me besa la oreja que tengo descubierta. Mis labios se separan para dejar escapar un suave jadeo.

Veo cómo sus manos me acarician el vientre, sus palmas rozando mi piel. Siento que mis mejillas se calientan. Veo que se vuelven de un tono rosa más oscuro que el del polvo con el que las he recubierto. Incluso mis pechos parecen enrojecidos. Ethan los acaricia mientras me da un beso en el hombro derecho.

—¿En qué estás pensando? —pregunta, con su respiración haciéndome cosquillas en la piel.

Me encojo de hombros mientras miro mi reflejo. No lo sé. Realmente no lo sé. Siento demasiada vergüenza para pensar.

Los labios de Ethan se acercan a mi oído.

—¿No crees que eres hermosa?

Me sonrojo aún más. ¿Hermosa? Ya me ha llamado así antes, pero aún no me acostumbro. Sí, pongo atención en mi aspecto. Siempre intento estar lo mejor posible. Paso un tiempo considerable frente al espejo. Invierto en maquillaje de primera calidad y me cuido la piel y los dientes. Pero no soy vanidosa. Me arreglo porque me hace sentir más segura y más profesional, no porque intente impresionar o atraer a nadie. ¿Eso me hace hermosa?

—Creo que lo eres —me dice Ethan mientras sus manos rodean mis pechos. Luego me da un beso en el cuello.

—¿Y sabes qué más pienso?

No respondo.

—Creo que no quiero que nadie más te mire y piense que eres hermosa.

Mis cejas se fruncen. ¿Qué?

Antes de que pueda darle sentido a su afirmación, vuelvo a sentir sus labios en mi hombro. Esta vez, no deja solo un beso. Lo chupa. Tan fuerte que suelto un gemido y empiezo a preocuparme de que se me rompa la piel. Se detiene antes de hacerlo, pero veo el moretón que ha dejado.

¿Qué demonios?

Estoy a punto de reprenderlo, pero besa la marca con reverencia mientras se encuentra con mi mirada a través del espejo. Veo la ternura en sus ojos y me quedo sin palabras.

Ethan gira mi cabeza hacia él y me mira a los ojos antes de besar mis labios a continuación. Los lame suavemente mientras empieza a jugar con mi pezón. Me estremezco.

Su lengua se desliza dentro de mi boca y me besa profundamente. Gimoteo. Se aparta y presiona su mejilla contra la mía. Nuestros ojos se encuentran de nuevo en el espejo.

Mi mirada se dirige a sus manos mientras sus dedos me frotan los pezones. Aunque no quiero ver lo que me hace, no puedo evitarlo. Y aunque no me gusta admitirlo, mirar aumenta el placer. Mi respiración es entrecortada. Me tiemblan las rodillas. Y cuanto más miro, más se intensifica el placer. Es adictivo, en realidad.

Esto es peligroso. Ethan me está convirtiendo en alguien que no sabía que era.

Sus manos abandonan mis pechos y descienden hasta mi vientre, pero no se detienen ahí. Bajan más, agarrando mis caderas. Una de ellas se desliza por debajo de mis bragas de encaje y se mueve hacia la parte delantera, acercándose a ese lugar de mi cuerpo que ha estado deseando el toque de Ethan desde que puso su boca sobre la mía por primera vez. Ahora está ardiendo. Pidiendo.

En cuanto las yemas de los dedos de Ethan rozan mi otro par de labios sensibles, se me doblan las rodillas. Un suave grito escapa de mi garganta.

Estoy a punto de apoyarme en Ethan, pero de repente aparta su mano. Empuja mis bragas empapadas hasta las rodillas y caen al suelo. De una patada las hago a un lado.

En cuanto lo hago, Ethan me empuja hacia delante. Coloco las manos encima del escritorio para no caerme.

Me besa la espalda. Me preparo para lo que viene. Espero que sus dedos me penetren. Quiero que lo hagan. En cambio, siento su lengua. Su lengua húmeda, cálida y perversa. Me tiemblan las rodillas. Mis manos se cierran en puños. Mis párpados se cierran mientras aspiro profundamente.

Ethan ya me ha lamido ahí abajo. Anoche, para ser exactos. Pero esto es diferente. Ahora que está arrodillado detrás de mí, que su lengua me penetra por detrás, me resulta más extraño. Más vergonzoso. Sus dedos me abren y me siento más expuesta. Pero no me atrevo a pedirle que pare. Lo único que puedo hacer es gemir y temblar e intentar no colapsar mientras pierdo la cabeza.

Cuando su dedo entra en mí, caigo hacia delante sobre los codos, encima del escritorio. Introduce otro y suelto un fuerte grito. Mis ojos se abren de par en par.

Me observo mi cara sonrojada. Tengo el pelo revuelto, los mechones esparcidos por todas partes y algunos pegados a las mejillas. Se me llenan los ojos de lágrimas.

¿Esta soy realmente... yo?

Ethan empieza a mover los dedos y mis ojos vuelven a cerrarse. Se pone delante de mí para acariciar el clítoris y suelto un grito. Ahora utiliza las dos manos, estimulando la parte más sensible de mí, tanto por delante como por detrás. Mis caderas se agitan. Los dedos de mis pies se clavan en la alfombra. Mis uñas rascan el escritorio mientras el calor y la excitación se mezclan en mis venas.

Francamente, no sé cuánto más puedo aguantar.

Justo cuando siento que no puedo más, Ethan se detiene. Sus dedos se retiran. Utilizo mis brazos cansados como cojín mientras me desplomo sobre el escritorio. Mi pecho se agita mientras intento recuperar el aliento.

Ethan sigue de pie detrás de mí. Oigo cómo se quita la hebilla del cinturón y cómo se baja la cremallera. Segundos después, siento el pene de Ethan frotando la parte baja de mi espalda. Lo siento palpitar.

Levanto la cabeza. Me agarra por las caderas y empieza a empujar la punta de su miembro dentro de mí. De alguna forma, esta vez se desliza más suavemente. Sin embargo, sigue siendo estrecho. Sigo sintiendo cómo me tensa cuando entra en mí. La fricción es enloquecedora.

La cara que veo en el espejo frente a mí es aún más caótica. Apenas puedo reconocerla con los rasgos retorcidos por el placer.

¿Me sentí así de bien la última vez?

Ethan da un fuerte empujón y mis ojos se aprietan de golpe. Mis pensamientos se dispersan.

¿Está completamente dentro de mí? No lo sé. Pero ahora mueve sus caderas, su pene rozando mis puntos dulces mientras entra y sale de mí. Mis caderas se mueven solas para seguir el ritmo de Ethan. El sonido de piel chocando contra piel llena el aire, entrelazado con mis jadeos y gritos.

Cuando Ethan se detiene y saca su pene, gimoteo. Me toma del brazo y me lleva a la cama. Luego me empuja encima de ella y se sube sobre mí.

—Stella —dice mi nombre mientras me mira a los ojos.

La lujuria ilumina la noche sin luna en los suyos. Enciende un fuego dentro de mi pecho.

Lo agarro de la corbata y tiro de él hacia abajo para que nuestros labios choquen. Le acaricio la mejilla mientras gimo en su boca.

Ethan me besa ferozmente mientras se aferra a mis muslos. Vuelve a entrar en mí y yo jadeo.

Me besa el cuello y uno de mis pechos antes de enderezar su espalda. Me levanta las piernas. Mis caderas se elevan de la cama. Mis tobillos se apoyan en sus hombros mientras él empieza a empalarme con su miembro.

Como si tuviera un botón de pausa dentro de mí que se ha cambiado a *play*, el placer que estaba en suspenso inunda mis venas de nuevo. Y ahora es aún más fuerte. Me agarro a las sábanas. Mi cabeza se sacude de un lado a otro mientras mis gritos se extienden por el ambiente.

Ethan se mueve más rápido a un ritmo despiadado. El placer bajo mi piel estalla. Mis dedos temblorosos se aferran a los muslos de Ethan, clavando las uñas en su piel mientras mi espalda se dobla como un arco. Los ojos se me van a la nuca. Mi mente se pierde en una niebla.

Cuando empieza a desvanecerse, me doy cuenta de que Ethan sigue moviéndose. Mi cuerpo está sin fuerzas, pero él sigue teniendo las suyas, sus embates son ahora aún más enérgicos. Entonces empieza a temblar. Impulsa su pene dentro de mí y lo entierra profundamente en una última arremetida mientras su cuerpo se tensa. Sus manos me agarran las rodillas. Sus facciones se contorsionan de placer mientras gime.

Luego se calla. Por un momento, me mira fijamente mientras recupera el aliento y espera a que sus músculos se relajen. Entonces saca su pene de mí y se tumba a mi lado.

Yo no me muevo. Cuando el calor de mi piel se evapora y mis pensamientos se aclaran, me doy cuenta de lo que he hecho (de nuevo) pero, a diferencia de la última vez, no sé qué hacer después. Esta es mi habitación, así que no puedo irme. ¿Lo hará Ethan?

Finalmente, se levanta de la cama. Me mira por encima del hombro, pero no dice nada. Se arregla la ropa, se pone los zapatos y se dirige a la puerta. Se agacha para coger su chaqueta que está tirada delante, junto a mi bolso y mi vestido.

Me siento y estiro las sábanas para disimular; un gesto inútil, quizá, pero no quiero hablar con Ethan con los pechos descubiertos.

—Los archivos...

—Pueden esperar hasta mañana —dice Ethan sin mirarme, su tono vuelve a ser serio.

Y frío. Tan frío que quiero envolverme más en las sábanas para reprimir un escalofrío.

Agarra el pomo de la puerta.

—Buenas noches.

—Buenas noches —le devuelvo el saludo de despedida.

Abre la puerta y sale. Se va, dejándome sola con mis preguntas y mis remordimientos.

Me meto bajo las sábanas y me acuesto en la cama. Me paso los dedos por el hombro magullado mientras miro al techo con la frente fruncida.

Por segunda noche consecutiva aquí en Zúrich, he tenido un sexo increíble con Ethan Hawthorne, mi atractivo jefe multimillonario, el mismo hombre con el que prometí no tener nunca relaciones sexuales, el mismo hombre que lleva todo el día volviéndome la espalda y que acaba de marcharse después de hacer lo mismo.

¿Qué demonios está pasando?

CAPÍTULO DIEZ

Ethan

—Te voy a contar lo que pasa aquí, hermanito —dice Asher dirigiéndose a Ryker.

Llevo cinco minutos ignorándolo (ya no estoy enfadado con él, solo quiero desayunar en paz), así que ahora intenta llamar la atención de su otro hermano.

En serio, actúa como un niño de cinco años.

Baja la voz mientras se inclina hacia Ryker.

—Nuestro hermano mayor ha estado ocupado haciendo su propia adquisición.

¿Mi propia adquisición? ¿Qué quiere decir...? Ah, eso.

Pongo los ojos en blanco mientras le doy un mordisco a mi rebanada de pan de centeno con queso. ¿Asher no tiene nada más de qué hablar?

—¿Quieres decir que se está acostando con alguien? —pregunta Ryker—. Porque si estuviera intentando adquirir otra empresa, creo que lo sabría.

—Exactamente. —Asher sonríe.

¿De verdad está tan contento con el hecho de que me acueste con alguien?

—¿Es ella suiza? —Ryker pregunta—. ¿Alguien famosa, como una supermodelo o una tenista?

Genial. Ahora también se interesa por con quién me acuesto. ¿Cuándo se convirtió mi vida sexual en un show de televisión?

—No —responde Asher—. Pero la conoces.

Me detengo en medio de un nuevo bocado de mi sándwich. ¿La conoce?

—¿Quién? —pregunta Ryker con curiosidad.

Miro a Asher, esperando que también responda a la pregunta.

¿De verdad sabe lo de Stella y yo?

—Te daré una pista —dice—. Se aloja en este hotel.

Ryker mira alrededor del restaurante. Yo no lo hago. Sé que Stella no va a bajar a desayunar. Dijo algo sobre que no estaba acostumbrada a un desayuno pesado. O tal vez lo dijo porque no quiere que la vean conmigo y despertar sospechas, un esfuerzo inútil si Asher ya sabe lo que hemos hecho.

—Además, ayer llevaba un vestido rojo —añade Asher.

Me quedo quieto. Joder. Sí que lo sabe.

Ryker me mira con el ceño fruncido.

—¿Stella?

Asher le señala con un dedo.

—Diste en el clavo.

—Mentira —afirmo con calma antes de terminar mi sándwich.

Es demasiado pronto para admitir la derrota. Por lo que sé, puede que Asher solo esté especulando. ¿Qué pruebas tiene?

—Los vi a los dos en el balcón —dice.

Casi me ahogo. ¿Nos vio? Bueno, dijo que llegaron al hotel antes de lo previsto.

—¿En el balcón? —pregunta Ryker—. ¿Haciendo qué?

—Digamos que estaban tomando un poco de aire fresco —responde Asher—. Parecía ser una noche calurosa.

Suspiro. Genial. Ahora nunca voy a escuchar el final de esto.

Ryker sigue con cara de confusión.

—Pero ella es tu...

—Asistente, lo sé. —término su frase mientras cojo mi taza de café.

De repente deseo que sea un escocés.

—Supongo que ahora lo está ayudando en otra cosa —añade Asher.

Entrecierro los ojos virando hacia él en señal de advertencia. Puede que sea mi hermano y que crea que tiene una ventaja sobre mí porque ha descubierto mi secreto, pero aún puedo darle un puñetazo.

—Así que por eso no dejaba de mirarla ayer —dice Ryker.

¿Se dio cuenta?

—Y por qué parecía un toro furioso cuando yo coqueteaba con ella —señala Asher.

¿Así que lo hacía a propósito?

—Déjame adivinar. Ella no está aquí para desayunar porque hiciste un poco de desmadre después de llevártela.

Realmente quiero darle un puñetazo ahora mismo.

—Pero ella es tu asistente —insiste Ryker.

—Eso no significa que no pueda enamorarse de ella —dice Asher—. De hecho, tal vez por eso se enamoró de ella. Porque ella siempre está a su lado.

—No estoy enamorado de ella —le replico.

¿De dónde ha sacado esa idea?

—De verdad, ¿Cuánto tiempo llevas acostándote con ella?

Bajo mi taza.

—¿Sabes qué, Asher? No es asunto tuyo. Y hablando de negocios, nos reuniremos más tarde en mi habitación para repasar algunas cosas de la reunión de ayer.

Miro a Ryker.

—Tú también.

—Espero que hayas limpiado esta vez —dice Asher.

Lo ignoro y cojo otro trozo de pan. ¿No puede callarse?

Se inclina sobre la mesa y me mira.

—¿Por qué cuando me acuesto con alguien, todo el mundo parece tener una opinión, pero cuando eres tú quien lo hace, no podemos decir ni una palabra al respecto?

—Eso es porque cuando te acuestas con alguien, no puedes guardártelo para ti —le respondo—. No es que Ryker y yo nos metamos. Es solo que te gusta presumir, así que por supuesto Ryker y yo tenemos que decir algo.

—Es cierto —siente Ryker.

—Yo no presumo —replica Asher.

Ryker y yo no decimos nada.

Asher frunce el ceño.

—Pero tú tampoco sabes guardar un secreto. Si tuvieras más cuidado, no estaría haciendo preguntas.

—Si no coquetearas con la recepcionista para que te diera la llave maestra y la usaras para irrumpir en la suite privada de otra persona, no estarías haciendo preguntas —señalo.

Ryker le lanza una mirada de horror.

—¿Qué hiciste qué?

—No coqueteé con ella —argumenta Asher—. Solo pedí. Amablemente.

Sí, claro.

—Muy amablemente —añade.

En otras palabras, sí coqueteó con ella.

—Pero eso no importa. Te olvidas de que te vi en el balcón.

Lo cual fue probablemente la razón por la que vino a mi habitación.

—Bien —cedo—. Tú ganas. ¿Puedes callarte ahora y dejarme comer el resto de mi desayuno en paz?

—Solo después de que respondas a mi pregunta.

—Ya has hecho muchas preguntas —señalo.

—¿Estás enamorado de ella? —Asher vuelve a interrogar.

Frunzo el ceño.

—Ya respondí a eso.

—¿Pero estás seguro de tu respuesta? Porque te conozco y no te acuestas con cualquier mujer.

—¿Quieres decir a diferencia de ti? —le espeto.

—Después está la forma en que la mirabas ayer —añade.

Otra vez eso.

Suspiro. ¿De verdad la miraba tanto?

—¿Cómo la miraba? —Le pregunto por curiosidad.

—Como si quisieras cogértela —responde Asher.

Bueno, sí que quería.

—Eso no significa que esté enamorado de ella, ¿verdad? —le pregunto a Asher.

—¿Pero vas a seguir acostándote con ella?

Lo miro.

—Creo que eso es más que una pregunta.

¿Podría callarse ya?

—Oh, vamos. ¿Por qué no lo admites? Seguro que papá estaría encantado.

Tan persistente. ¿No hay algo que pueda hacer para que Asher deje de seguir insistiendo? Oh, ya sé.

—¿Y tú? —le pregunto—. ¿Por qué no admites que no tienes ninguna oportunidad con Violet Cleary porque es demasiado competente para ti?

Asher se calla. Por fin. Pero no esperaba que se levantara.

—¿Sabes qué? He terminado mi desayuno. Los veré más tarde.

Dicho eso, se aleja.

¿Qué te parece? No solo conseguí que se callara. Conseguí que se fuera. No puedo evitar sentir un poco de remordimiento, sin embargo. No quise hacerlo enojar. ¿Quién iba a saber que mis palabras provocarían una reacción tan fuerte en él?

—Supongo que realmente le tiene ganas —comenta Ryker antes de volverse hacia mí—. ¿Y qué hay de ti?

Reprimo un suspiro. No, también él.

Sacude la cabeza.

—Olvídalo. Tienes razón. No es asunto mío. Solo prométeme que tendrás cuidado.

—Lo haré —le prometo.

Nadie más se va a enterar de lo que pasa entre Stella y yo porque cuando volvamos a Chicago no va a pasar nada. Esto es solo sexo consentido entre un hombre y una mujer que se sienten un poco solos en este momento y necesitan algo de aventura en una tierra extranjera. Nada más.

~

—¡Más! —Stella grita mientras se agarra de mis hombros y mueve sus caderas contra los dedos que tengo dentro de ella— ¡Más fuerte! Más adentro.

Sonrío mientras miro su rostro enrojecido, las lágrimas que se aferran a sus largas pestañas, los labios hinchados y separados de los que sale su tensa voz.

Y pensar que, cuando empezamos, se esforzaba por estar callada. Estaba avergonzada y trataba de ocultarlo. Era virgen, anhelaba el placer, pero no sabía cómo pedirlo. Avergonzada por demandar. Temiendo no merecerlo. Temerosa de decepcionarme, aunque nunca vi esa posibilidad.

Eso parece que fue hace años. Ayer, en cuanto la besé, cedió. Antes, todo lo que tuve que hacer fue rozar mis dedos contra su muslo, susurrarle algo al oído, y ella prácticamente se me abalanzó. Plantó su boca sobre la mía y empujó su lengua dentro, a pesar de que nunca había besado a ningún hombre antes que a mí. Me desabrochó la camisa y se quitó la blusa y la falda. Cuando metí la mano por debajo de sus bragas y empecé a acariciarle la concha, me agarró la muñeca y se metió mis dedos dentro de ella.

Ahora, está tumbada de espaldas, pidiendo más. Al verla, mi pene se hincha aún más dentro mi bóxer. El deseo fundido hierve a fuego lento en mis venas. Al mismo tiempo, siento una oleada de orgullo en mi pecho.

Soy el único hombre con el que Stella ha estado. Soy el único que la ha visto así. Soy el único que la ha hecho así.

La penetro tan profundamente como puedo, sumergiendo mis dedos a través de su vagina que se derrite por su calor. Presiono las yemas de mis dedos contra sus paredes suaves. Da un fuerte grito. Empujo mis dedos más rápido y ella empieza a temblar. Sus uñas se clavan en mi piel. Su vagina se contrae.

Stella me agarra la muñeca y la mantiene inmóvil mientras me aprieta los dedos. La sensación llega hasta mi pene, que palpita y mantiene el ritmo contra su prisión de algodón. Es ella la que está en pleno orgasmo y, sin embargo, puedo sentir las ondas de su excitación recorriendo mi piel. Casi me corro yo también.

Cuando su cuerpo empieza a aflojarse, trato de calmarme y hago que mis músculos se relajen. Exhalo mientras ella recupera el aliento.

Cuando saco mis dedos empapados de ella, me entran ganas de llenarla con mi pene duro. Pero no. Todavía no. Las dos últimas veces, fui impaciente. Hoy me tomo mi tiempo.

Stella se limpia el sudor de la frente. Sigue jadeando, pero parece dispuesta a más.

Le paso los dedos por su pelo desordenado.

—Dime qué más quieres.

Mira mi entrepierna y empieza a buscarlo. Le agarro la muñeca.

—Me refiero a lo que quieres que te haga —le digo antes de presionar mis labios contra su palma. Trazo las finas líneas de su piel con la punta de mi lengua.

—¿Además de tener sexo conmigo? —pregunta con una sonrisa.

Me río. Realmente se ha vuelto atrevida.

—Sí.

Se calla, con las cejas fruncidas.

Mientras espero su respuesta, me doy cuenta de que todavía tiene una lágrima en el rabillo del ojo. Se la limpio con la yema del pulgar y me doy cuenta de otra cosa.

Bueno, más un recuerdo que una constatación. Esa entrada en su diario sobre sus fantasías sexuales.

Ya hemos cumplido la que tiene que ver con el espejo. Solo queda la de la venda en los ojos.

Levanto un dedo.

—Un segundo.

Salgo de la cama para ir al armario. Vuelvo con un pañuelo.

Stella se sienta y me mira desconcertada.

—¿Para qué es eso?

—Un poco de diversión.

Doblo el pañuelo en diagonal. Luego vuelvo a subir a la cama y me pongo a horcajadas sobre los muslos de Stella.

—Cierra los ojos —le digo.

Se muerde el labio inferior y obedece.

Le ato el pañuelo alrededor de los ojos.

—¿Demasiado apretado? —pregunto después de hacer el nudo.

—No.

Examino la venda por delante. No parece que pueda caerse.

—¿Puedes ver? —le pregunto a Stella.

Ella alisa el pañuelo sobre sus ojos.

—No.

Le creo. Sin embargo, no quiero arriesgarme a que pueda echar un vistazo. Se me ocurre otra idea.

—Un segundo más.

Vuelvo al armario para coger una corbata. La envuelvo alrededor de las muñecas de Stella.

—Solo para que no mires —le digo.

Ella frunce el ceño.

—¿No confías en mí?

—Sí confío. —Le beso las manos. —Pero creo que tus manos se descontrolan a veces.

Se ríe porque sabe que es verdad.

Le paso los dedos por el cabello y le toco la mejilla.

—La pregunta es: ¿Confías en mí?

Stella se detiene un segundo. Luego respira profundamente y asiente.

—Confío.

Buena chica.

La recompenso con un beso, suave al principio, pero aprieto mis labios contra los suyos con más fuerza mientras la estrecho contra la cama. Introduzco mi lengua en su boca. Ella la abre de par en par, rindiéndose a mí. Acaricio su cara y dejo que mi lengua explore la húmeda caverna. Ella saca la suya y yo la chupo. Luego le lamo los labios. Levanta ligeramente la cabeza tratando de atraparla.

Mis cejas se arquean. Incluso con los ojos vendados y las manos atadas, sigue siendo agresiva. De hecho, parece incluso más agresiva. ¿Es que el hecho de estar atada la lleva a un nuevo nivel de excitación?

Sonrío sobre su boca. Tal y como pensaba, hay un duendecillo salvaje dentro de ella, escondido bajo su delicada coraza de perfección. Pero ahora soy yo quien tiene el control.

Retiro mi boca y levanto los brazos de Stella para que queden por encima de su cabeza. Presiono mis labios contra las palmas de sus manos y luego acribillo uno de sus brazos con besos mientras acaricio el otro, hasta llegar a su axila. Respiro el aroma floral de su desodorante antes de plantarle un beso allí también. Stella se estremece e inhala.

Supongo que esa parte de su cuerpo tiene tantas cosquillas como espero. Tengo curiosidad por saber qué otras partes de ella también tienen.

Comienzo mi búsqueda. Primero, le lamo la oreja. Eso provoca el habitual jadeo. A continuación, arrastro mi boca hacia un lado de su cuello y succiono su suave piel, con suavidad para no dejar huella. Ella gime. Bien, pero sin cosquillas. Le quito el sujetador y me detengo a admirar sus pezones antes de pasar la lengua por uno de ellos. Stella se estremece y deja escapar otro gemido. Cosquillas, bien. Pero eso ya lo sabía.

Vamos a probar algo que no he hecho antes.

Dejo escapar un soplo de mi aliento contra su ombligo y luego le doy un beso. Ella comprime su vientre, pero no hace ningún sonido. Está bien. Ahí no. A continuación, rozo mis labios contra sus costillas. Para mi sorpresa, Stella se ríe.

Es algo que no había oído antes. Y me gusta.

Lamo ese mismo lugar y Stella se mueve y se retuerce. Jadea y se ríe. Supongo que me tocó el premio gordo.

—¡Para! —Stella grita entre risas.

Con picardía, le doy un lengüetazo más antes de parar. Luego sigo adelante.

Estoy mirando su ropa interior, con la parte delantera húmeda. Sé que, si se la quito y la lamo ahí, seguro que reaccionará de forma salvaje, pero decido dejarlo para más tarde. Muevo mi boca hacia el interior de su muslo y succiono la suave carne. Deslizo mis labios unos centímetros más abajo y ella vuelve a jadear antes de soltar una suave risita.

He encontrado otro punto de cosquillas. No es tan delicado como el otro, pero aun así es digno de mención.

Antes de que pueda rogarme que pare, paso a sus rodillas. Al igual que sus axilas, la parte posterior de sus rodillas parece ser sensible. Sé que las plantas de sus pies también deben serlo, pero no quiero que me dé una patada, así que cambio de dirección.

He encontrado lo que buscaba. Ahora, a complacer como yo quiero.

Le quito la ropa interior y la tiro a un lado. Luego abro sus piernas y me acomodo entre ellas.

Stella se ha quedado en silencio. Creo que está conteniendo la respiración. Lo que me hace desear aún más sacar sonidos de ella.

Aguanta unos cinco segundos mientras froto la punta de mi lengua contra su húmeda y temblorosa vulva. Luego la introduzco en su interior y ella jadea. La separo con los dedos y meto el resto de la lengua, dejando que explore y se sumerja en su embriagadora dulzura. Stella gime.

Cuando le lamo el clítoris, los gemidos se hacen más fuertes. Sus caderas se levantan. Las retengo mientras dejo que la punta de mi lengua presione ese capullo de carne, tan pequeño y sin embargo tan capaz de volverla loca.

Su punto más secreto y sensible.

—¡Ethan! —Stella grita mi nombre mientras tira de mi pelo.

Quizá la próxima vez le ate las manos a los postes de la cama para que no pueda tocarme, pero por ahora, ya he hecho suficiente.

Ya he tenido suficiente.

Saco mi pene chorreante del bóxer, le doy un giro a Stella y la penetro. Esta vez consigo meterle unos dos tercios en mi primer intento y grito. Joder, qué apretada está.

Me detengo un segundo para recuperar el aliento antes de agarrarle los brazos por los codos y empezar a empujar. Con cada embestida, noto que su vagina se derrite aún más, pero también se aprieta más. Su piel aterciopelada se aferra a mi miembro, amenazando con exprimir cada gota de semen que tengo dentro.

Joder.

La vagina se estrecha aún más mientras Stella grita mi nombre una vez más. Su cuerpo se arquea hacia atrás. La atraigo contra mí y rodeo sus pechos con mis brazos mientras le doy una última embestida. La parte posterior de su hombro amortigua mis gemidos mientras termino dentro de ella.

Le doy un beso antes de soltarla. Stella se desploma hacia delante, jadeando. Cuando saco el pene, se tumba de lado. Me echo a su lado mientras yo también espero a que mi respiración y mi ritmo cardíaco disminuyan.

Stella libera sus muñecas por sí misma. Luego se quita la venda y me mira.

—¿Cómo estuvo? —le pregunto.

Se encoge de hombros.

—Diferente.

—¿Te gustó?

Sonríe.

—¿Tú qué crees?

—Creo que a los dos nos gustó —respondo antes de besar su mejilla. Luego me bajo de la cama. También creo que necesito una ducha.

Me dirijo al baño. Antes de abrir el agua, oigo pasos afuera y miro hacia la puerta. Por un momento, pienso que Stella podría acompañarme, pero la puerta permanece cerrada y escucho que se abre otra.

Se ha ido.

Como debe ser. No hay razón para que se quede a acurrucarnos o hablar. Por increíble que sea el sexo, una vez terminado, volvemos a ser jefe y asistente. Y cuando este viaje termine y volvamos a casa en Chicago, eso es todo lo que seremos.

La idea de volver a pasar las noches solo después del trabajo me punza el pecho. ¿Realmente no podré volver a tener sexo con Stella aunque cada momento haya sido increíble, aunque nuestros cuerpos sean tan compatibles?

De repente, se me ocurre una idea. ¿Y si seguimos con este acuerdo de ser compañeros de sexo? Solo tenemos que ser más discretos, tener sexo con menos frecuencia, tal vez una o dos veces por semana. A menos que estemos fuera de la ciudad. Entonces podemos hacerlo todas las noches. Otra razón para llevarla a los viajes de negocios.

Mis labios se curvan en una sonrisa.

Parece un buen acuerdo. Stella y yo podemos seguir satisfaciendo las necesidades físicas del otro. Ella no se sentirá sola. Yo puedo distraer mi mente del trabajo. Incluso podríamos hacer mejor nuestras tareas y trabajar mejor juntos.

Por supuesto, Asher y Ryker no lo aprobarán. ¿Pero a quién le importa? No voy a casarme con ella. Como dijo Asher, solo quiero tener sexo. Y tal vez pasar tiempo con ella para que no extrañe tanto a su familia, y dejarla experimentar cosas nuevas y maravillosas para escribir en su diario. Eso es todo.

Abro el grifo y me meto bajo el torrente, suspirando satisfecho mientras las cálidas gotas me quitan la capa de sudor y todo rastro de Stella de la piel.

Definitivamente, no estoy enamorado de ella.

CAPÍTULO ONCE

Estoy enamorada de Ethan.

Mientras camino a su lado por el sendero que sube a la cima de Uetliberg, mi corazón no se queda quieto. Mis ojos se desvían hacia su rostro, hacia esos rasgos sublimes que hace tiempo que aparecen en mis sueños, y cada vez que nuestras miradas se encuentran por accidente, se me corta la respiración. Aparto los ojos rápidamente, antes de que él pueda ver mis mejillas encendidas, y sonrío para mis adentros. Hago lo mismo cada vez que mi mano roza involuntariamente la suya.

Estoy enamorada.

Creía que solo era entusiasmo de mujer madura. Empezó como una curiosidad, un interés por un hombre de buen aspecto y con unas credenciales impresionantes, que aumentó cuando lo conocí en persona y vi que lucía mucho más atractivo con traje. Se convirtió en admiración cuando empecé a trabajar para él. ¿Cómo no admirar a alguien que trabaja tan duro día tras día, que toma decisiones difíciles sin sudar, que mantiene los hombros firmes cuando llevan el peso del mundo? Por eso, como soy una mujer adulta, algo de eso se convirtió en lujuria. Me esforcé mucho por controlarla y ocultarla, pero se desbocó cuando tuvimos relaciones sexuales por primera vez. Debería haberse apaciguado entonces, pero no. Sigue haciéndose más y más intensa. Anoche, perdí la cabeza. Y cuando volví en mí, me di cuenta de que aún no era suficiente. El sexo no es suficiente. No solo quiero su cuerpo. Quiero su corazón, su alma. No quiero solo lo bueno. También quiero lo malo. Y todo lo que hay en medio.

Quiero todo de Ethan.

Tal vez siempre lo he querido y solo lo he negado, luchando contra ello porque la voz en mi cabeza me decía que no era lo correcto. Porque él es mi jefe. Todavía lo es, y no sé por qué eso ya no parece importar. Quiero decir, por supuesto que sigue importando. Es por lo que no podemos ser una pareja. Pero ya no veo por qué no puedo amarlo por esa razón.

Lo quiero a pesar de que es mi jefe, a pesar de saber que somos de mundos diferentes, a pesar de mis temores de que un día de estos se case con una mujer tan rica y exitosa como él. Simplemente lo amo. Por supuesto, estaría bien que me considerara a mí, pero no espero nada de él. Estoy feliz de estar a su lado.

Le robo otra mirada. Esta vez, no puedo evitar sonreír. De repente, gira la cabeza. Me tapo la boca con la mano y me regaño en silencio.

Mierda.

—¿Estás bien? —Ethan se detiene y gira hacia mí.

Pongo cara impasible mientras me froto las manos.

—Si.

No parece convencido.

—¿Tienes frío?

Me doy cuenta de que sí porque sopla una brisa helada. Puede que aún sea verano, pero aquí, en esta montaña suiza, parece invierno. Incluso con el abrigo que llevo puesto, me provoca temblar. Quizá debería haberme puesto una blusa de cuello alto debajo, o una capa más de ropa.

Me rodeo con los brazos.

—Un poco. Pero estaré bien.

De todos modos, ya casi llegamos al restaurante. Estoy segura de que allí hará más calor.

Aun así, Ethan se quita la bufanda.

—Toma —dice mientras empieza a ponérmela alrededor del cuello—.

Le lanzo una mirada de preocupación.

—Pero...

—Yo nací en Chicago en pleno invierno —me dice Ethan—. Creo que soporto mejor el frío.

Me pregunto si eso es cierto. Por otra parte, recuerdo que él solo lleva un abrigo y una bufanda en los días de invierno, mientras que yo siempre voy bien abrigada.

—Además, sobreviví cuando me quedé en un hotel en Hokkaido que tenía el calentador roto. También en invierno.

Lo miro con los ojos muy abiertos. Siempre pensé que únicamente se alojaba en hoteles de primera clase que tenían lo mejor.

Yo toco la bufanda.

—Gracias.

Ya que ha hecho el esfuerzo de ponérmela en el cuello e intentar convencerme de que no la necesita, mejor la acepto.

Me acerco la bufanda a la barbilla. La lana es agradable. Suave y cálida. Y también huele a la colonia de Ethan.

Cierro los ojos y respiro su aroma. Hay algo que me hace sentir segura, feliz.

—Además, pronto estaremos en el restaurante —dice Ethan.

Abro los ojos y veo que ha metido sus manos en los bolsillos para seguir caminando.

—Eso espero. Sé que Simone Odermatt dijo que este lugar era excelente e incluso se tomó la molestia de reservarlo para nosotros, pero me gustaría que hubiera mencionado que teníamos que caminar desde el carro para llegar hasta allí.

—Al menos tenemos buena vista —digo mientras lo alcanzo.

Ha empezado a ponerse el sol, así que ahora las nubes y las montañas que nos rodean parecen brillar. También puedo ver la ciudad y el lago. Imagino que por la noche tendrá un aspecto mucho más encantador.

—Lástima que tus hermanos no puedan verla.

Ethan se encoge de hombros.

—Bueno, no se puede evitar que Ryker tenga trabajo. Y Asher quería ver otra montaña suiza.

Lo sé. Asher fue a conocer el Matterhorn y Ryker tuvo otra reunión con unos ejecutivos de Odermatt Corp. después de la que él y Ethan tuvieron esta mañana.

—¿Por qué? —pregunta Ethan—. ¿Los echas de menos? Al parecer Asher y tú se han hecho muy buenos amigos.

Mis ojos se abren de par en par. ¿Asher y yo? Bueno, ayer me habló mucho. Incluso coqueteó.

Espera un segundo. ¿Ethan está celoso?

Es una idea absurda y, sin embargo, tengo ganas de volver a sonreír. Después de todo, si Ethan está celoso de otro hombre, su hermano nada menos, significa que está interesado en mí, ¿no? ¿Quizás haya una posibilidad de que incluso... me quiera también?

Sé que dije que no esperaba nada de Ethan, pero sus palabras encendieron una chispa dentro de mí y ahora no puedo evitar sentirme esperanzada. Supongo que si realmente amas a alguien, quieres que esa persona te ame también.

—Si no quieres estar a solas conmigo, nos podemos ir —dice Ethan.

—¿Después de caminar todo esto? No. —Sacudo la cabeza—. Y no me importa estar aquí sola contigo.

Para ser sincera, aunque suene horrible, no lamento que Asher y Ryker no estén aquí. De hecho, me alegro. Puedo visitar un restaurante romántico en la cima de una montaña suiza solo con Ethan. Es casi como una cita.

Me pregunto si está bien pensar así.

—Bien —dice Ethan—. Porque, para ser honesto, no creo que pueda volver al carro sin haber comido antes. ¿Y tú? ¿Tienes hambre?

—Un poco —respondo—. Espero que la comida sea buena.

~

Lo es.

Una ensalada de salchichas y queso. Costillar de cordero con costra de sal. Y ahora, un *parfait* de merengue de frambuesas y especias con crema batida, un chorrito de jarabe de chocolate y finas galletas de miel por encima. Cojo una y me maravilla el diseño que tiene. Parece un ramo de flores.

—Se llama «*tirggel*», me explica Ethan—. Tradicionalmente, se hornean en Navidad con diseños de edificios antiguos, caballeros, y carrozas de caballos.

Interesante.

Le doy un mordisco y se escucha un fuerte crujido. Está demasiado dura para mi gusto, pero sabe bien.

—Deberías ver Zúrich en Navidad —dice Ethan—. Es precioso.

—Me lo imagino.

Recojo un poco de la crema con el resto del bizcocho y me lo meto en la boca.

—Nunca he estado en otro sitio que no sea mi casa en Navidad.

Durante los dos últimos años, he pasado las fiestas sola en mi apartamento, algo en lo que no quiero pensar.

—De hecho, casi no he estado en otro lugar.

—Oh, ya viajarás —me dice Ethan antes de dar un sorbo a su copa de vino—. Porque a partir de ahora te llevaré a todos mis viajes de negocios.

Mis ojos se abren de par en par.

—Estás bromeando.

Me mira.

—¿Parece que estoy bromeando?

No. Aun así, lo que acaba de decir suena demasiado bueno para ser verdad.

—Sería un tonto si no te llevara después de lo útil que has demostrado ser durante este viaje —añade—. Además, es más divertido viajar contigo.

Miro fijamente mi *parfait*. Todavía no me lo puedo creer. ¿Más viajes como este? ¿Más comidas como esta? ¿Más...?

Hago una pausa. Ha dicho que es más divertido viajar conmigo, ¿verdad?

¿Lo dijo por todo el sexo que hemos tenido? ¿Está diciendo que va a haber más, que esto va a ser algo: nosotros vamos a tener sexo a escondidas cuando él haga negocios fuera de la ciudad?

—Incluso puedo llevarte la próxima vez que me vaya de vacaciones —dice Ethan—. ¿Tal vez en Navidad? Tú y yo podemos volver aquí, a Zúrich. O podemos probar Viena o Praga o alguna de las ciudades alemanas. Todas son hermosas en esa época del año.

¿Navidad con Ethan? Suena como un sueño hecho realidad.

—¿No sueles pasar la Navidad con tu padre y tus hermanos? —le pregunto.

—Usualmente sí —responde—. Pero no siempre tiene que ser así.

Me detengo a medio levantar la cuchara. Mi pecho se hunde porque recuerdo lo que dijo sobre la intención de su padre de que se casara.

¿Debería volver a preguntárselo? Pero la última vez no quiso hablar de ello. Incluso parecía molesto. No quiero que eso ocurra. No quiero arruinar su estado de ánimo.

Pero parece que el mío ya se ha resquebrajado, abrumado por la imagen de Ethan pasando las futuras Navidades con su propia familia, con su mujer y sus hijos. Si tan solo pudieran ser los míos.

Espera. ¿Ahora sueño con tener sus hijos?

—¿Pasa algo? —pregunta Ethan.

Debe haber notado la sombra que se cierne sobre mí.

Intento sacudírmela de encima mientras engullo mi postre.

—¿Qué sueles hacer durante las vacaciones?

—No mucho —dice Ethan—. La fiesta de la empresa es el gran acontecimiento. Cuando llega el día de Navidad, solemos holgazanear todo el día y cenar juntos.

—¿No intercambian regalos?

—Ya no.

Supongo que es difícil dar regalos a gente que puede comprarse todo lo que quiere.

—¿Y tú? —me pregunta Ethan—. ¿Qué solían hacer tú y tu familia en Navidad?

—¿El día de Navidad? Empezábamos intercambiando regalos alrededor del árbol y luego ayudaba a mi madre a preparar la cena. Normalmente comíamos temprano, como a las cinco, para poder ver películas después.

Ethan asiente.

—Suena divertido.

—Sí.

Aquellos días de Navidad lo eran de verdad. Oh, lo que haría para traerlos de vuelta.

Ethan coloca su mano sobre la mía.

—Lo siento. No quería mencionar el pasado y ponerte triste.

Sacudo la cabeza.

—No lo estoy. Son recuerdos felices, de esos que nadie debería olvidar.

Son la prueba de que mi madre y mi padre existieron y de que siempre estarán conmigo.

—Pero prefiero escuchar los tuyos —le digo a Ethan—. Seguro que tienes algunos.

Se echa hacia atrás en su silla.

—¿Qué quieres saber?

Todo.

—Lo que quieras compartir —respondo antes de comer otra cucharada de mi postre—. Me quedaré aquí sentada escuchándote.

Ethan golpea con los dedos la mesa.

—Veamos...

~

—No te creo —le digo a Ethan mientras continuamos nuestra conversación en el balcón.

A lo lejos, las luces de la ciudad brillan contra el cielo nocturno como gemas en una mina.

—Es cierto —exclama—. Ese perro podía trepar a los árboles, y además en segundos. De hecho, me pregunté si era una ardilla que se hacía pasar por un perro.

Me río. He oído hablar de perros que se suben a los muebles como si fueran gatos. Pero ¿perros que se suben a los árboles como ardillas?

—Hablando de ardillas, una vez tuve un perro que se comió una ardilla. Pensé que se iba a enfermar, pero no le pasó nada. Lo raro es que murió años después por un hueso de pollo.

Raro, en efecto.

—¿Cuántos perros tuviste de pequeño? —le pregunto.

Ethan empieza a contar con los dedos, primero con la mano izquierda y luego con la derecha.

¿No me digas que tuvo diez?

—Ocho que yo recuerde —responde.

Sigue siendo mucho.

—Dijiste que tuviste uno, ¿verdad? —me pregunta.

Asiento con la cabeza.

—Un labrador. Lo sacamos del refugio cuando tenía un año. Era más que todo el perro de mi padre, pero a veces dormía a mis pies. Era bastante normal, no le gustaba subirse a los árboles ni comer ardillas, aunque se hizo amigo del gato del vecino.

Ethan sonríe.

—Yo también tuve un labrador, pero el que me seguía a todas partes era un....

Se detiene de repente, su atención claramente fue atrapada por algo. Curiosa, me doy la vuelta y me doy cuenta de que está mirando a un esponjoso perro blanco sentado junto a un niño de unos cinco o seis años.

Me toco la barbilla. ¿De qué raza se es?

—Samoyedo —me responde Ethan.

—Claro, eso es... —Hago una pausa al darme cuenta de que está sonriendo. —Ah, ¿es de la misma raza que el perro que tenías?

—También se parece a él —dice antes de empezar a caminar hacia el perro y el niño.

Espera. ¿Va a acariciar al perro?

Me mantengo a distancia, observando y esperando que nada salga mal. El niño se ve un poco asustado. El perro, sin embargo, parece interesado.

Ethan se arrodilla delante del animal y empieza a hablarle al niño en alemán. Apenas escucho la mitad y no entiendo el resto porque Ethan habla demasiado rápido. Supongo que ha pedido permiso al chico para acariciar al perro, porque momentos después intenta hacer exactamente eso. Extiende el puño. Contengo la respiración. El perro lo olfatea y luego le da un lametón mientras mueve la cola. Dejo escapar un suspiro de alivio.

El animal se sube sobre Ethan y le lame la frente. Ethan se ríe. Yo sonrío. De alguna manera, siento que estoy siendo testigo de una rara visión de cómo era él de niño, despreocupado y aventurero.

Y aún más adorable.

De pronto, el niño llora. El perro se aproxima a él y le lame la cara. Ethan también se acerca a él, pero retrocede cuando llegan dos adultos. Supongo que son sus padres.

Hablan en alemán, pero solo brevemente, ya que los papás del niño tienen prisa por llevárselo a él y al perro. Ethan deja escapar un suspiro.

Me pongo a su lado y le toco el brazo.

—¿Estás bien?

No dice nada. No parece estar bien. De hecho, parece desencantado. ¿Es porque el perro se fue?

Le aprieto el brazo.

—Oye, está bien. Puedes conseguir un Samoyedo cuando vuelvas a Chicago.

Probablemente pueda permitirse tener un centenar de ellos.

—No tengo tiempo para un perro —responde.

Cierto. Si yo no tengo tiempo para cuidar de uno, Ethan tiene aún menos.

—Bueno, al menos pudiste acariciar a este —le digo—. Y parecía que a él le gustaste de verdad.

¿O era ella? No fui capaz de reconocer.

—Pero el niño lloró.

Miro a Ethan con las cejas arqueadas. ¿Es eso lo que le preocupa?

—Eso no fue culpa tuya —agrego.

No parece convencido. De hecho, parece que lo siguiente que va a hacer es llorar. ¿Se mortifica por una cosa tan pequeña? Me parece sorprendente y divertido a la vez.

Me coloco delante de él, le pongo las manos en los hombros y le sostengo la mirada.

—Oye. Le preguntaste al chico si podías acariciar a su perro, ¿verdad? ¿Y el chico aceptó?

Asiente con la cabeza.

—Entonces no hiciste nada malo.

—Sin embargo, lloró —dice Ethan.

¿Por qué le molesta tanto?

—Quizá porque le agradaste a su perro y no quiere que le guste nadie más —respondo encogiéndome de hombros mientras le acaricio el pelo—. Probablemente no quería que acariciaras a su perro, pero no tuvo el valor de decir que no. O cambió de opinión. En cualquier caso, dijo que sí, así que no hiciste nada malo. No le has hecho daño ni lo has intimidado.

Ethan mira hacia otro lado y no dice nada.

No me digas que todavía no me cree.

Tomo su cara con las manos para que vuelva a mirarme a los ojos.

—Los niños lloran todo el tiempo. Incluso los muchachos. Estará bien. Tiene a su perro y a sus padres que lo quieren.

Nada todavía.

—Y tú me tienes a mí —añado juguetonamente mientras toco mi frente con la suya.

En cuanto lo hago, siento algo pegajoso. Doy un paso atrás, frunciendo el ceño al darme cuenta de mi error.

—El perro me ha lamido la frente —me recuerda Ethan.

—Sí. —Me limpio la mía con el dorso de la mano—. Ya recuerdo.

Y ahora, la baba está en mí. Qué asco.

Ethan se ríe. Bueno, al menos parece estar de buen humor otra vez.

Me miro la mano.

—Creo que voy a limpiarme.

Me dirijo al baño unisex que he visto antes y entro. Estoy a punto de cerrar la puerta con la mano limpia cuando Ethan me detiene y se cuela dentro. Le dirijo una mirada de desconcierto.

—Yo también necesito lavarme la frente —dice mientras cierra la puerta tras de él.

Está bien, supongo que es cierto. ¿Pero no podía esperar su turno? Oh, bueno. Espero que nadie lo haya visto entrar después de mí. Sé que los suizos se ocupan de sus propios asuntos y son bastante discretos, pero aun así no quiero provocar un escándalo en un país extranjero.

Me lavo las manos y la frente. Ethan hace lo mismo. Cojo una toalla de papel para secarme y la tiro a la papelera.

—Yo saldré primero.

Estoy a punto de coger el pomo de la puerta, pero Ethan me toma de la muñeca. Me atrae hacia él y sella mis labios con los suyos.

Temía que esto sucediera.

Pongo mis manos en su pecho y lo alejo suavemente.

—Ethan, para. Estamos en un baño público.

—¿Prefieres que te bese en el balcón? —pregunta Ethan con un brillo travieso en los ojos—. ¿Igual que la última vez?

Me sonrojo.

—No es gracioso.

—No te preocupes —me susurra al oído—. Solo quiero besarte. He querido hacerlo desde que llegamos aquí.

¿Sí?

Entonces me lame la oreja. Jadeo.

Me agarra la barbilla y me besa de nuevo. Me tira del labio inferior, luego aprisiona ambos labios y frota su lengua contra la mía. Su mano me acaricia la mejilla.

El calor se agita en mi boca. Se extiende a mi pecho, a mi vientre, y entre mis piernas. Me tiemblan las rodillas.

Mierda. ¿Cuándo el beso de Ethan es solo un beso?

Sé que esto está mal. Estamos en un baño público y alguien podría entrar en cualquier momento. Pero, como de costumbre, la lengua y los labios de Ethan derriten mi sentido común y mis miedos. Me resisto un poco más antes de aferrarme a su pecho y devolverle el beso ferozmente. Me acerca más a él. Quiero más.

Estoy a punto de poner la mano en la entrepierna de Ethan cuando suena su teléfono. Se aparta con un gemido y responde a la llamada.

—¿Qué?

Oigo la voz de un hombre al otro lado de la línea. ¿Uno de sus hermanos? ¿Su padre? Son los únicos que conozco que tienen su número personal.

Ethan frunce el ceño. No es una buena señal.

—De acuerdo. Volveré al hotel ahora mismo —responde—. La expresión de preocupación permanece en su rostro después de colgar.

—¿Qué pasa? —le pregunto.

—Todo —responde antes de abrir la puerta—. Tenemos que irnos.

~

Ethan no da más detalles sobre la llamada mientras caminamos hacia el coche, ni durante el trayecto de vuelta al hotel. No le hago preguntas porque parece bastante preocupado. Hacía tiempo que no lo veía tan afligido.

Cuando llegamos al hotel, lo sigo directamente a nuestro piso. Ryker está esperando en el pasillo. Desaparecen dentro de su habitación. Yo espero afuera caminando de un lado al otro.

Sé que parezco alguien en el pasillo de un hospital, esperando inquieta que me pongan al día sobre una cirugía. Probablemente debería ir a mi cuarto. Sea lo que sea con lo que esté lidiando Ethan, no creo que pueda ayudarlo. Aun así, no puedo evitar preocuparme. Quiero asegurarme de que está bien.

O al menos de que lo estará.

Por favor, que todo esté bien.

Después de lo que parece una eternidad, la puerta se abre. Contengo la respiración, esperando ver a Ethan y hablar con él, pero es Ryker quien sale.

—¿Está todo bien? —le pregunto.

Si no puedo obtener una actualización del propio cirujano, tal vez pueda obtenerla del otro médico en la sala.

—No —responde—. Existe la posibilidad de que la compra de Odermatt Corp. no salga adelante.

Mi corazón se detiene. ¿Qué?

—¿Qué quiere decir? —pregunto con curiosidad.

—Exactamente eso, pero los detalles son complicados en este momento. —Me lanza una mirada de desconcierto—. ¿Has estado esperando aquí todo el tiempo?

—Sí —respondo—. Estoy preocupada por Ethan. Estaba con él cuando...

Dejo de hablar al notar que las cejas de Ryker se arquean ligeramente. La sangre sube a mis mejillas al darme cuenta de que acabo de meter la pata. Mierda.

—Quiero decir el señor Hawthorne —me corrijo rápidamente—. El señor Ethan Hawthorne, es decir. Señor Ethan.

Ryker aprieta los ojos al dirigirse hacia mí, pero no habla. Se me hace un nudo en la garganta.

Lo sabe.

Me pone contra la pared. Trago saliva y me aferro a la bufanda que tengo alrededor del cuello. La bufanda de Ethan. Mierda.

—Así que es verdad —dice Ryker—. Ethan se acuesta contigo.

¿Qué quiere decir? ¿Ya lo sabía? ¿Se lo dijo Ethan? Creía que no debíamos decírselo a nadie.

Me agarro el pecho. ¿Qué hago? ¿Negarlo? Pero si Ryker ya lo sabe, si Ethan ya ha hablado con él, no tengo más remedio que decir la verdad.

Respiro profundamente.

—Sí.

Ryker asiente.

—Ya veo.

Percibo la desaprobación en su voz.

—Lo lamento. —Desvío la mirada mientras siento una puñalada de culpabilidad—. No fue mi intención que esto sucediera.

—Pero lo has permitido.

Lo permití. Y sé que no debería haberlo hecho. Por eso no puedo mirarlo a los ojos.

—Lo siento —le digo de nuevo.

No sé qué más decir.

—No creo que todo esto sea culpa tuya —me replica Ryker—. Pero te diré esto. Los dos están cometiendo un error. Ethan es tu jefe y tú eres su asistente.

Ya lo sé.

—Eso quiere decir que Ethan nunca se va a permitir sentir nada por ti, lo que significa que solo se hará daño a sí mismo. Y tú también vas a salir perjudicada. ¿Es eso lo que quieres?

Por supuesto que no. ¿Por qué querría salir herida? Ni siquiera pedí enamorarme de él. Simplemente sucedió. Pero sí pedí tener sexo con él, aun sabiendo que estaba mal. ¿Por qué? ¿Porque pensé que el placer valdría la pena? ¿Acaso me detuve a pensar en el precio?

Soy una tonta.

—Cuando eso suceda, ustedes dos ya no podrán trabajar juntos —continúa Ryker—. Te quedarás sin trabajo. Ethan perderá una buena asistente. ¿Quién sabe cómo afectará eso a su desempeño y a la empresa?

Sí, lo sé. Ethan seguirá trabajando duro para la empresa. No va a dejar que nada se interponga en su camino. Pero ¿realmente quiero que lo haga sin que yo esté a su lado? ¿Quiero verlo triunfar desde lejos?

—Esperemos que no sea demasiado tarde. Ethan puede ser terco. Va detrás de lo que quiere, a veces sin importarle lo que pueda perder en el camino, pero también sabe cuándo rendirse. Si es inteligente, y sé que lo es, señorita Quinn... —Ryker me mira a los ojos—. Usted sabe lo que tiene que hacer.

Me sostiene la mirada un momento más antes de empezar a alejarse. Me quedo donde estoy, sin poder respirar, sin poder moverme. Sus palabras se sienten como una bola de hierro encadenada a mi pie que me mantiene en ese mismo lugar, que me pesa tanto que podría hundirme en el suelo.

—Ah, y no creo que Ethan salga pronto de su habitación —añade Ryker cuando ya está a unos metros de distancia—. Así que, por favor, ve a tu cuarto. Descansa. Mañana puede que te pida que me ayudes con algo.

—Sí, señor —murmuro.

Se dirige a los ascensores. Camino lentamente hacia mi habitación. Cuando por fin entro, me siento en el suelo junto a la cama. Me quito la bufanda que me rodea el cuello y la miro fijamente. Antes de darme cuenta, las lágrimas caen sobre la lana.

¿De verdad creía que Ethan y yo podíamos seguir haciendo esto, viajando por el mundo y teniendo sexo? ¿Creía que nadie se enteraría? ¿Pensé que podríamos salirnos con la nuestra?

Sabía que era un error acostarme con Ethan desde el principio. Aun así, lo hice. Y continué haciéndolo. No solo eso. Me dejé vencer por él. Incluso empecé a esperar que se enamorara de mí. Pero eso no va a suceder, ¿verdad? No según su hermano.

Ethan nunca se va a permitir sentir nada por ti.

Por supuesto que no. Es mi jefe. Es el jefe de la empresa de su familia. Para él, la empresa y la familia siempre son lo primero, lo que significa que nunca hará nada que les cause problemas.

Lo sé. Lo he sabido todo el tiempo. Por eso intenté luchar contra este sentimiento. Por eso intenté no tener esperanzas. Pero fallé. Terriblemente.

Entierro mi cara entre las manos.

He sido ingenua, tan ingenua. Y creí que era inteligente.

Si eres inteligente, y sé que lo eres, sabes qué hacer.

Las palabras de Ryker resuenan en mi cabeza. Por muy amargas y dolorosas que sean, me las trago y me limpio las lágrimas.

Porque tiene razón.

Soy inteligente. Sé lo que hay que hacer. Y voy a hacerlo. Voy a detener esta locura ahora mismo, por el bien de Ethan, el mío y el de todos, antes de que sea demasiado tarde.

Ya basta de tonterías.

CAPÍTULO DOCE

Ethan

Esto es un puto desastre.

Cierro de golpe la tapa del computador portátil y me recuesto en el sofá. Luego me froto las sienes mientras analizo la situación actual.

La adquisición de Odermatt Corp. está en suspenso, gracias a ese puto empleado que desapareció con los archivos del programa de la empresa, incluido el código original de Simón Odermatt. Nadie sabe dónde está ni qué piensa hacer con los archivos. Ni siquiera sabemos si lo ha hecho por su cuenta o si está trabajando para alguien, posiblemente otra empresa. Si es esto último, estamos jodidos. No tendrá sentido continuar con la adquisición. Odermatt Corp. podría incluso cerrar mientras otra compañía se levanta gracias a su duro trabajo. Si esa empresa resulta ser una de las del puñado de gente que ha estado intentando hundir a Hawthorne Holdings durante los últimos años (y sé que algunos de ellos también estaban interesados en Odermatt Corp.), el problema será aún mayor.

Una de las partes interesadas, un anciano colega llamado Rubén, me llamó para reventarme la cabeza por eso, aunque ni siquiera sé cómo se enteró de lo sucedido. Asumo que tiene a alguien espiándome aquí en Zúrich. Viejo paranoico. Si es así, puede que ya sepa de lo mío con Stella. ¿Es por eso por lo que me culpa de todo esto? ¿Porque cree que estaba demasiado preocupado con otros asuntos para evitar que sucediera? ¿Cómo diablos iba a saber que uno de los empleados de Odermatt no estaba bien de la cabeza?

Aun así, he hecho todo lo posible para arreglar las cosas. Ya le encargué a mi propio equipo de investigación la búsqueda de ese imbécil. Ya he pedido favores. Tengo gente vigilando a esas otras empresas. Menos mal que esto ha ocurrido en Suiza, así que no tengo que lidiar con un circo mediático, aunque continúo teniendo un funcionario vigilando el Internet. Si alguien en la web menciona a Odermatt, lo sabré. ¿Qué más se supone que puedo hacer? ¿Qué más puedo hacer?

Nada. Esa es la cuestión. He hecho todo lo que puedo. Ahora no hay nada más que hacer además de aguardar. Y confiar que otra compañía no esté haciendo uso de esos archivos ahora mismo para lograr lo que he estado planeando durante los últimos meses, esperar que este negocio no vaya a estallarme en la cara.

Aun así, no puedo aguardar eternamente. Tengo fijado volver pasado mañana, y lo haré, pase lo que pase. Si se encuentra a ese ladrón con los archivos, el proceso de adquisición continuará y volveré a mi oficina triunfante, dispuesto a llevar la empresa un paso más allá en cuanto todo sea oficial. Si no es así, tendré que pasar las próximas semanas encerrado en mi oficina lidiando con las consecuencias y devanándome los sesos para idear un plan que permita seguir manteniendo la compañía no solo a flote, sino en lo más alto. Me duele la cabeza solo de pensarlo.

Me sirvo otro vaso de whisky (he perdido la cuenta de cuántos he tomado) y me lo trago. El alcohol amargo me recorre la garganta y me hace zumbar la cabeza. Cierro los ojos. Ojalá me haga olvidar el infierno que estoy viviendo, aunque sea por un momento.

En ese instante, oigo que llaman a la puerta. Casi digo «pasa», pero recuerdo que estoy en una habitación de hotel y que soy el único que tiene la llave. A no ser que Asher haya vuelto a pedírsela a la recepcionista, caso en el que no llamaría a la puerta.

Dejo el vaso y me dirijo a la puerta. ¿Quién sabe? Puede que sea el propio Simón Odermatt, que viene a traerme noticias o algún plan para salvar nuestras dos empresas.

En cuanto la abro, veo que no es él. Es Stella con un vestido blanco de punto, la mitad del pelo recogido y el resto suelto detrás de los hombros.

Veo mi bufanda doblada en sus manos. Me doy cuenta de que hace casi todo un día que no la veo.

Me entran ganas de rodearla con mis brazos para sentir los suyos alrededor de mi cuerpo. Tal vez ella pueda hacer lo que el escocés no puede. Pero ella se aclara la garganta.

—Pensé en devolver esto... —dice mientras me alcanza la bufanda—. Señor.

¿Señor? ¿A qué se debe esa repentina formalidad?

Entonces noto la ausencia de calidez en sus ojos. ¿Está enfadada conmigo? No tengo seguridad, de lo que sí estoy seguro es de que no veo ningún atisbo de preocupación en su expresión. Y yo que pensaba que estaría angustiada por mí ya que no he salido de mi habitación. Pero solo vino a devolver la bufanda.

Regreso al sofá sintiéndome molesto.

—Puedes ponerla sobre la cama.

Stella entra en la habitación y así lo hace. Me siento y me sirvo otro vaso. Estoy a punto de llevármelo a los labios, pero me doy cuenta de que ella sigue de pie junto a la cama. Está allí parada con una expresión de asombro en su rostro. ¿O es asco? ¿Se horroriza al ver la botella de whisky casi vacía que tengo delante, el plato de sándwiches de queso grillado que alguien llevó a mi habitación pero que no he podido comer, o el hecho de que no me he cambiado desde la última vez que me vio? Sigo con la misma camisa azul pálido con botones, aunque desabrochada.

—¿Qué? —le pregunto cuando pasan cinco segundos y todavía no dice una palabra.

—Nada —responde Stella, aunque es evidente que tiene algo en la mente.

Empieza a caminar hacia la puerta, pero se detiene a mitad de camino. Lentamente, se gira para mirarme.

—¿Está bien?

—¿Tú qué crees? —Le devuelvo la pregunta antes de llevarme el vaso a los labios.

—Me enteré de lo que ha pasado —dice.

¿Se ha enterado? ¿Y no está preocupada por mí? ¿No ha venido a verme hasta ahora?

—El Sr. Ryker me lo contó. Le he estado colaborando con algunas cosas.

En lugar de ayudarme a mí.

—¿No es ese el trabajo de Miller? —Le pregunto—. ¿O eres su asistente ahora?

—No. Él y Miller necesitaban ayuda para conseguir más información sobre Odermatt Corp. y otras empresas en el área.

Miro fijamente el líquido color bronce en mi vaso.

Así que Ryker ya ha empezado a planificar por si se da el peor de los escenarios. ¿Está tratando de ver si Odermatt Corp. puede seguir siendo útil para nosotros, si hay otras empresas suizas con tecnología similar a las que merezca la pena dirigir la mirada?

Stella se coloca un mechón de pelo detrás de la oreja.

—Decidí ayudarles porque no tenía nada mejor que hacer, ya que usted no necesitaba nada.

¿Así que es por eso por lo que está actuando así? ¿Porque cree que la he ignorado? ¿Está decepcionada porque no pudimos terminar lo que empezamos anoche?

Ahora que lo pienso, yo también lo estoy.

Dejo mi vaso en el suelo.

—Bueno, ahora sí tengo algo para que hagas.

Le doy una palmadita al cojín que está a mi lado.

—Siéntate.

Stella se sienta a más de un metro de mí y sin decir nada.

—¿No te vas a acercar? —Le pregunto.

No responde.

—¿No me has echado de menos? Estoy ofendido.

—Estás borracho —dice sin mirarme.

¿Qué es esto? ¿Se está haciendo la difícil? Bueno, es algo bonito.

—¿Y? —Me acerco a ella y le rozo el hombro con los dedos—. Todavía puedo tener sexo.

Me mira con los ojos entrecerrados.

—¿Solo piensas en el sexo?

—¿Cuando estoy contigo? Sí.

Le agarro la barbilla y capturo sus labios. Ella emite un gemido ahogado. Luego me pone las manos en los hombros y trata de apartarme.

¿Está luchando contra mí?

—Para —dice mientras intenta apartar sus labios de los míos.

Llevo mi mano a su mejilla para mantener su cara quieta mientras atrapo su labio inferior.

Ya ha intentado resistirse antes. La última vez, en el baño, también intentó apartarme, pero acabó cediendo. Solo tengo que continuar.

Le acaricio la mejilla mientras coloco la otra mano en su muslo. Saco la lengua y trato de deslizarla entre sus labios. Ella los mantiene cerrados.

¿Me está rechazando? ¿De verdad?

—Ethan, para —me insiste Stella, mientras intenta apartar mi mano—. No quiero...

Le agarro la mano y le meto la lengua en la boca. El resto de su frase se convierte en un sonido apagado. Froto mi lengua contra la suya. En el pasado, cuando hacía esto, sus defensas empezaban a derretirse. Pero esta vez, no hay señales de que eso ocurra.

¿Realmente quiere que me detenga?

Me alejo. Se levanta del sofá y se limpia la boca con el dorso de la mano.

—No quiero tener sexo contigo, Ethan —exclama terminantemente después de recuperar el aliento.

—¿Por qué? —le pregunto—. ¿Porque crees que ahora soy un fracasado?

Frunce el entrecejo.

—Nunca he dicho eso.

—Pero lo estás pensando. Crees que no soy un buen jefe, que no soy un líder confiable. Probablemente piensas que Ryker es mejor que yo ahora.

—Eso no es lo que estoy pensando.

La ignoro y levanto un dedo.

—¿Sabes qué? Ryker debería ser el director general y tú puedes ser su nueva asistente. También puedes intentar seducirlo, pero me temo que es aún más riguroso con las reglas que yo.

—¿Qué?

—¿O tal vez prefieres a Asher? Sería fácil para ti seducirlo. Solo tienes que ponerte ese vestido rojo que llevaste hace unos días y relajarte...

La palma de Stella se estrella contra mi mejilla. Me escuece.

Estoy a punto de amonestarla, pero entonces veo las lágrimas que desbordan de sus ojos. Veo el dolor en ellos y el mío se desvanece.

¿Qué estoy haciendo? ¿Qué estoy diciendo?

Exhalo y me toco la nuca.

—Realmente soy un fracaso, ¿no?

—Como te he dicho...

—Estoy dejando que Ryker haga todo el trabajo duro. Hice llorar a ese niño ayer y ahora te hice llorar a ti.

Ella inhala.

—No estoy llorando.

Y sin embargo se está limpiando las lágrimas.

—Soy un mal jefe —sostengo.

—Sé que no debía tener sexo contigo y aun así lo hice.

—Ambos cometimos ese error.

—Pero yo soy tu jefe. Y fui yo quien te invitó a mi habitación. Te ofrecí una copa, pero realmente lo que quería era tener sexo contigo. —Sacudo la cabeza—. Yo me enfado con Asher por jugar con las mujeres, pero no soy mejor que él.

Stella no dice nada.

—Me has estado soportando, ¿no? No podías decirme que no porque soy tu jefe.

—No.

Me reclino y miro al techo.

—Apuesto a que te dio pena porque no tengo vida fuera del trabajo. O tal vez porque te hablé de las estúpidas expectativas de mi padre.

—Eso no es cierto —replica Stella.

La ignoro.

—Tienes razón. Soy patético. No puedo desafiar a mi padre. Siempre doy prioridad al trabajo. Tal vez lo hago porque tengo miedo de tener otra vida, porque tengo temor de que, sin la empresa, no soy nada.

—No eres patético.

—No soy nada. Todo lo que soy es por mi padre, por la empresa que me entregó, por mis hermanos que están ahí para ayudarme, por gente como tú que trabaja duro para mí.

—Ethan...

Me pongo la mano en la frente y suelto un suspiro.

—No es de extrañar que todo se esté desmoronando ahora.

Stella se queda callada. No va a abofetearme de nuevo, ¿verdad? ¿O esta vez me va a dar un puñetazo? Quiero que lo haga. Ahora que me he dado cuenta de lo tonto y egoísta que he sido, quiero golpearme en la cara o pegarme la cabeza contra la pared y...

Mis pensamientos se detienen al mirar a Stella. Ha bajado la barbilla, pero veo que le tiemblan los labios. El dolor y las lágrimas frescas centellean en sus ojos.

Genial. La hice llorar de nuevo.

El impulso de agarrarla entre mis brazos es más fuerte ahora, pero sé que Stella no querría eso. Y ya no la obligaré a hacer cosas que no quiere. En lugar de eso, desvío mi mirada de ella mientras me rasco la nuca.

—Deberías irte —le digo—. Ya te hice bastante daño, Stella. Si te quedas, te haré sufrir aún más y tú acabarás odiándome más y...

No termino porque los labios de Stella sellan los míos. Mis ojos se abren de par en par.

¿No dijo que no quería esto? Estoy confundido.

Entonces me pasa los dedos por el pelo con ternura, igual que hizo ayer cuando intentaba consolarme. Ahora lo entiendo. Esas últimas lágrimas eran por mí.

La empujo suavemente.

—No tienes que seguir compadeciéndote de mí, Stella. Estoy bien.

Ella mantiene sus manos en mis hombros.

—No estoy haciendo esto por lástima.

—¿Entonces por qué? —Le pregunto.

—Soy tu asistente. Mi trabajo es ayudarte en todo lo que pueda.

¿Es eso lo que le he hecho pensar? Realmente soy un jefe poco fiable, ¿no?

Aparto sus manos.

—No tienes que hacer esto, Stella. No es parte de tu trabajo cuidar de mí, no así.

—Pero quiero hacerlo. —Vuelve a poner sus manos sobre mis hombros y se sienta a horcajadas sobre mi regazo—. Al igual que quise tener sexo contigo todas esas veces. Nunca me has obligado a hacer nada en contra de mi voluntad.

La determinación y el deseo en sus ojos ambarinos respaldan su firme exposición.

Joder. ¿Por qué me hace esto? ¿No me rechazó antes? ¿Ha cambiado de opinión?

Yo no. Todavía la quiero. Y ella está haciendo que sea casi imposible para mí alejarla.

Aun así, lo intento.

—Deberías irte, Stella. Tienes razón. Estoy borracho. Y estoy de mal humor. Si hacemos esto, no puedo prometer que seré gen...

De nuevo, ella corta mi frase con un beso. Sus labios se presionan firmemente contra los míos mientras su lengua busca la mía. Y la encuentra. Un escalofrío me recorre la espalda.

Joder. Al diablo con todo.

Coloco mi mano en la nuca de Stella, la otra agarra su cintura mientras empujo mi lengua contra la suya. Ella me acaricia el pelo y el pecho desnudo y deja escapar un gemido, no un lamento, dentro mi boca. El sonido viaja directamente hasta mi entrepierna. El calor se agita en mis venas.

Tal y como lo pensé, Stella es mejor que una botella entera de whisky. No solo por saber más dulce, sino que el calor de su cuerpo hace que cada centímetro de mi piel se sienta vivo mientras adormece mi cerebro. Todo lo que puedo pensar ahora es en ella. En su sabor. En cómo huele: ¿a melocotones y fresas? En cómo se siente su cuerpo contra el mío.

Ya estoy embriagado y aún quiero más.

Mis dedos buscan la abertura en la parte trasera de su vestido: un gancho, una cremallera, botones. No encuentro ninguno, así que tomo el dobladillo y le quito la prenda entera. Se aparta y levanta los brazos para que pueda quitárselo por completo. Entonces, su boca y sus manos vuelven a estar sobre mí. Tiro el vestido a un lado y le paso las manos por la espalda.

Encuentro los ganchos de su sujetador y los desabrocho. En cuanto la ropa interior desaparece, exploto y me llevo uno de sus pechos a la boca. Stella jadea. Sus dedos recorren mi cuero cabelludo.

Le chupo el pezón mientras deslizo una de mis manos por debajo de la parte trasera de sus bragas para agarrar una de sus nalgas. Se mete entre mis piernas y me frota el miembro endurecido. Este se estremece dentro de mi bóxer y se tensa contra su palma.

Joder. ¿Tanto me desea Stella?

Sí, claro. Si quiere mi pene, puede tenerlo.

Me bajo la cremallera de los pantalones y lo saco del bóxer. Stella se quita de encima y se arrodilla entre mis piernas. Rodea mi pene con sus dedos y lame la punta. Se hincha aún más.

La tomo del pelo y contengo un siseo cuando restriega sus labios a lo largo de mi miembro, desde la punta hasta la base. Veo cómo presiona sus labios con reverencia contra mis testículos. Luego levanta los ojos para encontrarse con los míos. Me sostiene la mirada mientras arrastra su lengua por mi pene. Lo que veo despierta mi deseo.

Cuando rodea con sus labios la cabeza de mi pene, lo introduzco en su boca. La punta choca con su suave paladar y respiro con fuerza. Su lengua se frota contra mi piel. Siento que empiezo a derretirme en su calor.

Me chupa el pene y me recorre un temblor. Empieza a mover la cabeza de atrás a adelante La fricción hace que todo mi cuerpo arda.

Joder.

Sujeto de la parte posterior de la cabeza de Stella y muevo mis caderas. Sus manos se aferran a mis muslos. Gime contra mi pene y el sonido vibra por toda mi piel.

Cierro los ojos, echo la cabeza hacia atrás y muevo las caderas más rápido, golpeando la boca de Stella. Sus uñas se clavan en mi piel a través de mis pantalones.

Me estoy acercando. Una parte de mí quiere llegar al orgasmo dentro de su boca y descargar mi semen en su garganta. Pero gana la parte que prefiere acabar en otro lugar, más ardiente y húmedo.

Coloco mis manos sobre los hombros de Stella y la empujo para que se aparte de mi pene. Mientras se toma un momento para recuperar el aliento, me doy cuenta de que se han soltado más mechones de su cabello, algunos están pegados a sus mejillas sonrojadas y a la comisura húmeda de su boca por donde se ha escurrido la saliva. También veo lágrimas asomándose por sus ojos.

Maldita sea. La hice llorar otra vez.

Subo a Stella a mi regazo y la beso tiernamente en señal de disculpa. Para mi sorpresa, me sujeta el miembro y lo frota entre sus piernas.

Y yo que pensaba que estaba cansada.

Le bajo las bragas. Ella se baja de mí regazo para poder quitárselas. Me tomo un segundo para admirarla en toda su belleza desnuda (me gustaría poder tomarme más tiempo, pero mi aguante está al límite) y luego la traigo hacia mí. Le doy un beso en el cuello y le meto dos dedos.

Stella jadea. Como siempre, está apretada. Menos mal que ya está mojada tras haberme chupado.

Le lamo la oreja mientras le meto los dedos más profundamente. Los separo y oigo otro jadeo. Sus dedos me pellizcan los hombros.

Vuelvo a acercar mi boca a su cuello y succiono la suave carne mientras empiezo a mover mis dedos dentro y fuera de ella. Se ahogan en su calor. Cuando aquella senda empieza a aflojarse, introduzco otro dedo.

Stella gime y se aprieta a mi alrededor como al principio, pero después de unos segundos empieza a mover las caderas.

Está preparada.

Qué bueno, porque estoy a punto de explotar.

Saco mis dedos de su cuerpo y meto mi pene en su lugar. La punta se desliza y ella suelta un suave grito. Sus brazos me rodean la cabeza. Entierro mi cara en el valle entre sus pechos mientras intento introducir el resto de mi miembro dentro de ella centímetro a centímetro. Su piel aterciopelada se aferra a mí y apenas puedo respirar.

Maldita sea. ¿Por qué Stella continúa tan apretada?

Intento contenerme todo lo que puedo, pero cada vez que me muevo, ese sendero apretado, exquisito, suave, y húmedo amenaza con dejarme seco. Finalmente, no aguanto más. Tomo sus caderas y las empujo hacia abajo mientras doy una fuerte embestida.

Stella grita más fuerte. Su espalda se dobla como un arco.

Mierda. Sé que estoy siendo demasiado duro, pero ya he perdido casi todo el control. Mis caderas parecen haber cobrado vida propia, conduciendo a mi pene profunda y rápidamente dentro del cuerpo tembloroso de Stella. El sonido de piel chocando con piel y los crujidos del sofá se mezclan con los gritos de Stella.

Lo mejor que puedo hacer es asegurarme de que Stella se sienta tan bien como yo. Le chupo el pezón una vez más, manteniendo el pico rígido de su pecho entre mis labios mientras la madura colina de carne rebota frente a mí, el cuerpo de Stella se balancea con cada una de mis embestidas. Entonces separo mis labios para que su pezón se roce con mi lengua.

Los gritos de Stella continúan. Sus dedos se clavan en mis hombros mientras mantiene la cabeza inclinada hacia atrás. Algunos mechones de su pelo me rozan la cara.

De repente, se inclina hacia delante y comprime mis labios. Sus dedos se enredan en mi cabello mientras su cuerpo empieza a temblar. Solloza contra mi boca y mueve sus caderas sobre las mías.

Me quedo quieto para que ella pueda controlar el ritmo mientras sube la escalera del placer. Sus caderas se sacuden más rápida y erráticamente. Luego empuja hacia atrás con un profundo jadeo al llegar a la cima. Sus caderas caen sobre mi pene. Sus dedos me tiran del pelo mientras entierra mi cara en su pecho. El sedoso camino que me rodea tiembla y se tensa.

Joder.

Me muerdo el labio inferior mientras intento no terminar dentro de ella en ese momento. Entonces, en cuanto Stella deja de temblar, continúo con mis embestidas. Se desmorona contra mi hombro.

Apenas consigo unos cuantos empujones más antes de que la fricción de mi pene contra las paredes del núcleo caliente de Stella me haga llegar al límite también. Me agarro a su culo y le meto el pene hasta el fondo. Me estremezco justo antes de explotar. Entonces todos los músculos de mi cuerpo se tensan mientras el placer se apodera de mí. Apenas puedo respirar.

Poco a poco, el gozo se desvanece. Cuando mi cuerpo empieza a relajarse, aspiro profundamente para llenar mis pulmones privados de aire. Luego otra vez. Y otra más. Me vuelvo a apoyar en el sofá y espero a que mi corazón se ralentice. Stella sigue encima de mí. Puedo sentir los latidos de su corazón contra mi piel.

Lentamente, levanta las caderas y se baja. Sin decir nada, se tumba de lado en el sofá, con las rodillas dobladas y los pies apuntando hacia mí. Mientras la tapo con mi camisa para evitar que se enfríe, veo la marca en su cuello. También me doy cuenta de que el lugar de donde le sujeté la cadera está empezando a tener moratones. Los cachetes de sus nalgas, a las que me aferré mientras llegaba al orgasmo dentro de ella, siguen enrojecidas.

Tal y como pensé, fui demasiado brusco. La culpa me apuñala en el pecho.

—Lo siento —le digo mientras acaricio uno de sus muslos.

Stella levanta la cabeza y me mira.

—¿Por qué?

—Por todo.

Por ignorarla todo el día. Por no confiar en ella. Por decirle todas esas cosas malas y estúpidas. Por no ser capaz de controlarme.

Sí, probablemente podría echarle la culpa de todo al whisky que sigue zumbando en mi cabeza, pero no lo haré. Soy yo quien ha hecho todas esas cosas.

Stella sostiene mi camisa contra su pecho mientras se sienta. Sus ojos se fijan en los míos.

—No tienes que disculparte por nada.

Y, sin embargo, sus palabras y su expresión me preocupan más. Quiero hacer algo por ella, de hecho. Quiero equilibrar las cosas.

—Mañana es nuestro último día en Suiza —le digo—. ¿Te gustaría salir a hacer turismo?

Los ojos de Stella se abren de par en par.

—¿Otra vez?

—Esta vez, podemos ir a Berna. Queda a solo dos horas y es preciosa. Tiene excelentes museos, jardines, y fuentes interesantes.

Estoy seguro de que a Stella le encantará.

—¿Pero no tenemos trabajo que hacer? —pregunta.

Dejo escapar un suspiro.

—Realmente no hay nada más que podamos hacer sobre la adquisición, no hasta que aparezca el empleado desaparecido de Odermatt. Además, ¿no dijiste que Ryker se está encargando de las cosas?

—Sí, pero...

—Si las cosas no funcionan aquí, tendremos mucho que hacer cuando volvamos a Chicago. Creo que nos merecemos tomar una bocanada de aire fresco antes de sumirnos en el infierno. ¿No crees?

Stella no responde. Todavía puedo ver la vacilación escrita en su rostro.

Coloco mi mano sobre la suya.

—Será divertido. Pase lo que pase, habremos hecho que este viaje merezca la pena. No es que no la merezca ya.

Puede que el negocio no se lleve a cabo, pero aun así me alegro de haber venido a Suiza con ella. De todos los viajes que he hecho, este es el que nunca olvidaré.

Me mira a los ojos.

—¿Seguro que está bien?

—Estoy seguro.

¿Y qué pasa si todo se va a la ruina? De nada servirá enojarse por ello. ¿Y qué si el sabueso de alguien puede estar espiándonos? Ya no me importa. Solo quiero pasar otro día increíble en Suiza con Stella.

Le aprieto la mano.

—¿Qué dices?

Ella asiente lentamente.

—De acuerdo.

CAPÍTULO TRECE

Stella

No puedo creer que esté cometiendo los mismos errores.

Dejo escapar un suspiro, mientras miro una foto ampliada de Albert Einstein, una de las muchas reliquias del famoso científico expuestas en la segunda planta del Museo Histórico de Berna. Si él pudiera escuchar mis pensamientos y hablar, apuesto a que ahora mismo me estaría regañando por mi estupidez. Por otra parte, no hace falta ser un genio para saber que estoy siendo estúpida. Una vez más.

Fui a la habitación de Ethan otra vez, y en lugar de irme después de entregarle su bufanda como había planeado, terminé teniendo sexo con él. Otra vez. Simplemente no pude dejarlo solo después de ver el estado en que estaba: borracho, miserable, un desastre que no había comido ni dormido. Y entonces empezó a hablar. Al principio fue un imbécil. Tal vez debí haberme ido entonces. Pero no lo hice. Le di una bofetada (algo que todavía no puedo creer que hiciera) y después, él volvió sus palabras contra sí mismo. Por alguna razón, escucharle decir mentiras mezquinas sobre sí mismo me dolió más que las cosas que me dijo. No pude soportarlo. Por eso lo besé. Quería que dejara de decir esas cosas, aunque eso significara tener relaciones con él.

Como dije, no fue por lástima.

Como antes, fue increíble. Un poco duro, tal vez, pero no puedo decir que no me haya gustado. Aun así, cuando terminó y mis sentidos volvieron, el arrepentimiento se apoderó de mi rápidamente. Ethan también estaba arrepentido. Cuando se disculpó, pensé en decirle que debíamos dejar de tener sexo antes de tener más remordimientos. Pero las palabras equivocadas salieron de mi boca.

Tal vez fue porque aún quedaba el efecto del resplandor del crepúsculo. Tal vez estaba cansada. Tal vez fue porque Ethan todavía tenía esa mirada en su rostro que me hacía querer abrazarlo. Sea lo que sea, acabé diciendo algo distinto de lo que tenía en mente. Y antes de que pudiera retractarme, Ethan empezó a invitarme a salir. No pude decir que no.

Así que aquí estamos, paseando de nuevo, esta vez en la encantadora ciudad de Berna. Hasta ahora, hemos dado un paseo junto al río Aare y por el fascinante casco viejo, con sus arcos de arenisca y sus intrigantes fuentes antiguas. Nos hemos detenido a admirar la majestuosa catedral gótica y a ver un poco de versátil teatro al pie de la torre del reloj de 800 años. Ahora estamos en el museo histórico, que tiene una planta entera dedicada a Einstein. Al parecer, vivió en Berna durante siete años. He leído que también podemos visitar el apartamento en el que en realidad vivió, aunque eso no está entre lo más destacado de mi lista.

Supongo que Ethan y yo estamos en otra «cita», pero también estoy en una misión. Hoy, en nuestro último día en Suiza, voy a decirle a Ethan que terminamos, que se acabaron los enredos una vez que volvamos a Chicago. Continuaremos como como lo hicimos hasta ahora, como si no hubiera pasado nada.

Solo estoy esperando la oportunidad, que aún no se ha dado. ¿O soy yo? Tal vez solo lo estoy demorando para poder pasar más tiempo con Ethan. O quizá estoy esperando que suceda algo bueno, como que me diga que quiere tener una relación seria conmigo, que siente lo mismo por mí que yo por él. Así no tendría que decirle que no podremos volver a tener sexo.

Otro suspiro sale de mi pecho. Ya me he decidido a hacerlo, así que ¿por qué sigo esperando un milagro?

—No te has enamorado de Einstein, ¿verdad? —me pregunta Ethan.

Me sobresalto porque no esperaba que apareciera de repente a mi lado. Entonces giro la cabeza para lanzarle una mirada perpleja.

—¿Qué?

—Llevas más de diez minutos mirando ese cuadro —explica Ethan.

—Suspirando.

¿Así que ha estado observándome en lugar de mirar los objetos de Einstein? Decido burlarme de él.

—Tienes razón. Lo estoy. Estoy enamorada de él desde que estaba en quinto grado.

A ver si así se pone celoso.

Ethan se toca la barbilla.

—¿De verdad? No hubiera pensado que fueras alguien a quien le gustara la física.

—No me gusta —replico—. Pero creo que Einstein es bastante guapo.

Al menos, así se lo ve en esta foto, antes de que su pelo se volviera blanco y olvidara cómo usar un peine.

—¿Con ese bigote? Ahora me doy cuenta de que estás bromeando.

Miro la foto de Einstein. ¡Uy! Me olvidé de eso.

Lo sé. Lo sé. No soy un genio.

Frunzo el ceño. Este plan mío para poner celoso a Ethan no está funcionando en absoluto.

—¿Sabes qué? —le digo—. Creo que ya he tenido suficiente de Einstein. ¿Vamos a otro lugar?

—¿Qué es lo que sigue en tu lista?

—Veamos —Saco la tableta de mi bolso—. Próxima parada: Rosen-garten.

Según la descripción, es un amplio y tranquilo jardín no solo con rosas, sino también rododendros y azaleas. Parece un buen lugar para que una pareja se pierda. O, para terminar.

¿Quién sabe? Tal vez sea capaz de decirle lo que necesito a Ethan allí.

~

No he podido. No puedo.

Tuve muchas oportunidades de hacerlo mientras caminaba por los jardines.

Hubo varias veces que me encontré a solas con Ethan, momentos en los que no había nada entre nosotros más que el silencio. Debería haber hablado entonces, pero había algo en el silencio y la soledad que me hacía más difícil encontrar mi voz. O mi valor.

Cada vez que estoy a punto de abrir la boca para hablar, mis dudas se interponen. Mi mente se enfrenta a un sinfín de preguntas, disparándolas como un reportero en una emboscada.

¿Realmente quieres hacer esto ahora? ¿Por qué no esperas a volver al hotel? ¿O a Chicago? ¿Qué harás si Ethan se va? ¿Sabes cómo volver a Zúrich por tu cuenta? ¿Qué crees que dirá Ethan? ¿Cómo se sentirá? ¿No crees que es injusto hacerle esto ahora cuando está tratando de olvidar una catástrofe en el trabajo? ¿Y si no lo acepta? ¿Y si empieza a odiarte? ¿Y si te despide y te deja aquí en Suiza?

Así que sí. Ahí van mis oportunidades. Perdidas. Desperdiciadas.

No puedo hablar con Ethan sobre esto ahora. Estamos teniendo una encantadora velada en aquél idílico restaurante en medio del Rosengarten. Por ahora, voy a relajarme y disfrutar de esta comida y del ambiente.

Y de Ethan.

—Entonces, ¿cuál te gusta más? ¿Zúrich o Berna? —me pregunta mientras corta su trozo de ternera Black Angus perfectamente asada.

Pruebo un trozo de mis ñoquis de patata y recibo un bocado de sabor delicado pero apetitoso. En serio, todavía no he probado nada que no me guste en este viaje.

—Ambas —respondo antes de coger una cucharada entera de ñoquis—. Son diferentes. Zúrich es elegante y refinada, más moderna. Y Berna es encantadora, clásica y tranquila. Las dos son preciosas.

Y ambas memorables. No puedo elegir muy bien entre las dos.

Ethan asiente.

—Pensé que dirías eso.

Pasamos los siguientes minutos comiendo en silencio. Me doy cuenta de que tengo hambre después de haber caminado durante horas. Ethan es voraz, lo que supongo que no es sorprendente. Anoche solo se comió dos sándwiches, que fueron su primera y última comida en todo el día, y esta mañana dos más, que se zampó en el coche porque quería que nos fuéramos a Berna temprano.

Eso es bueno. Al menos ha recuperado el apetito. Esperemos que la adquisición siga en carrera. Todavía hay tiempo.

Pero si así es, ¿tendré corazón para arruinar su buen humor con malas noticias? Por el contrario, si no es así, ¿podría aumentar sus problemas?

Espera un segundo. No estoy tratando de causarle más dificultades a Ethan. Estoy intentando suavizar las consecuencias de los conflictos que he causado, tratando de mitigar los efectos del error que cometí, tal como Ryker dijo que debía hacer. Ethan debería estar aliviado, agradecido. ¿Por qué, entonces, tengo la sensación de que no lo estará?

Me encojo de hombros, recojo mis pensamientos y trago otra cucharada de ñoquis. ¿No dije que iba a saborear esta experiencia? ¿Por qué la estoy arruinando?

Tomo un sorbo de agua (he optado por no beber vino) y miro a mi alrededor. Desde aquí puedo ver los jardines, los tejados del casco viejo, la torre de la iglesia, y las montañas a lo lejos, ocultas bajo un velo de nubes. Lo asimilo todo con un suspiro profundo y lo guardo en mi memoria.

Nunca olvidaré estas imágenes.

Sopla una brisa. Trae el olor de las rosas y hace que los mechones de pelo que se soltaron de mi coleta se peguen a mi mejilla. Cierro los ojos mientras saboreo el dulce aroma. Cuando los abro, encuentro a Ethan mirándome, con una sonrisa en sus ojos. El corazón me da un vuelco. Me sonrojo.

—¿Qué? —le pregunto mientras me acomodo los mechones sueltos detrás de la oreja.

—Nada —responde antes de apartar la mirada y tomar un sorbo de su copa de vino.

Pero ya he visto esa mirada. Y algo me dice que no es «nada». No es solo diversión. Es alegría, calidez y... ¿afecto?

Una nueva esperanza brota en mi pecho. ¿Y si Ethan está realmente enamorado de mí?

Dijo que es como Asher, pero sé que no lo es. No se acostaría con una mujer a menos que de alguna manera estuviera interesado en ella, inclusive si la mujer en cuestión es su asistente. ¿O es especialmente si la mujer en cuestión es su asistente? ¿Y si por eso no le importaba romper las reglas, porque me quiere?

Ryker dijo que Ethan nunca se permitiría sentir nada por mí, pero ¿y si se equivoca? Incluso es posible que los hermanos no se conozcan completamente.

—¿Qué? —me pregunta Ethan.

Me doy cuenta de que lo he estado mirando fijamente.

Quiero preguntarle si siente algo por mí, si existe la posibilidad de que lo que tenemos sea algo más que buen sexo. Me muero por saberlo. Pero de nuevo, mi miedo se interpone. ¿Y si estoy siendo presuntuosa? ¿Y si Ethan dice que no? Entonces me sentiría avergonzada, herida. Tendría que acabar con lo que sea que haya entre nosotros ahora mismo.

—Nada —le doy la misma respuesta que él me dio a mí.

Volvemos a comer en silencio, aunque esta vez la sensación es un poco incómoda. Me gustaría que Ethan dijera algo.

El bullicio de las risas de unos niños rompe el silencio. Giro la cabeza y veo a una familia de cuatro miembros que ocupa una mesa cercana. Las dos niñas, que aparentan tener apenas un año de diferencia y que se parecen tanto que casi podrían pasar por gemelas, sostienen unos osos de peluche que rodean con sus brazos. Están en su propio mundo, riéndose de algún chiste que solo ellas dos conocen. Su madre les pide que se callen cuando se sientan, pero las pequeñas siguen susurrando y riendo.

No puedo evitar sonreír. Debe ser bueno tener una hermana.

Me doy cuenta de que Ethan también las mira. Y sonríe.

—Te gustan los niños, ¿verdad? —le pregunto.

—¿Qué te hace pensar eso? —me pregunta a su vez.

—Estás fascinado por esas niñas. Te afligiste cuando hiciste llorar a pequeño. Además, recuerdo que una vez, Sasha llevó a su hijo a la oficina y le regalaste un bolígrafo.

Ethan se encoge de hombros.

—Puede que sí. Eso no significa que quiera tenerlos.

Mis cejas se fruncen.

—¿Por qué no?

—Porque no soy bueno con los niños.

Resoplo.

—No me digas que has llegado a esa conclusión solo porque hiciste llorar a un niño. Le gustaste al hijo de Sasha, ¿recuerdas?

—Solo porque le di ese lapicero. Antes de eso, parecía aterrorizado.

Ethan puede dar miedo cuando está en el trabajo. Pero eso no significa que sea malo con los niños.

Espera. ¿Por eso no ha formado una familia?

—¿Acaso tu padre no quiere que tengas hijos? —le pregunto.

—Sí quiere —admite Ethan—. Pero yo no. Todavía no. No estoy preparado.

—¿Porque crees que no eres bueno con los niños?

—Porque no tengo ni idea de cómo ser padre —confiesa.

Esa revelación me toma por sorpresa. ¿Ethan tiene miedo de estropearlo todo cuando sea padre? ¿Lo dice el hombre que dirige una empresa de mil millones de dólares, que sabe cómo ganarse el respeto de sus compañeros, la confianza de sus aliados, la admiración de sus empleados? Por otra parte, anoche me di cuenta de que, por muy seguro que parezca Ethan, tiene serias dudas sobre sí mismo. Lo cual me parece estúpido, la verdad. ¿Cómo puede no creer en sí mismo cuando es tan perfecto?

—Sí, la tienes —le digo—. Y si sirve de algo, creo que serías un gran padre, del tipo que cualquier niño se sentiría afortunado y orgulloso de tener.

Los ojos de Ethan se abren ligeramente. Por un momento, no dice nada. Luego sus labios se curvan en una sonrisa. Como sucedió antes, veo que se iluminan sus ojos oscuros.

—Creo que también serías una buena madre.

El cumplido hace arder no solo mis mejillas, sino también mi pecho. Ahora soy yo la que se queda sin palabras.

Sé lo que quiero decir: que me gustaría ser la madre de sus hijos, que podríamos formar un gran equipo como padres. Pero no lo hago.

—Gracias —digo simplemente.

—De nada —Vuelve a mirar a las niñas—. ¿Quieres ir al Parque del Oso después de esto? Creo que queda cerca.

Sonrío.

—Claro.

~

Después de ir al Parque del Oso, visitamos el Kunstmuseum, el Centro Paul Klee, y la Bundeshaus. Luego volvemos a Zúrich. Me duermo en el coche. Cuando llegamos al hotel, el cielo ya está oscuro.

Mi último día en Suiza está llegando a su fin, lo que significa que se me acaba el tiempo.

Tengo que hablar con Ethan sobre lo que nos pasa y, sobre todo, sobre lo que nos sucederá cuando volvamos a Chicago.

Tengo que hacerlo.

Por eso entro en su habitación después de asegurarme de que nadie me ha visto.

Ahora está limpia, la botella de whisky y el vaso ya no están. El plato en el que estaban los sándwiches, tampoco. El servicio de limpieza debió haberse ocupado de ellos.

Incluso el sofá parece limpio, pero no me siento en él. Tampoco quiero pararme cerca de la cama donde está sentado Ethan. O ir al balcón.

¿A dónde voy?

—¿Qué pasa? —pregunta Ethan mientras se quita los zapatos.

Me trago el nudo en la garganta y separo los labios. Sin embargo, no sale ninguna palabra. La voz dentro de mi cabeza empieza a gritar.

Vamos, Stella. Se te ha acabado el tiempo. Pregúntale cómo se siente. O simplemente dile lo que quieres. ¡Dile algo!

Respiro profundamente.

—¿Tú...?

Hago una pausa porque aún me falta valor. Ethan frunce el entrecejo mientras espera a que continúe.

—¿Quieres que averigüe si hay alguna actualización de Odermatt Corp.? —pregunto.

Si la voz en mi cabeza le perteneciera a una persona, ahora mismo estaría dándose un golpe en la frente, exasperada. Tengo ganas de hacer lo mismo.

¿Qué es lo que me pasa?

—¿Te refieres a si se ha encontrado a aquél empleado? —Ethan se levanta y camina hacia mí—. Créeme. Si ese fuera el caso, ya lo habría sabido.

Es cierto. Sería el primero en saberlo.

—¿Entonces qué? —le pregunto—. ¿Te vas a dar por vencido? ¿Vas a...?

Los labios de Ethan cortan el resto de mi pregunta. Luego se aparta y me mira a los ojos.

—Todavía no —afirma, con un tono tan serio como su mirada—. No quiero pensar en eso todavía.

Por supuesto que no. Debe estar cansado de tanto paseo.

—Estoy tan...

—¿Sabes qué es lo que quiero ahora mismo?

Me pone los mechones de pelo sueltos detrás de la oreja y coloca su mano bajo mi mandíbula. Mueve el pulgar rozándome los labios. El calor se agita bajo mi piel.

Bajo el hechizo de la intensa mirada de Ethan, mis labios se separan. Intento atrapar su pulgar, pero él aparta la mano y retrocede.

—Quiero ducharme ahora —dice mientras empieza a quitarse el cinturón.

Claro que lo hará.

Tira el cinturón sobre la cama y empieza a caminar hacia el baño. Entonces se detiene y gira. Sus ojos entrecerrados se encuentran con los míos mientras extiende su mano.

—¿Quieres acompañarme?

Mis ojos se abren de par en par. ¿Ethan quiere que me duche con él?

La voz de mi cabeza me dice que diga que no, pero oigo otra voz que susurra en el fondo.

Hazlo. Esta podría ser tu última oportunidad de estar con Ethan.

Es cierto. Si no siente nada por mí (y prometo que se lo preguntaré antes de salir de esta habitación), tendré que terminar todo con él. Volveremos a ser solo jefe y empleada. Nunca podré volver a tener relaciones con el hombre que amo. El único hombre que he amado en mi vida hasta ahora.

Si las cosas van a terminar así, quiero tener sexo con él por última vez.

Dejo caer el bolso, me quito los zapatos y doy un paso adelante para coger la mano de Ethan.

—Claro.

De todos modos, necesito una ducha.

Me arrastra hasta el baño. Es más grande que el mío, con una cabina de ducha y una bañera separadas. Por un momento, mis ojos se desvían hacia la bañera mientras mi imaginación hace nacer una nueva fantasía: un baño de burbujas con Ethan. Esa fantasía se desvanece cuando Ethan me suelta la mano y empieza a quitarse la camiseta.

Olvídate de la fantasía. Esto es un sueño hecho realidad.

Una parte de mí quiere quedarse quieta y ver cómo se desnuda Ethan, para disfrutar del espectáculo, pero una parte más grande quiere sentirlo en lugar de solo mirarlo. Y no puedo hacerlo si todavía tengo la ropa puesta.

Me quito los tirantes del jersey de mezclilla de los hombros y me bajo el traje hasta las rodillas. Después de quitármelo, miro a Ethan y me doy cuenta de que quedó en calzoncillos negros. Se los quita y, cuando se endereza, veo su grueso miembro. Todavía no está duro, pero ya es enorme. Trago.

Ethan se pone la mano en la cadera

—¿Te gusta lo que ves?

—Yo...

De nuevo, me quedo sin palabras. Ethan se ríe, luego cruza los brazos sobre su pecho.

—Continúa. Te espero.

Cierro la boca y tomo el dobladillo de mi cuello tortuga color rosa. Intento mantener a raya mi vergüenza mientras me lo quito.

Es extraño. Quitarme la ropa me parece más incómodo que hacer que Ethan me desvista, cosa que ha hecho cada vez que hemos tenido sexo. Más aún porque siento que Ethan me mira fijamente, observando cada uno de mis movimientos y saboreando cada centímetro de piel que revelo. El corazón me late en el pecho. Mis mejillas arden y el calor se extiende por mis venas.

A continuación, me quito el sujetador. Este tiene el broche por delante, así que mis pechos se liberan en cuanto lo suelto. Siento los ojos de Ethan sobre ellos cuando dejo caer los tirantes de mis hombros e incluso cuando me agacho para quitarme las pantaletas.

Cuando me quito esa última prenda, me enderezo y encuentro la mirada de Ethan recorriéndome de pies a cabeza. Se detiene en el triángulo entre mis piernas. Empiezo a sentirme cohibida, así que estiro los brazos hacia abajo para cubrir esa zona. Ethan se ríe.

—Veo que sigues siendo tímida.

Tira de mi brazo y me choco con él. Mis manos se posan en su pecho. Le recorro los pezones y esos tonificados músculos mientras nos besamos. Sus manos recorren mi espalda y me aprietan el culo. Luego vuelven a subir por mi columna vertebral, hasta la nuca y el cuero cabelludo. Sus dedos encuentran la liga que mantiene mi pelo cautivo y la retira. Los mechones caen sobre mis hombros.

Ethan me pasa los dedos por el pelo mientras su lengua acaricia la mía. Le rodeo con los brazos para sentir su cuerpo más cerca del mío. Mis senos hinchados chocan con su duro pecho. Algo igualmente duro me pincha el estómago.

Intento rodearlo con los dedos, pero Ethan me agarra la muñeca.

—La ducha, ¿recuerdas?

Me lleva al interior de la cabina y abre el grifo. Después de ajustar la temperatura, me mete debajo de la ducha. Me toma por los hombros y captura mis labios. Luego me da la vuelta y empieza a lavarme el pelo.

—¿Siempre has tenido el cabello largo? —me pregunta.

—No —respondo—. De niña tenía el pelo largo porque a mi madre le encantaba peinarlo, pero luego empezó a trabajar y no tenía tiempo para hacerlo, así que me lo cortó. Solo empecé a llevarlo largo de nuevo en la secundaria.

—Ya veo.

Ethan recoge mi pelo mojado entre sus manos y lo peina con los dedos.

Hace tiempo que lo sospecho, pero ahora lo sé con certeza: a Ethan le gusta mi cabellera. La pregunta es: ¿Le gusta el resto de mí lo suficiente como para querer tener una relación conmigo?

—¿Sueles ducharte con mujeres? —Le pregunto.

Es una pregunta arriesgada, lo sé. Ethan podría encontrarla comprometedora y molestarse. Pero tengo que empezar a armarme de coraje. Tal vez si me da un poco más de esperanza, me será más fácil reunir el coraje suficiente después.

—No —responde, y mi corazón da un pequeño salto—. Considera esto tu recompensa por ayudarme a olvidar mis problemas hoy.

Me suelta el pelo y empieza a enjabonarme los hombros, los brazos, los pechos y el vientre. Contengo la respiración mientras espero que baje más, pero en cambio me enjabona la espalda, las nalgas y la parte posterior de las piernas. Luego me da la vuelta y me enjabona la parte delantera de las piernas hasta las caderas. Una vez más, se acerca a ese lugar de mí que ha empezado a desear su contacto, pero de nuevo lo ignora. En su lugar, me alcanza el jabón.

—Tu turno.

Miro fijamente el jabón. Nunca he bañado a un hombre, pero lo intentaré.

Ethan me da la espalda, así que empiezo a frotarla mientras él se queda quieto como una estatua. Después le froto el culo, cubriéndolo de espuma y observando cómo el agua lo limpia todo para poder admirar su carne firme. Solo dejo de mirarlo cuando Ethan se da la vuelta.

Lo beso mientras le enjabono el pecho. Aunque no lo toco directamente, noto lo definidos que están sus músculos. Creo que estoy haciendo un buen trabajo al restregarlos, hasta que Ethan me sorprende deslizando un dedo dentro de mí.

Me separo y jadeo. El jabón se me escapa de los dedos, pero lo cojo antes de que se deslice por su estómago.

Introduce otro dedo en mi interior. Me agarro a su hombro mientras me tiemblan las rodillas. Intento seguir lavando su cuerpo, pero cuando esos dedos dentro de mí empiezan a moverse, suelto el jabón.

Me aferro a Ethan, gimiendo y temblando mientras me penetra con sus dedos. Siento que me derrito, que me contraigo a su alrededor. Muevo las caderas para obtener más de la deliciosa fricción.

Tal vez sea por lo bien que lo hemos pasado hoy Ethan y yo, o tal vez porque mis sentimientos por él se han hecho más fuertes. Sea cual sea la razón, me siento más excitada que nunca. Ya puedo sentir el calor en mi cuerpo arremolinándose.

Acerco la cara de Ethan a la mía para que pueda amortiguar mis quejidos con su boca mientras ese calor explota. Me pongo de puntillas y aprieto mis temblorosos labios contra los suyos. Me tiemblan los brazos y las piernas.

Una vez que el placer empieza a disminuir, suelto la cara de Ethan. Dejo que las plantas de mis pies vuelvan a tocar el frío suelo mientras me apoyo en su pecho. Él retira sus dedos y me rodea con sus brazos.

Por un momento, nos quedamos quietos, dejando que las gotas de agua rocíen nuestra piel y resbalen por nuestros cuerpos. Solo el sonido de la ducha llena el aire.

Entonces Ethan señala lo evidente.

—Se te ha caído el jabón.

Me río.

—Lo sé.

La culpa es suya. Si se hubiera comportado, habría podido terminar de bañarlo. Supongo que todavía tengo que hacerlo.

Me arrodillo para coger el jabón. Consigo cogerlo con los dedos, pero cuando estoy a punto de ponerme de pie, cometo el error de levantar primero la cabeza. La visión que tengo delante me distrae de inmediato.

El largo y grueso pene de Ethan, duro y húmedo.

Mierda.

Me planteo lavarlo. En lugar de eso, suelto el jabón y lo agarro con mis manos. Le planto un beso reverencial en la punta hinchada.

—¿Qué estás haciendo? —pregunta Ethan.

Levanto la vista para encontrar su mirada.

—Gracias por llevarme a conocer Berna hoy.

Un regalo por otro regalo.

Cierro los ojos y rodeo su miembro con los labios. Succiono con mis mejillas y lo encajo con cuidado todo lo que puedo dentro de mi boca. Luego chupo. Ethan suelta un fuerte suspiro mientras sus manos caen sobre mis hombros.

Empiezo a mover la cabeza lentamente hacia delante y hacia atrás. Espero que esta vez me deje controlar el ritmo para poder disfrutar de lo que estoy haciendo.

Lo hace. Me doy cuenta de que le cuesta contenerse por la forma en que sus dedos se clavan en mi piel y los gemidos y siseos que escucho cada vez que tiembla, pero lo consigue. Me permite arrastrar mi lengua y mis labios por su pene mientras le agarro el tronco con una mano y le acaricio los testículos con la otra.

No sé cómo sé hacer lo que estoy haciendo, teniendo en cuenta que es solo la segunda vez que hago una mamada, pero las reacciones de Ethan me dicen que lo estoy haciendo bien, y eso me inspira a hacerlo aún mejor.

Quiero darle aún más placer, hacerle perder la cabeza.

Muevo la cabeza más rápido. Al mismo tiempo, deslizo mi mano para proporcionar más fricción. Me arden los labios. Mis mejillas empiezan a entumecerse. Mis ojos se llenan de lágrimas mientras me cuesta respirar por la nariz. También me empiezan a doler las rodillas. Pero ignoro todo eso y sigo adelante.

Ethan se hincha dentro de mi boca. Sus siseos son cada vez más fuertes. Sus dedos se enredan en mi pelo.

Me doy cuenta de que quiere tomar el control. Quiero hacerle perder el control.

Me muevo aún más rápido. Ethan tiembla. Se agarra a mis hombros.

—Stella, para.

Intenta apartarme, pero le encajo los dedos en las caderas y continúo. Sé que está cerca. También sé que, si no me detengo, llegará al orgasmo dentro de mi boca. No me importa. Si esta es la última vez que estoy con Ethan, quiero experimentarlo todo, incluso eso. Quiero saber a qué sabe.

—¡Stella!

Ethan me tira del pelo y mantiene mi cabeza en su lugar mientras introduce su pene en mi boca. Respiro por las fosas nasales e intento no tener arcadas. Su semen me llena las mejillas. Un poco se escurre por la comisura de mi boca. Cuando me suelta, retiro mis labios de su pene y trago.

No se parece a nada que haya probado antes. Eso es seguro. Pero no es del todo desagradable. Y el hecho de que sea de Ethan hace que sea algo que no me importaría volver a probar. Lástima que nunca más podré hacerlo.

Intento no pensar en eso mientras me limpio la boca con el dorso de la mano. Ethan me pone en pie.

—¿Estás bien? —me pregunta.

Asiento con la cabeza, todavía intentando recuperar el aliento.

Me toma la cara y me acaricia el pelo.

—No tenías que hacer eso.

Lo miro a los ojos.

—Quise hacerlo.

Y puedo decir que una parte de él también quería que lo hiciera. Definitivamente sé que le gustó.

Ethan me besa con ternura y luego toca su frente con la mía mientras me acaricia la mejilla.

—Oh, Stella, ¿qué voy a hacer contigo?

—¿Cogerme? —Sugiero.

Todavía lo quiero dentro de mí, tanto que busco su miembro. Sonrío cuando lo encuentro todavía duro.

—Puedes hacerlo, ¿verdad?

Me toma de la muñeca y aspira profundo. Luego, él también sonríe.

—Como quieras.

Coloca mi mano en su hombro y me besa de nuevo, esta vez ferozmente. Le rodeo el cuello con las manos y separo los labios. Su lengua explora mi boca, haciéndola revivir. Mi lengua vuelve a deslizarse y la empujo contra la suya para que sienta su sabor. A Ethan no parece importarle.

Me empuja fuera del chorro de agua y contra la pared. Al principio, las baldosas me parecen frías, pero cuando Ethan sigue besándome y empieza a jugar con mis pezones, mi piel se calienta. Arde.

Toma los dos picos rígidos de mis pechos entre sus dedos y los retuerce suavemente. Los frota mientras me chupa el labio inferior. Luego abandona uno de ellos y deja caer su mano entre mis piernas. Sus dedos encuentran mi punto débil. En cuanto empieza a acariciarlo, comienzo a temblar. Se me corta la respiración. Retiro la boca para tomar una bocanada de aire. Apoyo la cabeza en su hombro y gimo contra su piel.

Cuando el placer resulta demasiado intenso, agarro la muñeca de Ethan para que baje su mano. Empujo sus dedos dentro de mí y trato de succionarlos, pero Ethan los retira tras unas pocas metidas.

Me toma por los hombros y me empuja contra la pared. Luego levanta mi pierna derecha. Deja caer sus caderas. La punta de su pene roza mi orificio.

—¿Lista? —me pregunta en un susurro contra mi oído.

Agarro mis manos detrás de su cuello.

—Lista.

Solo lo quiero dentro de mí. Quiero que nuestros cuerpos estén conectados. Quiero...

Mis pensamientos salen volando de mi cabeza cuando su pene empieza a entrar en mí. Mis párpados se cierran y golpeo la cabeza contra la pared.

Poco a poco, Ethan se abre paso a través de mi otro par de labios. Un sonido ronco retumba en su garganta. Aprieto los labios y trato de relajarme para poder acomodar su grosor y llevarlo más adentro. Cuanto más se frota su miembro contra mis paredes ocultas, más húmedas las siento.

Ethan se detiene para recuperar el aliento. Abro los ojos para mirarlo y veo su cara sonrojada, sus mejillas hinchadas. Las gotas de agua aún se adhieren a su pelo y al puente de su nariz. Me mira y veo el placer y la agonía en las oscuras pozas de sus ojos. Su pene palpita dentro de mí. Un escalofrío me recorre la espalda.

Vuelve a capturar mis labios. Luego me agarra la otra pierna.

—Agárrate a mí —dice.

Es el único aviso que recibo antes de que levante mis dos piernas del suelo. Lo rodeo con ellas y su miembro penetra más profundamente en mi cuerpo. Suelto un grito ahogado mientras sujeto mis manos con más fuerza alrededor de su cuello.

¿Está loco? ¿De verdad podemos hacerlo así? ¿Y si me deja caer?

Entonces Ethan empieza a moverse. Sus manos sostienen mi culo mientras sacude sus caderas. Su pene se hunde en mi interior. Mis gritos empiezan a brotar.

Da un profundo empujón y siento que su pene me penetra hasta la empuñadura. Mi boca se abre en un grito silencioso.

Profundo. Demasiado profundo.

Pero maldita sea, se siente increíble.

Ethan continúa con sus embestidas. Todo lo que puedo hacer es aferrarme a él y tratar de evitar caerme, incluso cuando mi cuerpo empieza a debilitarse por el placer. Estoy completamente a su merced.

Finalmente, empiezo a temblar. La excitación zumba en mis venas. La piel me arde.

—¡Ethan!

Grito su nombre y me agarro a su pelo mientras el placer me abruma. Se me escapan las lágrimas de los ojos. Mis gritos rebotan en los azulejos del baño.

Da unos cuantos empujones más y luego uno profundo, enterrando su miembro en mi vagina mientras empieza a temblar. Me aferro a él con todas las fuerzas que me quedan, preocupada por caerme. Su cuerpo se endurece y sus músculos se tensan. Sus dedos se clavan en mi piel. Sus gemidos y gruñidos se vierten en mi oído.

Después, se calla. Su pecho se agita contra mí.

Lentamente, saca su pene de mi cuerpo y me deja en el piso. Mis pies tocan el suelo, pero todavía siento que estoy flotando. Mis rodillas aún se sienten débiles, así que me apoyo en la pared. Mis brazos cansados cuelgan sin fuerza a los lados.

Ethan vuelve a meterme bajo la ducha. Me apoyo en él mientras el agua resbala por mi piel. De alguna manera, terminamos de bañarnos mutuamente. Luego Ethan me seca y me envuelve en una bata. Apenas puedo caminar, así que me lleva a la cama. Luego vuelve a entrar en el baño para secarse.

Mientras miro al techo, mis ojos empiezan a pestañear. Los cierro, hasta casi quedarme dormida. Pero entonces recuerdo que aún tengo algo que decirle a Ethan. Abro los ojos y me incorporo.

Ethan sale del baño. Mi corazón empieza a latir con fuerza, esta vez por miedo.

Es el momento de la verdad.

Me trago el nudo que tengo en la garganta y me pongo la mano sobre el pecho mientras me armo de valor. Durante una fracción de segundo, me pregunto si debería seguir adelante con esto, o tal vez no, después de todo. Entonces enderezo la espalda y abro la boca. Estoy a punto de hablar, pero Ethan habla primero.

—Tengo algo para ti.

Antes de que sus palabras se ahoguen, saca la mano de detrás de él y me presenta una caja negra.

El corazón me da un vuelco mientras mi mente se apresura a sacar una conclusión.

¿Es lo que creo que es?

Además, la caja parece grande. La voz en mi cabeza me dice que es demasiado grande para contener un anillo. Mi corazón se aferra a la esperanza.

—¿Qué es? —le pregunto a Ethan con calma, aunque me dan ganas de saltar.

Él abre la caja. Se me corta la respiración.

No, no contiene un anillo. Pero dentro hay un reloj precioso, el más bonito que he visto nunca. Está cubierto de motas de oro que parecen diminutos diamantes y que lo hacen brillar con un resplandor rosado. Me doy cuenta de que también está magníficamente bien fabricado.

Miro el nombre bajo la tapa de la caja.

Audemars Piguet.

Mis ojos se abren de par en par. No me extraña que parezca una especie de tesoro real.

Ethan empieza a sacarlo de la caja, pero le aparto la mano y sacudo la cabeza.

—No puedo aceptar esto, Ethan.

Frunce el ceño.

—¿Por qué no?

—Es demasiado.

Estoy segura de que vale miles de dólares.

Aun así, Ethan lo saca de la caja.

—No tienes que usarlo todo el tiempo. Puedes únicamente...

—Ese no es el punto —le digo—. Esto no es algo que debas regalarme.

—¿Porque solo eres mi asistente? —pregunta.

Lo miro a los ojos y respiro profundamente. Aquí va.

—¿No es eso lo que soy?

¿No es eso todo lo que soy? Por favor, dime que no.

—Pero no eres solo mi asistente —dice Ethan.

¿No lo soy?

—Eres un activo para mí. Aparte de mis hermanos, eres el funcionario más valioso que tengo. Me entiendes mejor que nadie. Me apoyas más que nadie.

Así que solo soy un dependiente. Tan importante como sus hermanos. Tal vez menos. Mi corazón comienza a desmoronarse.

—Solo hago mi trabajo —le digo.

—Y lo haces muy bien —dice Ethan—. Tan bien que te mereces esto.

Intenta ponérmelo en la muñeca. Retiro la mano.

—No.

De nuevo, me mira con desconcierto.

—Es un regalo, Stella. Es mi forma de agradecerte por haber sido tan valiosa durante este viaje.

—¿Porque me acosté contigo?

Hace una pausa.

—No solo por eso.

Creo que no le estoy transmitiendo mi mensaje, así que decido ser franca.

—¿Es eso todo lo que soy para ti? ¿Una asistente con la que puedes contar para el sexo?

—Y una amiga —responde.

¿Solo una amiga? Se me rompe el corazón.

Bueno, ahí lo tienes.

—No entiendo por qué te molestas —dice Ethan—. Si no te gusta el reloj...

—No me gusta el sexo —le corto—. Quiero decir que no quiero que sigamos teniendo sexo.

Sus cejas se arquean. Me pongo de pie.

—Esta noche ha sido la última vez —le digo con una voz que intento que no tiemble—. Cuando volvamos a Chicago, solo seré tu asistente. Y tu amiga. Continuaremos como antes. Fingiremos que nunca nos acostamos, y nunca más lo haremos.

—¿Nunca?

Trago saliva y trato de mantener una cara seria.

—Ni siquiera cuando salgamos de la ciudad o del país.

Las cejas de Ethan bajan. Su expresión se torna seria mientras guarda silencio.

¿Está molesto? ¿Por qué no intenta hacerme cambiar de opinión, entonces? ¿Por qué no dice nada?

—¿Lo entiendes? —le pregunto.

—Sí —responde Ethan—. Lo entiendo perfectamente.

No, no lo entiende. No tiene ni idea de que me estoy rompiendo en pedazos ahora mismo. Y es mejor dejarlo así.

De todos modos, no se preocupa por mí. No de la manera en que yo me preocupo por él.

—Bien.

Me dirijo al baño para volver a ponerme la ropa. La veo en el suelo junto a la de Ethan y se me comprime el pecho.

Supongo que esta fue realmente la última vez.

Intento no pensar en eso. Intento luchar contra las lágrimas que me arden en lo hondo de mis ojos mientras me pongo la ropa. Si pudiera recoger los fragmentos de mi corazón roto con facilidad y volver a meterlos en el agujero que tengo en el pecho.

No encuentro el lazo del pelo, así que lo dejo. Me peino lo mejor que puedo con los dedos. Cuelgo la bata que he utilizado en la percha junto a la puerta. Después salgo.

Solo me faltan los zapatos, el bolso y luego…

Me detengo en seco al ver a Ryker en la habitación. No le he oído entrar, así que mis ojos se abren de par en par por la sorpresa. Los suyos se estrechan cuando deja de hablar con Ethan.

Mierda.

—Buenas noches —murmullo.

—Buenas noches, Stella —responde sin sonreír.

No me va a regañar delante de Ethan, ¿verdad?

—Stella —dice Ethan—. No vas a creer lo que me acaba de decir Ryker. Han encontrado al empleado desaparecido.

Dejo salir el aliento que he estado conteniendo.

—¿De verdad?

—Sí. Y no parece que haya vendido los archivos a nadie. Claro que tendré que asegurarme de eso yo mismo —Gira hacia su hermano—. Dame un segundo para cambiarme, Ryker, y estaré contigo.

Pasa junto a mí de camino al baño. Yo giro.

—¿Necesita que lo acompañe… señor?

Se detiene, pero no se gira ni me mira.

—No hace falta.

La frialdad de su voz se siente como un carámbano que se deja caer sobre mí.

¿Está enfadado conmigo? Bueno, he rechazado el caro reloj que me ha comprado.

Mientras actúe con normalidad cuando volvamos a Chicago, todo irá bien.

—Entendido.

Desaparece en el baño. Intento ignorar la presencia de Ryker (y su mirada de desaprobación) mientras me pongo los zapatos y recojo mi bolso. Luego me dirijo a la puerta.

—Stella —dice Ryker justo antes de que llegue a ella.

Respiro profundamente y miro por encima del hombro.

—No se preocupe. He hecho lo que debía hacer. No soy tan estúpida... señor.

Ryker no dice nada. Salgo de la habitación de Ethan y voy a la mía. Dentro, tiro el bolso sobre la cama, me quito los zapatos y me dirijo al balcón. Abro la puerta corrediza y me apoyo sobre ella. Mis ojos se posan en las montañas a lo lejos mientras se llenan de lágrimas.

Me alegro de haber podido conocer Suiza. Me alegro de que la adquisición de Odermatt salga adelante. Solo desearía que el viaje hubiera terminado conmigo conquistando también el corazón de Ethan.

Pero no hay nada que pueda hacer al respecto. He perdido. Lo que sea que hayamos tenido aquí en Suiza, ha terminado.

Es hora de volver a casa.

CAPÍTULO CATORCE

Ethan

—Regresaste —me saluda mi padre desde lo alto de la escalera.

Lo miro. No llevo ni diez segundos en casa y ya apareció. Estaría bien si fuera una cálida bienvenida, pero sé que no es el caso.

—Todo ha salido bien —le informo—. Tenemos a Odermatt Corp.

Puede que no haya sido según lo planeado, pero al final pudimos obtener el resultado que buscábamos, gracias a las presentaciones de Ryker y Asher, a los hilos que moví para recuperar los archivos perdidos y a la cooperación plena de Simón Odermatt.

Pude conseguir el resultado que quería.

—¿Odermatt firmó los papeles? —pregunta papá mientras empieza a bajar.

—Sí, pero todavía hay que hacer más papeleos antes de que todo sea definitivo y oficial —respondo.

Mi padre llega al final de la escalera.

—¿Pero tienes los archivos del programa?

—Sí.

Ya los tengo en un lugar seguro.

—¿Y garantizas de que nadie más tiene una copia de ellos? ¿Como Preston o West Cove?

Dejé escapar un suspiro. Debería haber sabido que mi padre ya se había enterado de los detalles de lo sucedido en Zúrich, incluido el hecho de que uno de los empleados de Odermatt huyó con sus archivos. Puede que ya no sea el director general, pero sigue siendo su empresa, como lo será siempre. Ninguno de los engranajes que la hacen funcionar se mueve sin que él lo sepa.

—Estoy seguro —le digo—. El equipo de investigación que formé pudo comprobar que Jonás Schmidt no entró en contacto con nadie después de abandonar el edificio empresarial. Se llevó los archivos por un tema personal. Su padre ayudó a Simón Odermatt a elaborarlos y él no quería que pasaran a manos de otra persona, así que los tomó y huyó a la casa de un pariente muerto en Liechtenstein. Tenía la intención de destruir los archivos, pero no se atrevió a hacerlo. Lo encontraron encerrado en una habitación.

—Ya veo. —Mi padre se sienta en las escaleras—. ¿Esa es la historia que te contó?

Le dirijo una mirada de desconcierto.

—¿Qué quieres decir?

¿Qué sabe él que yo no sepa?

—¿Rubén habló contigo? —le pregunto.

Tengo la sensación de que fue ese viejo cascarrabias quien le contó todo esto a mi padre. No me extrañaría que me ocultara algo mientras me martillaba la cabeza por teléfono.

Mi padre respira profundamente.

—Rubén es un tonto. Y un traidor. Le pagó a Schmidt para que robara esos archivos. Iba a dárselos a Preston o a West Cove, a quien le diera más dinero. Pero yo lo detuve.

Mis cejas se fruncen.

—¿Tú lo detuviste?

Mi padre sonríe.

—Como sabrás, todavía no soy completamente inútil.

Está lejos de serlo.

—Pero Schmidt tenía los archivos —replico—. Y si no fuera por el equipo que envié, no lo habrían encontrado. ¿Estás diciendo que sabías dónde estaba todo el tiempo?

—Schmidt tenía los archivos porque yo le pedí que los guardara. También le dije que se escondiera durante un tiempo.

—¿Perdón?

¿Todo eso fue obra de mi padre?

—Odermatt todavía tenía dudas sobre la venta de su empresa, ¿cierto? Pensé en darle algo de tiempo para que se decidiera.

—¿Así que le dejaste creer que había perdido esos archivos, el trabajo de su vida, para que se diera cuenta de que estarían mejor con nosotros?

—Exactamente. Y una vez que cayó en cuenta, le dije a tu equipo dónde estaba Schmidt y lo encontraron justo antes de que salieras de Suiza.

Frunzo el ceño. Así que realmente era él quien movía todos los hilos.

El sabor amargo de la frustración sube por mi garganta. ¿Hasta cuándo voy a ser su marioneta? ¿Cuándo podré tomar yo las decisiones?

—¿No pensaste en decirme nada de esto? —le pregunto.

Podrías haberme ahorrado mucha ansiedad.

—Sabía que serías capaz de manejarlo —responde.

Sí, claro. Excepto que no lo hice. No hice nada.

Paso junto a él y subo las escaleras.

—Me voy a mi oficina. Todavía tengo trabajo que hacer.

Y no quiero dejar que me haga sentir como un tonto incompetente nunca más.

—Una última cosa —dice mi padre.

Por supuesto que no va a dejarme ir tan fácilmente.

Me detengo en los escalones.

—¿Qué?

—¿Te buscaste una mujer en Suiza?

Mis ojos se abren de par en par. ¿Rubén también le habló de Stella? ¿O se enteró por su cuenta?

—No —respondo.

Él suspira.

—Lástima. No me estoy volviendo más joven, sabes. ¿En serio vas a negarme un nieto?

Tentador.

Lo miro.

—Si quieres un niño en la familia, ¿por qué no te casas de nuevo y haces uno tú mismo?

Lanza un bufido.

—El matrimonio es demasiado problemático.

—¿Pero quieres que yo me case? Increíble.

—Me casé porque eso es lo que se hacía en ese tiempo —arguye—. Y si no lo hubiera hecho, tú no estarías aquí.

Lo sé, lo sé. Le debo mi vida.

—Pero no estoy diciendo que tú debas hacerlo —continúa—. Lo que digo es que ahora te toca darle un heredero a la empresa.

Entrecierro los ojos dirigiéndome a él.

—¿No se te ha ocurrido que estoy cansado de que me digas lo que tengo que hacer?

—Me lo prometiste —me recuerda.

Y me acuerdo de que lo hice.

Joder.

—Y no es solo por mí, sabes. También es por ti. Quizá seas demasiado joven para pensar en esto, pero créeme, llegará un momento en el que te alegrarás de tener a alguien a quien dejarle la empresa. Y si encuentras a la mujer adecuada, será agradable tener a alguien a tu lado cuando el mundo parezca estar en tu contra. Como a menudo sucederá.

Lo sé. Así es como me sentí cuando descubrí que habían robado los archivos de Odermatt. ¿Y quién estaba a mi lado?

Stella.

Papá me punza en las costillas.

—Además, si tuvieras una mujer, sería ella quien te diera la bienvenida cuando llegues a casa. No yo.

Tengo que admitir que eso suena bien. Mejor aún si es Stella la que me espera al inicio de la escalera con un vestido, el pelo suelto, y una sonrisa en los labios.

Hago una pausa. Vaya. ¿De dónde salió esa imagen?

No me molestaría tener a Stella como pareja, pero no puedo. Es mi asistente. Si me relacionara con ella, tendría que dejar de serlo, e incluso después de que lo haga, el mundo nunca olvidará que lo fue. Cada vez que puedan, la ridiculizarán por ello, la insultarán. Además, apenas podría verla. Ella estaría atrapada en casa con un bebé y yo en la oficina.

Solo conseguiré hacerle daño, y ella terminará siendo infeliz.

No voy a hacer eso. No voy a arruinar su vida. Lo que significa que tendré que encontrar a otra persona a quien hacer infeliz, y ahora no tengo tiempo.

—No voy a tener un hijo pronto, papá —le afirmo a mi padre—. Todavía no.

Suspira.

—Bueno.

—Tengo que ir a trabajar.

Continúo subiendo las escaleras antes de que pueda decir algo más. No lo hace, pero la voz dentro de mi cabeza no se calla. Sigue susurrando el nombre de Stella, recordándomela, lo bien que se sentía estar con ella, lo que nunca más volveré a tener.

Pongo fin al tema mientras camino hacia el escritorio de mi casa.

Stella y yo hemos terminado. Es inútil insistir en ello. Ahora estamos de vuelta en Chicago, lo que significa que volvemos a ser jefe y asistente, quizá amigos que conversan de vez en cuando.

Será como en los viejos tiempos.

~

O eso pensaba. Pero estaba equivocado.

Puedo fingir que nunca tuve sexo con Stella, pero no puedo olvidarlo. Ya ha pasado una semana desde que volvimos de Suiza, y, sin embargo, cada vez que entra en mi oficina, lo único en lo que puedo pensar es en lo increíble que se veía en la cama. O en el sofá. O en la ducha.

Como ahora mismo.

Joder.

¿Por qué acepté no volver a tener sexo con ella? No puedo recordarlo.

—¿Hay algo más que pueda hacer por usted antes de irme, señor? —pregunta.

«Señor» Me ha estado llamando así desde que volvimos, incluso más frecuentemente que antes de irnos a Suiza. ¿Para qué? ¿Para recordarme nuestro acuerdo? ¿Del hecho de que no puedo tenerla?

Si solo pudiera.

—Déjame ver —respondo, mientras reviso los papeles en mi escritorio.

En realidad, estoy dando largas porque no quiero que se vaya.

¿Hay algo más que pueda hacer por mí? Puede subirse a mi regazo y dejar que la bese. O arrodillarse bajo mi mesa y chupármela. O dejar que le levante ese vestido color vino y que la posea encima de mi escritorio.

Maldita sea, Ethan. ¿Ahora eres un maníaco sexual?

—No. —Vuelvo a acomodar los papeles en una pila—. Está todo en orden.

—Muy bien.

Gira sobre sus talones y camina hacia la puerta. Su cola de caballo se balancea detrás de sus hombros.

Es otra cosa que ha cambiado. Antes, llevaba el pelo siempre en un moño. Ayer tenía la mitad del cabello suelto, como la vez que lo hicimos en el sofá allá en Suiza. Ahora, está en una cola de caballo.

¿Es porque sabe que me gusta su pelo suelto? Supongo que debería alegrarme de que no haya decidido cortárselo.

—Stella —Su nombre sale de mis labios cuando ya casi llega a la puerta.

Se da vuelta.

—¿Sí?

No sé por qué la llamé. Simplemente lo hice. ¿Tal vez porque quería mirarla un poco más? Pero no puedo quedarme viéndola. Tengo que decir algo.

—¿Cómo estás? ¿Ya se te pasó la descompensación horaria?

En el momento en que termino de hablar, quiero golpear mi cabeza contra el escritorio. ¿Qué clase de pregunta es esa? Una tontería. Eso es.

—Estoy bien —responde Stella con seguridad.

Claro que lo está. Ya ha pasado una semana.

—¿Y tú? —pregunta suavemente —. ¿Has dormido bien?

Mis cejas casi se arquean. ¿Está preocupada por mí? Es la primera vez esta semana que veo alguna evidencia de ello.

—Bastante —respondo.

Dormiría mejor si ella estuviera a mi lado.

—¿Les diste a tus amigos sus chocolates?

—Sí.

—¿Les gustaron?

—Mucho.

—¿Y los tuyos? —pregunto— ¿Ya te los acabaste?

—No. —Me mira como si yo estuviera loco y luego se observa la barriga—. Creo que he ganado mucho peso con todo lo que comimos en Suiza.

—Sin embargo, te sigues viendo bien.

Las palabras salen de mi boca antes de que pueda pensar. Los ojos de Stella se abren de par en par. Sus mejillas se ponen rojas.

Genial, ahora la hice sentir incómoda.

Se pasa los dedos por detrás de la oreja.

—Me voy. Buenas noches... señor.

Eso otra vez.

—Buenas noches.

Stella sale de mi oficina. En cuanto se va, me recuesto en mi silla y suelto un suspiro.

Esto va a ser más difícil de lo que pensaba.

CAPÍTULO QUINCE

Stella

No puedo hacerlo.

Me deshago la coleta y me siento en la cama. Siento el pecho apretado y las lágrimas amenazan con brotar. Respiro profundamente intentando mantenerlas a raya.

¿Por qué sigue doliendo tanto?

Cuando lloré desconsoladamente aquella noche después de salir de la habitación de hotel de Ethan, pensé que sería la última vez que lloraría por él. Al día siguiente, durante nuestro vuelo de regreso a Chicago, me sentí bien. Pero tal vez fue porque Asher estaba en el avión con nosotros.

Siempre que estoy a solas con Ethan, mi mente se transporta a Suiza: a las calles empedradas de Zúrich, a ese café con ese increíble *strudel*, a la cima de Uetliberg, al mar de rosas de Berna. Y sí, mi corazón da un vuelco al principio, pero luego recuerdo que estos recuerdos son todo lo que tendré de Ethan y mi espíritu se quiebra de nuevo.

Me agarro el pecho mientras se me escapan las lágrimas. La primera resbala por mi mejilla y cae en mi regazo.

Es inútil. Haga lo que haga, no puedo olvidarme de Ethan ni impedir que lo desee.

Pensé que estaría bien sabiendo que Ethan no me amaba. Creí que sería feliz solo estando a su lado, como antes. Pensé que era lo suficientemente fuerte como para ser solo amiga del hombre que amo.

Estaba equivocada.

Quiero a Ethan. Lo quiero no solo como mi jefe o mi amante sino como mi novio, mi marido. Quiero estar a su lado fuera del el trabajo. Quiero dormirme en su hombro después de una larga conversación cada noche y despertar a su lado todas las mañanas.

Lo quiero en mi vida.

Por eso no pude evitar preguntarle si estaba bien. No pude eludir el deseo de hablar con él, aunque le dije que no estaba preparada para las charlas que solíamos tener. Y cuando me hizo ese inesperado cumplido, cuando me miró como si quisiera tener sexo conmigo, casi me lanzo encima de él.

Me doy una palmada en la frente mientras me tumbo en la cama.

—Oh, Stella, ¿qué vas a hacer?

En serio, no lo sé. No sé qué puedo hacer. Pero estoy segura de una cosa: No puedo seguir llorando todas las noches.

Me siento y saco unas cuantas hojas de pañuelos de la caja de la mesita de noche. Mientras me sueno la nariz, mi mirada se posa en la caja de bombones de aquella tienda en Zúrich.

No mentía cuando dije que no me los había comido todos. De hecho, solo he tomado una pieza cada noche. Y no porque no quiera ganar peso, aunque realmente siento que lo he hecho.

Al principio, pensé que era solo porque quería saborear los chocolates que Ethan eligió y compró para mí. Quería que me duraran porque probablemente no volveré a tenerlos, al igual que no volveré a tener a Ethan. Pero después del tercer día, una parte de mí empezó a pensar en cada bombón como un símbolo de esperanza. Cada noche, cuando me metía un trozo en la boca, ansiaba y rezaba para que Ethan entrara en razón y me quisiera. Empecé a creer que hasta que no me terminara todos los chocolates, había una posibilidad de que eso sucediera.

Estúpida.

Tomo la caja y la abro sobre mi regazo. Pienso en engullirme todos los chocolates ahora mismo y acabar con mi esperanza y mi estupidez. Al diablo con engordar.

Cojo dos piezas y me las meto en la boca. Como antes, cierro los ojos para saborear su textura, su sabor…

Me tapo la boca porque me dan arcadas. ¿Qué demonios?

Corro al baño a vomitar. Después, me lavo la boca.

¿Qué era ese horrible sabor? Antes no lo tenían. ¿Se estropearon los chocolates?

Cuando vuelvo a la habitación, los reviso. Todos tienen el mismo aspecto y parecen estar bien. Considero la posibilidad de probar uno más, pero el solo hecho de recordar ese horrible sabor me hace sacudir la cabeza.

Tal vez mañana.

Vuelvo a poner la caja en la mesita de noche. Mi diario cae al suelo.

Al recogerlo, recuerdo cuando lo llevé por accidente a la oficina. También fue un viernes por la noche.

Es extraño que hayan pasado tantas cosas desde entonces.

Leo mi última entrada, aquella en la que escribí todo lo que pasó en Suiza. Bueno, todo menos el sexo. Eso está firmemente insertado en mi memoria.

¿Debo escribir una entrada nueva esta noche?

Todavía estoy pensando en ello cuando suena mi teléfono. Me pregunto quién llama mientras lo saco del bolso. Mis ojos se abren de par en par cuando veo el nombre de Jess en la pantalla.

Cierto. Me pidió mi número después de que le di los bombones.

Contesto a la llamada.

—Hola.

—Stella. Hola, ¿estás ocupada?

—No —le contesto.

—Entonces, ¿no te gustaría venir? Estoy en el bar de un amigo. Resulta que conoció a una chica suiza por Internet y está obsesionado con ella, así que está intentando aprender todo sobre Suiza. Cuando le dije que acababas de estar allí, me pidió que te invitara. Incluso dijo que te dará bebidas gratis. ¿Qué me dices?

Me tomo un momento para pensar. La verdad es que nunca he estado en un bar. Pero hay una primera vez para todo y no se me ocurre ninguna razón por la que esta noche no pueda ser esa primera vez. No tengo nada mejor que hacer.

Además, salir podría ayudarme a olvidar a Ethan, aunque sea por un rato.

Cojo mi bolígrafo.

—¿Cuál es el nombre del bar?

~

Así que esto es un bar, pienso mientras entro a El Barril Rojo.

Veo que todo luce bien, una barra reluciente y la mitad de los taburetes de cuero alineados junto a ella están ocupados. Veo barriles de vino pintados de rojo y convertidos en mesas. De los techos cuelgan luces tenues. Discos de vinilo rojos incrustados en enormes tapas de botella están suspendidos en la pared. Hay una diana en una esquina y una mesa de billar en otra. La música de piano suena suavemente en los altoparlantes.

Qué extraño. Pensé que un bar sería más ruidoso.

En ese momento, oigo gritos en el piso de arriba. Supongo que es allí donde se celebra la fiesta. Me pregunto si Jess estará allí.

Estoy a punto de dirigirme hacia la escalera de caracol cuando escucho mi nombre.

—¡Stella!

Me doy vuelta y veo a Jess, que corre hacia mí y me da un abrazo.

—Me alegro de que hayas podido venir.

—Yo también —le digo—. Nunca había estado en un bar.

Sus ojos se abren de par en par.

—¿En serio?

—No. —Miro a mi alrededor—. ¿Está Randy aquí?

—No. Tiene sus propias actividades los viernes por la noche.

Tengo curiosidad por saber cuáles son, pero no pregunto.

Jess me toma de la mano.

—Vamos. Te presentaré a mi amigo, Pete. Creo que te va a gustar.

CAPÍTULO DIECISÉIS

Ethan

No puedo creer que Stella esté saliendo con otro tipo.

Trago el whisky, esperando que me quite de la cabeza la imagen de Stella coqueteando con un hombre en un bar. O al menos la difumine. No funciona. Dejo el vaso vacío con un golpe seco, con el temperamento aún en ebullición.

Joder.

Pasé por su apartamento porque estaba preocupado por ella. Temía que se sintiera sola de nuevo, llorando mientras garabatea en su diario o mirando la foto de sus padres muertos. Iba a ver cómo estaba, pero entonces la vi salir del edificio. Parecía tener prisa.

Cogió un taxi al doblar la esquina. Hice que mi conductor la siguiera. Cinco minutos después, se bajó delante de un bar. Sentí aún más curiosidad.

Pensé que Stella no iba a los bares.

La sigo adentro, esperando verla sentada sola en la barra. Para mi sorpresa, está en una mesa con otras cuatro personas: dos mujeres y dos hombres. Solo me interesa el hombre con el que está hablando. Alto, con el pelo oscuro como yo, pero con una barba fina. Y flacuchento. No sé de qué hablan, pero parecen tener su propia conversación al margen del grupo. Se ven absortos en ella, y Stella parece divertirse. Su rostro está iluminado. Cuando el hombre que está a su lado ríe, ella también lo hace.

Cuando la veo susurrar algo al oído del sujeto que lo hace reír, no puedo seguir mirando. Desgraciadamente, la imagen sigue clavada en mi cabeza.

Joder.

Pensé que Stella se sentiría al menos un poco desdichada ahora que no tiene sexo conmigo. Pero parece que solo soy yo.

Soy el único que se siente miserable.

Le hago una señal al camarero para que me llene el vaso. Mientras lo hace, siento una palmada en la espalda.

—¿Qué me perdí? —me pregunta Asher mientras se desliza sobre el taburete al lado.

—Mis dos primeras copas —respondo.

—¿Estamos celebrando o ahogando nuestras penas?

—Ninguna de las dos cosas. Solo bebiendo.

Me llevo el vaso a los labios. El camarero sirve a Asher su Martini habitual.

—Gracias. —Toma un sorbo y mira a su alrededor—. ¿Dónde está Ryker?

—Al teléfono —respondo.

Él frunce el ceño.

—Creía que no se permitían los teléfonos durante nuestras sesiones de bebida.

—Por eso salió. Era urgente —le explico.

—¿Quieres decir que se trata de Odermatt?

No respondo.

Asher me mira intrigado.

—¿Acaso no está ya hecho? Creía que Odermatt ya había firmado los papeles.

—Sí, pero todavía hay detalles que afinar y otros trámites que hay que hacer antes de que todo sea oficial.

—El trabajo nunca termina —suspira Asher—. Pero bueno, al menos recuperamos los archivos.

De nuevo, guardo silencio. No le he contado la verdad sobre ese incidente. Ni a Ryker. No tienen ni idea de que la repentina desvinculación de Rubén está relacionada con esto. Es mejor mantenerlo así.

Da otro sorbo a su bebida.

—Entonces, ¿qué penas estamos ahogando?

Bebo otro trago de la mía.

—Lo de siempre.

—¿Te terminó Stella?

Por poco me ahogo con mi whisky. ¿Qué demonios?

Asher se frota la barbilla.

—No estoy seguro de si eso fue un sí o un no.

—No es asunto tuyo —le digo mientras suelto mi vaso.

En otras palabras, no quiero hablar de eso. Y si no quiere que se repita lo que pasó la última vez, cuando arremetí contra él y se marchó, mejor que se calle.

No lo hace, por supuesto.

—Así que no es asunto nuestro si te acuestas con alguien y no es asunto nuestro si no lo haces.

—Correcto.

Golpea el mostrador con los dedos.

—¿Así que ya no te acuestas con Stella?

Entrecierro los ojos al mirarlo en señal de advertencia. Y esta es la última que recibirá.

—¿Quién ya no se acuesta con Stella? —pregunta Ryker al volver a la barra.

Toma su asiento habitual al lado de Asher, quien lanza una mirada hacia mí.

—¿Quién más?

Ryker me mira.

—¿Ya no?

Le dirijo la misma mirada de advertencia.

Él da un sorbo a su gin tónico.

—De cualquier manera, no es asunto nuestro. Dejémoslo en paz, Asher.

Le envío una sonrisa de agradecimiento.

—Gracias, Ryker.

No solo por esto, sino por no haber dicho una palabra sobre Stella desde la noche en que la vio en mi habitación.

—Por cierto, ¿cómo te fue con la llamada? —le pregunto.

—Bien —responde—. El contrato de Violet Cleary solo necesita algunos cambios menores.

Eso llama la atención de Asher.

—¿Violet Cleary?

—Sí —le respondo—. La misma Violet Cleary con la que estabas coqueteando. Es una de las empleadas de Odermatt que vamos a incorporar a la empresa aquí en Chicago.

—Estás bromeando —dice Asher.

—No —respondo.

—¿Por qué?

—Porque eso es lo que normalmente ocurre cuando hay adquisiciones —explica Ryker—. Algunos de los altos ejecutivos de la empresa recién adquirida se trasladan a la sede principal de la empresa matriz.

—Ya lo sé. Pero ¿por qué ella?

—Porque es un alta ejecutiva —respondo—. Y porque me impresionó mucho en Zúrich.

Asher me mira.

—¿Le estás dando mi puesto?

—Tentador —le digo burlándome—. Pero no. Trabajará bajo tus órdenes.

Y tengo la sensación de que eso va a hacer que las cosas en el Departamento de Finanzas sean más interesantes.

Asher parece pensar lo mismo. Sonríe.

Me inclino hacia delante para poder mirar a mi otro hermano.

—Ryker, quizá deberías pedir a Recursos Humanos que incluya algo en el contrato de Violet sobre no acostarse con Asher.

La sonrisa de Asher desaparece.

—¿Qué?

La expresión de horror en su cara casi me hace reír.

Me mira fijamente.

—Quizá deberíamos pedir a Recursos Humanos que añada algo en el contrato de Stella sobre no acostarse con su jefe.

Eso me quita el buen humor. Aprieto los dientes.

Asher...

—Quizá deberíamos hacer que incorporen algo para que Violet no pueda demandarnos por acoso sexual, si empieza a acostarse con Asher y las cosas salen mal —añade Ryker.

Asher gira hacia él.

—¿Me estás jodiendo?

—Pero a cambio, si queda embarazada, Asher asume toda la responsabilidad —continúa Ryker.

Asher finalmente se calla mientras lleva su Martini a los labios. ¿No dice nada porque aprueba la sugerencia de Ryker?

Bebo mi whisky.

La idea de Ryker no suena mal, la verdad. Si Ryker se equivoca, la empresa no se vería afectada. Y Violet tampoco. Si ella queda embarazada, él...

Mis pensamientos se detienen en seco cuando una idea me asalta.

¿Y si le ofrezco a Stella un contrato también?

El matrimonio no parece adecuado para ninguno de los dos, pero ¿y si le propongo un acuerdo diferente? Ella quiere un hijo. Yo necesito uno. ¿Y si le pido que dé a luz a mi heredero? Me aseguraría de que sea excepcionalmente bien compensada, por supuesto. Incluso puedo darle una villa en Suiza para endulzar el trato. Y podría mantener su trabajo si lo desea, aunque le reduciría el horario y la carga laboral, y tal vez contrate a otro asistente para que cargue con la mayor parte de la responsabilidad y ella pueda enfocarse en la crianza del niño. No hay necesidad de decir que me aseguraría de que nadie sepa que es la madre de mi hijo. Así, su reputación no se vería afectada y el pequeño tendría una vida más privada y normal.

Aparte de dar a luz y criar a mi hijo, lo único que tendría que hacer es prometer que no saldrá con nadie más durante un tiempo. No quiero que otro hombre esté cerca de mi hijo hasta que tenga al menos diez años. Veinte si es una hija.

Nunca tendría que casarme. Mi padre está mucho más preocupado por tener un nieto (o dos) que por que yo tenga una esposa. Y tendría al menos un heredero. En cuanto a Stella, viviría su vida feliz. Sería madre, que es lo que siempre ha querido. Podría viajar por el mundo con el dinero que le daría. Podría seguir trabajando para mí si le gusta tanto su trabajo, o podría ser escritora o cualquier otra cosa que quisiera ser. Y no tendría que terminar unida a un imbécil.

Ella gana. Yo gano, sobre todo porque el contrato significa que tendría sexo con ella otra vez. Y otra vez más. Tantas veces como sea necesario hasta dejarla embarazada.

—Estás sonriendo —observa Asher en voz alta—. ¿Es porque todavía crees que Violet no se acostará conmigo?

—No todo es sobre ti, Asher —le digo.

Se trata de mí y de Stella. Si ella está de acuerdo, quiero decir, aunque no veo por qué no lo estaría.

No puedo esperar para hablar con ella sobre esto.

CAPÍTULO DIECISIETE

Stella

¿Dónde estamos?

Sigo a Ethan más allá de un par de puertas hasta encontrarme en un espacio lujoso con lámparas de cristal que cuelgan de un techo alto y cortinas de terciopelo rojo en los dinteles de las enormes ventanas de cristal, de las que se puede observar la ciudad. La alfombra que cubre el piso también es roja, pero de un tono más intenso.

Al principio, pienso que es un restaurante porque veo a un hombre con levita y guantes blancos cargando una bandeja de plata, pero luego me doy cuenta de que las sillas no están puestas alrededor de las mesas como en un comedor. Más bien, hay pequeñas mesas redondas entre grandes y acogedores sillones, algunos con lámparas encima. También hay mesas bajas delante de divanes y sofás, como en un salón.

¿Es una especie de salón?

Sigo a Ethan por la sala y subo una escalera de caracol. En la parte superior, otro hombre vestido con un abrigo con faldones nos conduce hasta una puerta. La abre y veo una gran mesa con comida dispuesta como bufet. Más allá otra más pequeña con dos sillas justo al lado de la ventana, y que solo tiene una botella de vino y dos copas.

¿Solo dos?

En cuanto el camarero, el mayordomo o lo que sea se va, giro hacia Ethan.

—Dijiste que te tenías que reunir con alguien importante —le cuestiono.

Esa es la única razón por la que acepté acompañarlo un sábado por la noche.

—No veo a nadie más aquí.

—Me voy a reunir con alguien. —Se quita la chaqueta y la cuelga en una percha. —Contigo.

Frunzo el ceño. ¿Es una especie de broma? ¿No se supone que debemos seguir como jefe y asistente? Entonces, ¿por qué esto parece una cita?

—No te preocupes —me dice Ethan—. Este lugar solo tiene una pequeña clientela selecta, a la que no le gustan los chismes baratos.

Lo que significa que nadie se enterará de que estamos aquí.

Espera. ¿No es eso más preocupante? ¿Por qué tanto secreto? ¿Me trajo aquí para seducirme?

—Y no. Te prometo que no te voy a hacer nada, así que siéntate, por favor.

Me acerca una de las sillas. No sé si sus palabras me alivian o me decepcionan, pero me siento. Trato de mantener la calma, sin embargo, mis pensamientos siguen acelerados.

¿Por qué me ha traído aquí? Si solo quiere comer conmigo, ¿por qué me trae a un sitio tan exclusivo y lujoso? ¿No se reservan estos lugares para ocasiones especiales, como aniversarios, cumpleaños o...?

Hago una pausa cuando me viene a la cabeza la tercera opción.

Ethan no me va a proponer matrimonio, ¿verdad?

Ese último pensamiento enciende una chispa de emoción dentro de mi pecho, pero la apago rápidamente.

No te hagas ilusiones, Stella. Solo conseguirás que te hagan daño.

—Solo dime por qué estamos aquí —le pregunto a Ethan.

Él mira la mesa del bufet.

—¿No quieres comer primero?

—No tengo hambre —replico.

Es cierto. Por alguna razón, aunque no he comido desde el almuerzo, no tengo nada de apetito. Tal vez sea porque estoy ansiosa.

Ethan coge la botella de vino.

—¿Qué tal un trago?

Sacudo la cabeza.

—No, gracias.

Después de tomar un solo vaso de vino en el bar anoche, sentí náuseas. No quiero arriesgarme a vomitar en un lugar como este.

—Por favor, solo dime qué estamos haciendo aquí para que pueda irme a casa. Me temo que estoy un poco cansada.

Después de todo, no dormí mucho anoche.

Ethan frunce las cejas.

—¿Te sientes bien?

—Sí. Como te dije, solo estoy cansada.

—Está bien —Ethan asiente—. Entonces iré directamente al grano.

Bien, porque no puedo esperar ni un minuto más.

Abre el maletín que trajo y espero ansiosa a que saque una caja de satén, aunque mi mente me dice que es imposible que un hombre guarde un anillo de compromiso en un maletín.

Por el contrario, veo un sobre marrón. Lo pone encima de la mesa.

Lo miro con los ojos muy abiertos y después miro a Ethan.

—¿Es una indemnización por despido? ¿Me van a despedir?

—No. —Ethan empuja el sobre hacia mí—. De hecho, supongo que a esto se le podría llamar una especie de ascenso. Un ascenso muy especial, solo para ti.

¿Un ascenso especial? ¿A qué?

Abro el sobre y saco el documento que está dentro. Hay tres palabras en la parte superior de la primera página en letras mayúsculas y en negrita.

«BEBÉ POR CONTRATO»

Me quedo boquiabierta. ¿Qué?

~

Empiezo a leer las once páginas del documento que está encima de la mesa de mi comedor.

Once páginas. Vaya.

Iba a leerlas antes en aquel restaurante o club o lo que fuera, pero Ethan me dijo que no lo hiciera. No es que no hubiera sido capaz de digerirlo con Ethan sentado frente a mí, mirando. Me dijo que debía leerlo con atención en casa y luego darle mi respuesta el lunes.

Supongo que eso es lo que estoy haciendo ahora.

Lo he leído de principio a fin, aunque parte de la jerga jurídica es difícil para mi cerebro, y a veces tenga que hacer una pausa para soltar un grito ahogado o maldecir. Luego lo vuelvo a leer. Las once páginas. Cuando termino, miro la primera hoja con incredulidad.

Un contrato para un bebé.

Sí, eso es exactamente lo que es. Básicamente, dice que acepto tener el bebé de Ethan, y cuidar de esa criatura (ese niño) en secreto. A cambio, recibiré una gran cantidad de dinero, una casa aquí, y una villa de vacaciones en Suiza.

Vaya.

Dejo los papeles sobre la mesa para tomar un vaso de agua. Lo mantengo en la mano mientras doy vueltas por la habitación para pensar.

Siento que me piden que me convierta en una madre de alquiler. Todo lo que Ethan quiere es mi vientre para plantar su semilla. La diferencia es que yo me quedo con el bebé. Pero aun así no tengo al hombre.

Obtengo muchas otras cosas, claro, mucho más de lo que suelen obtener las madres de alquiler. Nunca más tendré que trabajar (algo que a muchas madres les encantaría), aunque puedo seguir manteniendo mi trabajo si así lo quiero. Podré viajar, tal vez y eventualmente, con mi hijo a cuestas. Tendré mi propia casa. En resumen, todos mis sueños se harán realidad.

Excepto uno, el único que, me he dado cuenta, es el que realmente quiero.

¿Por qué no se casa Ethan conmigo? Si está dispuesto a gastar en mí y quiere tanto un hijo, ¿no sería mejor casarse conmigo? ¿No sería más sencillo?

Sé que no está enamorado de mí, pero ¿acaso los hombres ricos no se casan a veces con mujeres que no aman? ¿O se casará finalmente con una mujer que su padre le elija? ¿Es por eso por lo que no quiere casarse conmigo? Tal vez no soy la esposa adecuada porque no vengo de una familia rica y tampoco tengo un apellido conocido. ¿Así que soy lo suficientemente buena para tener a su bebé, pero no para ser su esposa? No lo entiendo.

Sea cual sea la razón, estoy recibiendo un contrato para tener un bebé y no un contrato de matrimonio. La cuestión es: ¿estoy dispuesta a conformarme con eso?

Termino de tomar mi agua, pero me quedo con el vaso mientras me apoyo sobre la encimera de la cocina.

Si acepto este contrato, al menos tendré a Ethan en mi vida. Será mejor que mi situación actual porque tendremos un vínculo inquebrantable a través del hijo que compartiremos. Y podré pasar tiempo con él fuera del trabajo.

Por ese lado, si estoy consiguiendo un ascenso.

¿Pero qué pasa si Ethan encuentra a otra persona? El contrato dice que no debo tener relaciones con otro hombre, pero no dice nada sobre que Ethan no esté con otra mujer. Claro que tendrá sexo conmigo hasta que le dé un hijo, pero ¿qué pasará después? ¿Me dejará de lado, me mantendrá en la sombra como un sucio secreto mientras se casa con otra?

La sola idea es suficiente para desgarrarme el pecho. Es tan doloroso que desearía cavar un agujero en el suelo y arrastrarme dentro de él.

Me aprieto el pecho mientras miro los papeles en la mesa con los ojos llenos de lágrimas.

Ethan dijo que le diera mi respuesta el lunes.

Creo que ya la tengo.

~

Cuando llega el día, voy al trabajo con un vestido negro y gris y unos tacones rojo fuego. Cuando llega Ethan, entro en su oficina como lo hago siempre.

—Buenos días —me saluda desde detrás de su escritorio.

—Buenos días —respondo, intentando no pensar en lo bien que se ve con ese traje.

Lástima que nunca podré verlo sin él.

Me aclaro la garganta, hago mi informe de rutina y le doy su agenda.

—Y eso es todo lo que tiene para hoy —le digo cuando termino.

—¿Y lo que te pedí?

Sus ojos se dirigen al sobre que llevo bajo el brazo. No es que no lo haya estado mirando casi todo el tiempo desde que entré en su oficina.

Lo coloco con cuidado sobre su mesa. Contengo la respiración mientras veo cómo saca el documento.

Va directamente a la última página. Entonces sus cejas se fruncen.

—No has firmado.

—No. No lo hice.

Ethan se queda mirando la página. Agito mi manga mientras espero que diga algo. Finalmente, levanta la mirada.

—¿Estás segura de esto? —pregunta—. Puedes tener más tiempo para pensarlo si quieres.

Así que no le gusta mi respuesta. Me da tiempo para cambiar de opinión. No lo haré.

—Si hay algo que no apruebas o alguna cosa que quieras que se añada...

—Estoy segura —le digo manteniéndome firme.

Se queda en silencio.

Vuelvo a tomar aliento.

—¿Algo más?

Ethan golpea su escritorio con los dedos. Luego sacude la cabeza.

—No. Puedes irte.

CAPÍTULO DIECIOCHO

Ethan

Stella no puede estar hablando en serio.

Mucho tiempo después de que me dio su respuesta, todavía estoy mirando con incredulidad el sobre marrón sobre mi escritorio.

Hice redactar el contrato cuidadosamente. Fue apresurado, sí, pero mi abogado es bueno. Puso todo lo que le solicité. Le pedí que pusiera muchas cosas, incluida una suma de dinero muy generosa.

Entonces, ¿por qué Stella no lo firmó? ¿No dijo que quería ser madre? ¿Habrá cambiado de opinión?

Quiero que venga de nuevo a mi oficina, decirle que cancele todas mis citas y que me cuente que es lo que tiene en su mente, que me haga entender por qué dijo que no, y así poder convencerla de que acepte. Pero espero hasta terminar mi trabajo.

—¿Hay algo más que pueda hacer por usted antes de irme a casa? —me pregunta Stella, cuando entra en mi oficina al final de la jornada.

—Sí.

Dejo mi escritorio y me siento en el sofá, con el sobre marrón a cuestas. Lo dejo sobre la mesa y señalo el otro sofá.

—Siéntate.

Stella se sienta. Cruza las piernas y apoya las manos sobre su rodilla. Luego endereza los hombros mientras espera que yo hable.

Decido ir directamente al grano.

—¿Por qué no firmaste el contrato?

Stella mira el sobre y levanta la barbilla.

—Porque concluí que no me convenía firmarlo —responde sin rodeos.

—¿Y qué parte exactamente te hizo pensar eso? —le pregunto.

—Todo.

—¿Todo?

Stella respira profundamente. Me doy cuenta de que está luchando por armar una explicación dentro de su cabeza. Si está tan segura de su respuesta, ¿por qué no puede explicármela?

Me inclino hacia delante y la miro a los ojos.

—Stella, vamos a ser honestos. Yo voy primero. Esperaba que firmaras esto. —Señalo el sobre sobre la mesa—. No entiendo por qué no lo hiciste.

Ella exhala.

—No. No lo entiendes porque no me entiendes en absoluto.

Mis cejas se fruncen. Ahora sí que no la entiendo.

—Si me entendieras, si me conocieras, si me hubieras prestado algo de atención estos últimos dos años, sabrías que nunca firmaría un contrato así — dice.

—¿Porque eres el tipo de persona que siempre trata de hacer lo correcto?

Stella no responde.

—¿Así que crees que está bien tener sexo con tu jefe, pero no tener el bebé de tu jefe?

—No, no creo que esté bien —me replica—. Por eso lo terminé.

—¿Y qué pasaría si te dejé embarazada? Después de todo, me pediste que no usara protección. ¿Vas a utilizar al bebé para que me case contigo?

Los ojos de Stella se abren de par en par.

—Nunca haría eso.

Asiento con la cabeza.

—Por supuesto que no.

No sé por qué he dicho eso. Debo de estar perdiendo los estribos porque me he sentido frustrado y ansioso todo el día. Pero tengo que mantener la calma o no conseguiré lo que quiero de ella.

—Lo siento. Sé que no eres ese tipo de persona. De hecho, sé que eres una buena mujer criada por buenas personas...

—No metas a mis padres en esto.

—Por eso te ofrecí este contrato —le digo—. ¿Crees que le pediría a cualquiera que fuera la madre de mi hijo?

—¿Por qué no te buscas una novia? ¿O una esposa? ¿No es eso lo que quiere tu padre? ¿Sabe él que estás haciendo esto? ¿Crees que lo aprobará?

—Mientras tenga a su nieto, al heredero de Hawthorne Holdings, estará contento —afirmo—. Si no, ya no me importa.

—¿Así que todo es por el bebé? —pregunta Stella mientras descruza las piernas y levanta las manos—. ¿Solo soy una fábrica de niños? ¿Una máquina para hacer niños? ¿Una muñeca sexual que casualmente tiene la característica extra de poder reproducirse?

Frunzo el ceño.

—Nunca he dicho nada de eso.

—Pero lo único que te importa es la criatura, ¿verdad? Por eso estás dispuesto a pagar tanto por ella.

—También tú me importas. Por eso dejo que te quedes con el bebé.

—Oh. ¿Eso es una concesión?

—Por eso es que decido mantenerte. Estoy dispuesto a darte todo lo que quieras, todo lo que necesites no solo para criar a un niño sino para ser feliz. Porque te mereces ser feliz.

—Sé que lo merezco.

—Piensa en lo que te estoy ofreciendo, Stella.

—¿Entonces, crees que es mucho comparado con lo que me pides?

—Si te parece que no es suficiente, podemos negociar.

—¿Cómo gente de negocios? —pregunta ella—. ¿Porque esto es solo otra transacción comercial para ti?

—No es cierto.

No entiendo por qué ella está siendo tan difícil, por qué me hace sentir que estoy haciendo algo mal sin decirme qué es lo que estoy haciendo mal.

Respiro profundamente.

—Como he dicho, si hay algo del contrato que no te gusta...

—Ya dije que no me gusta nada del contrato —me responde Stella.

—Y todavía estoy tratando de entender por qué.

Desvía la mirada y se calla. ¿Por qué? ¿Por qué no me ayuda a entender? ¿Qué es lo que no me dice?

—¿Es porque soy tu jefe? —insisto—. ¿Porque te tomas tu trabajo en serio y no quieres mezclar tu vida personal con tu carrera? Si es así, puedes dejar de trabajar.

—Entonces, ¿nadie sabrá que dejaste embarazada a tu asistente?

—Nadie lo sabrá —le prometo—. Me aseguraré de que nadie los moleste, ni a ti, ni a mi hijo. Nuestro hijo.

Sin embargo, Stella no parece convencida.

—No quiero dejar mi trabajo.

Estrecho los ojos al mirarla.

—¿Pero no dijiste que querías ser madre más que nada?

—No recuerdo haber dicho eso.

—Lo escribiste en tu diario. Decías que querías tener tu propio hijo. Decías...

Me detengo al darme cuenta de lo que acabo de decir, algo que no debí haber mencionado. Me arrepiento en cuanto veo la expresión de horror en la cara de Stella.

Joder.

Se levanta.

—¿Has leído mi diario? ¿Cómo? ¿Cuándo?

Suspiro. Ya no sirve de nada mentir.

—Lo dejaste en tu mesa aquella noche que volviste a la oficina después del trabajo —le digo.

—¿Y lo leíste así nada más? ¿Cómo pudiste?

No tengo ninguna excusa para ese comportamiento, así que no digo nada.

—Espera. ¿Así que has leído mi diario? —Stella empieza a pasearse por el cuarto—. ¿Es por eso que de pronto empezaste a actuar como si te yo te importara? ¿Por eso decidiste de repente llevarme a Suiza? ¿Porque sabías que quería viajar?

—No es por eso.

Pero ella no está escuchando.

—¿Es por eso que mandaste a ese chef a cocinar esos *dumplings* para mí, a sabiendas de que mi madre solía hacerlos? ¿Es por eso que sabías que no tenía amigos? —Ella jadea—. ¿Es por eso que pusiste esa venda en mis ojos y me hiciste el amor frente al espejo? Escribí sobre eso, ¿no es así?

No respondo.

Ella entrecierra sus ojos al mirarme.

—¿Por eso te acostaste conmigo? ¿Porque sabías que era virgen y te daba lástima? ¿Porque sabías que me iba a gustar?

—No es por eso —le insisto.

Tal vez lo que leí en el diario influyó, pero no tuve sexo con ella solo por eso.

—¿Entonces por qué? —me pregunta Stella—. ¿Por qué me besaste? ¿Por qué me enseñaste todo sobre el placer?

Sus ojos están llenos de lágrimas cuando mira los míos. Sus labios tiemblan.

—¿Por qué hiciste que me enamorara de ti?

Mis cejas se arquean. ¿Qué?

No me lo esperaba. Ni siquiera lo había pensado. Y definitivamente no sé cómo responder a eso.

—Yo...

Intento juntar las palabras, pero no lo consigo. Mis emociones están demasiado revueltas como para darles sentido. Por una vez en mi vida, no sé qué debo decir o hacer.

—Olvídalo —dice Stella—. Olvídate de todo.

Se dirige hacia la puerta, pero se detiene.

—Solo para que quede claro, no voy a firmar ese contrato.

Da otro paso.

—Además, renuncio. Mañana enviaré mi carta de renuncia a Recursos Humanos.

No digo nada.

Stella abre la puerta y se va. Una parte de mí quiere correr tras ella, pero incluso si lo hago, ¿qué le voy a decir? Todavía no lo sé.

Me froto la nuca.

Me ha lanzado un verdadero contratiempo. Pero ella siempre me sorprende de la forma más inesperada.

Y ahora, se ha ido.

CAPÍTULO DIECINUEVE

Stella

No puedo quedarme aquí.

Lucho contra una nueva oleada de lágrimas mientras meto mi ropa en la maleta, la misma que acababa de desempacar hace solo una semana.

Tenía la sensación de que a Ethan no le iba a gustar mi decisión de no firmar ese estúpido contrato, pero no creí que fuera a ser tan imbécil al respecto.

Ya es bastante egoísta que todo lo que vea en mí sea una fábrica de bebés. Luego continúa y dice que el contrato es en mi mejor interés, que va a mantener todo en secreto por mi bien, cuando él es el que tiene una reputación que mantener. ¿Cómo se atreve a decir que merezco ser feliz mientras se asegura de que no lo seré?

Entonces descubro que leyó mi diario. Maldita sea, leyó mi diario, mi posesión más privada.

¿No le enseñaron en tercer grado a no husmear en las cosas de los demás?

Sí, fui descuidada al dejarlo allí. Sí, es el dueño del escritorio donde lo dejé. Aun así, no tenía que leerlo. Pero lo hizo. Leyó cada página, creo. Cada secreto. Cada deseo. Cada fantasía. Y por eso, ya nada se siente real.

Es como escuchar una canción y admirarla porque la letra es muy emotiva y luego darte cuenta de que el cantante estaba haciendo fonomímica, y que en realidad era otra persona la que cantaba.

Todo lo que Ethan hizo en Suiza, lo hizo por lo que lo leyó en mi diario. O se compadecía de mí por las cosas que leyó o utilizaba la información para seducirme. Todo fue un truco, una farsa. Y lo peor es que me lo creí todo.

Me enamoré de él.

Pero se terminó. Ayer renuncié a ser la asistente de Ethan. Hoy, me quedé en la cama cuidando de mi corazón roto, y una parte estúpida de mí estaba esperando en silencio que Ethan viniera y lo reparara, que de alguna manera hiciera las cosas bien. Pero por supuesto, no lo hizo. Y ahora me doy cuenta de que no puedo quedarme.

He aprendido a querer a Chicago, pero no puedo quedarme en el lugar donde conocí al único hombre que he amado, el mismo hombre que no me ama y que probablemente nunca lo hará. No podré seguir adelante si me quedo aquí. Y tengo que seguir mi camino.

Tengo que irme para poder sobrevivir.

El sonido del timbre irrumpe en mis pensamientos. Me paralizo.

A pesar lo que pienso, la esperanza colma mi pecho. ¿Será Ethan? ¿Por fin habrá entrado en razón? ¿Ha venido a impedir que me vaya?

Abro la puerta. Mi corazón se frunce cuando veo a Jess y Randy.

—No somos quien esperabas, ¿verdad? —pregunta Randy.

—Tonterías —Esbozo una sonrisa—. Es que no creí que aparecieran por aquí. ¿No se supone que están trabajando?

Jess señala su reloj. Cierto. Ya es el final de jornada.

Pone las manos en las caderas.

—La pregunta es: ¿Por qué no estabas tú en el trabajo?

¿Se dieron cuenta?

—Antes de eso, ¿podemos entrar? —pregunta Randy—. Se me hace raro estar aquí de pie.

—Sí, claro.

Abro más la puerta para que puedan pasar, algo que debería haber hecho desde el principio.

—Perdonen el desorden.

Las cajas de comida para llevar del almuerzo siguen sobre la mesa. La puerta de mi habitación está abierta y mi cama no está hecha. Además, mi maleta está en el piso.

Jess la ve y me lanza una mirada de preocupación.

—¿Te vas?

Frunzo los labios.

—Así que es verdad —dice Randy—. Has renunciado.

Estrecho los ojos al mirarlo.

—¿Cómo lo supiste?

—Escuché a alguien de Recursos Humanos hablar de ello.

—¿Por qué? —me pregunta Jess—. ¿Por qué te vas?

—Porque...

Dejo de hablar porque las lágrimas vuelven a inundar mis ojos. Esta vez, no puedo detenerlas. Simplemente caen por mis mejillas.

—Oh. —Jess me rodea con sus brazos y yo sollozo sobre su hombro.

No lo entiendo. Ya he llorado mucho y, sin embargo, vuelvo a llorar. Incluso más fuerte esta vez. Siento que tiemblo. Me duele el pecho. Y parece que la única manera de aliviar el dolor es dejar salir mis lágrimas.

Así que eso es lo que hago. Lloro hasta no poder más. Después, Randy me alcanza una caja de pañuelos.

—Gracias —le digo antes de sonarme la nariz. Luego me dirijo a Jess—. Lamento haber mojado tu suéter.

—No pasa nada —contesta ella—. Estoy más preocupada por ti.

—Yo también —añade Randy—. ¿Todo esto es por Ethan? ¿Pasó algo en Suiza?

Les explico. Les cuento todo. Cuando termino, ambos me dan un abrazo.

—Oh, pobrecita. —Jess me acaricia el pelo.

—Ethan es un idiota —exclama Randy—. Y pensar que estaba enamorado de él.

Sonrío.

—Sin embargo, yo soy la más tonta.

Jess me aprieta la mano.

—Ojalá pudiera convencerte de que te quedes. Odio pensar que te vas justo cuando he empezado a conocerte.

—Yo también —le digo.

—Pero sé que tienes que irte. Yo haría lo mismo.

—¿Adónde vas? —me pregunta Randy.

Aspiro profundamente.

—A casa.

~

La niebla me saluda apenas salgo del aeropuerto de Seattle. Sonrío porque se siente como un abrazo de la ciudad, dándome la bienvenida.

Dejo mis cosas en un hotel y consigo una taza de café. Le doy un sorbo mientras repaso mi memoria dentro del taxi, que se dirige a la casa donde vivíamos mis padres y yo.

Cuántos recuerdos.

Y me vienen aún más cuando estoy frente a la casa de dos pisos que conozco tan bien. Está igual que cuando la dejé. Techo azul oscuro. Paredes azul pálido. Puerta blanca. Ventanas blancas. Porche blanco. El cartel de la fachada dice que aún sigue en venta, así que supongo que nadie ha vivido en ella desde la última vez que lo hice yo.

Me acerco a la puerta principal. Está cerrada, por supuesto. Me asomo a la ventana. Todo lo que veo son muebles cubiertos con telas blancas, que a su vez están cubiertas de polvo. Incluso escondidos, puedo reconocer algunos de ellos, y sonrío.

Camino alrededor de la casa hasta el patio trasero. Veo parches de tierra donde antes estaba el jardín de mi madre. Ahora solo la hierba crece en él. También veo su caja de herramientas de jardinería justo al lado de la vieja casa del perro, Arthur. Me acuerdo de que enterramos sus cenizas debajo de ella.

También recuerdo otra cosa enterrada en el patio trasero: una vieja caja de música color rosa que me regalaron mis padres. Lloré cuando se rompió, pero seguí atesorándola. Luego un día simplemente lo superé. Mi madre me sugirió que la tirara, pero yo decidí enterrarla, como si fuera una cápsula de tiempo. Recuerdo también que puse otras cosas en ella.

¿Por qué lo había olvidado hasta ahora?

La desentierro utilizando las viejas herramientas de mi madre, pensando que tal vez me ayude a redescubrir quién soy o me dé alguna pista sobre lo que debo hacer a continuación. La tarea me toma media hora y me cansa, pero todo mi cansancio desaparece cuando veo la caja. Está sucia, pero sigue intacta.

Decido llevármela al hotel para revisar allí su contenido. Después de todo, parece que va a llover pronto. Empiezo a tapar el agujero, pero se me ocurre una idea.

Hay algo más que quiero enterrar. Mi pasado.

Por supuesto, no puedo hacerlo literalmente, pero puedo enterrar mi diario, y me doy cuenta de que sí deseo hacerlo. De todos modos, no creo que pueda seguir escribiendo en él, no después de conocer todos los problemas que ha causado.

Lo aprieto contra mi pecho por última vez y lo meto en el agujero. Lo cubro con tierra. Apenas termino cuando empieza a llover.

Saboreo la lluvia por un momento, solo porque la he echado de menos, pero cuando empieza a convertirse en un aguacero, corro hacia la parte delantera de la casa. Me resguardo en el porche y camino hacia la vieja mecedora para poder sentarme en ella mientras espero a que deje de llover.

Al menos, ese era mi plan. Pero tras dar un paso más, me siento repentinamente mareada. Me aferro a la barandilla para no caer, pero mis rodillas están demasiado débiles. Siento que me estoy hundiendo en el piso, de todos modos. Mientras mis ojos se cierran, escucho el sonido de la lluvia. Me recuerda a la vez que compartí un paraguas con Ethan en Zúrich.

Es extraño. A pesar de todo, continúo extrañándolo.

Me pregunto qué estará haciendo ahora.

CAPÍTULO VEINTE

Ethan

—¿Qué estás haciendo? —pregunta Asher al irrumpir en mi oficina.

No respondo porque estoy ocupado vertiendo todo el vaso de whisky en mi garganta.

Asher coge la botella de mi mesa.

—Todo el mundo está en la sexta planta, celebrando que la adquisición de Odermatt ya es definitiva y oficial, y tú aquí irritado.

Suelto mi vaso.

—¿Quién dice que no estoy celebrando?

Asher mira el vaso vacío con desaprobación.

—¿Desde cuándo bebes en tu oficina?

—Como dije, estoy celebrando. Ahora devuélveme esa botella.

Asher no lo hace. En su lugar, la deja en la mesa de centro, la misma en la que dejé el sobre marrón con el contrato para el bebé, la última vez que hablé con Stella. La misma sobre la que lo rompí en pedazos, después de que ella se fuera.

Frunzo el ceño.

—¿Vas a celebrar tú solo? —me pregunta Asher.

—¿Por qué no? —Recojo mi vaso y salgo de detrás de mi escritorio—. Soy el que ha conseguido que Odermatt firme, ¿no?

—Con la ayuda de Ryker —me recuerda Asher—. Y la mía.

Me acerco a la mesa y tomo la botella.

—Entonces celébralo conmigo.

—No. —Asher me quita la botella una vez más—. Ya basta de esto.

—Solo he tomado un vaso —protesto.

También me quita el vaso. Coloca tanto el vaso como la botella en el estante detrás de él.

—No me refiero solo al escocés.

Le dirijo una mirada de curiosidad.

—¿A qué te refieres, entonces?

—Desde que Stella se fue, cuando estás aquí en el edificio, siempre te la pasas encerrado en tu oficina.

—Porque tengo más trabajo que hacer ahora que no cuento con una asistente de confianza.

Todavía no he encontrado un sustituto para Stella.

—Y papá dice que has estado bebiendo todas las noches.

—No me importa lo él que diga.

Ya no.

—Escuché también que le gritaste a Olivia. ¿Olvidaste que ella siempre te cubrió las espaldas?

No lo he hecho. No quise gritarle. Solo estaba... estresado.

—¿Qué? —Le pregunto a Asher—. ¿Fue llorando a buscarte? Apuesto a que la consolaste.

Asher aprieta la mandíbula.

—¿Qué te está pasando?

—Solo la mierda de siempre —respondo con amargura mientras me siento en el sofá.

—Este no eres tú. —Asher se para delante de mí—. Si quieres algo, vas a por ello, ¿recuerdas? Si quieres recuperar a Stella, ve tras ella y tráela de vuelta.

He pensado en eso. Varias veces, de hecho. Pero en cada momento recuerdo lo mucho que la he lastimado y acabo convenciéndome de que está mejor sin mí.

Sacudo la cabeza.

—Algunas cosas hay que dejarlas ir.

—Pero no la estás dejando ir, ¿verdad? Solo estás actuando como un tonto patético.

Estrecho los ojos cuando dirijo la mirada hacia él.

—¿Qué dijiste?

Sonríe.

—¿Sabes qué? Si no vas tú por Stella, quizá lo haga yo. Tal vez intente consolarla.

Mi enojo se dispara. La sangre se me sube a la cabeza. Me levanto del sofá y lo siguiente de lo que tengo conciencia es que mi puño vuela hacia Asher. Le da en la nariz.

Hacía tiempo que quería hacerlo.

Pero no esperaba que me devolviera el golpe, y lo hace. Sus nudillos se clavan en mi mejilla y doy un paso atrás. Siento el sabor de la sangre.

¿Qué carajo?

Intento golpear a Asher de nuevo, pero me esquiva. Lo tomo de la camisa y lo inmovilizo contra la pared. Entonces levanto el puño.

Incluso con la nariz sangrando, Asher me mira fijamente.

—Adelante. Hazlo.

De pronto, la puerta se abre.

—¿Qué diablos?

Ryker se interpone entre Asher y yo. Me empuja y mira la nariz de Asher.

—¿Qué demonios están haciendo ustedes dos?

—Disfrutando nuestra propia fiesta —responde Asher mientras se limpia la sangre de la nariz.

Quito el líquido escarlata que me escurre por la comisura de la boca y me trago el resto. Respiro profundamente.

Poco a poco, mi enfado disminuye. Mientras lo hace, mi mente se aclara. Me doy cuenta de la estupidez de lo que acabo de hacer y me golpeo la frente con una palmada.

—Joder.

—Joder es cierto —dice Ryker. Luego suspira—. En serio, ¿qué estaban haciendo los dos?

—Únicamente subí a ver cómo estaba y lo encontré bebiendo solo. —Asher señala la botella de whisky.

Ryker me lanza una mirada de consternación.

—¿Qué?

—Entonces le dije que debería ir por Stella, porque todos sabemos que ella es la razón por la que está actuando así, y bueno... ya viste lo que pasó después. O parte de ello.

Me siento en el sofá y suelto un suspiro profundo.

—No puedo ir tras Stella.

Basta con la negación y la bebida. No están haciendo que las cosas mejoren. Tal vez hablar con mis hermanos finalmente lo haga.

—¿Por qué no? —Asher pregunta.

—Porque yo fui el que obligó a irse. Yo la herí. La he estado lastimando todo este tiempo.

—Creí que fue ella quien te dejó —dice Ryker.

—Bueno, técnicamente sí, pero fui yo quien...

Me detengo al darme cuenta de algo. Le dirijo a Ryker una mirada inquisidora.

—¿Cómo sabes que fue ella la quien terminó las cosas entre nosotros? ¿Te lo dijo ella?

—No —responde Ryker.

Entonces, ¿cómo lo sabe?

—Yo le dije que lo hiciera —confiesa—. Cuando estábamos en Zúrich, después de que regresaron de Uetliberg, ella se quedó esperando afuera de tu habitación, y me di cuenta de lo mucho que le importabas. Pero yo sabía que ella no te importaba a ti, así que...

—¿Cómo lo sabías?

—Porque tú mismo lo dijiste. Aseguraste que no estabas enamorado de ella. Pero Stella sí parecía estar enamorada de ti, así que pensé que era mejor para ella que se alejara de ti.

—¿Y le dijiste eso?

—Sí.

Me muerdo el labio inferior y le dirijo una mirada de desaprobación.

—Debería haberte golpeado a ti en lugar de a Asher.

—Oh. Me hubiera gustado ver eso —comenta Asher.

Me ofrece un vaso de whisky. Estoy confundido.

—Pensé que no querías que bebiera.

—Creo que un vaso más está bien —dice—. Parece que lo necesitas.

Tomo el vaso. ¿Significa esto que me perdona por haberlo golpeado?

Se sienta a mi lado y se bebe el suyo de un trago. Ryker se sienta frente a mí.

—Lo siento. No me di cuenta de lo mucho que significaba para ti.

—Yo tampoco me di cuenta —admito—. Y ahora ya es demasiado tarde.

—No, no lo es —dice Asher—. Te das cuenta ahora de que la quieres, ¿verdad?

Supongo que sí. Tal vez siempre lo hice. Solo pensé que no estaba bien porque era su jefe, así que aparté mis sentimientos y los disimulé cubriéndolos con muchas emociones, y terminé por confundirme. Intenté disiparlos y hacerlos pasar por otras cosas: amistad, lástima, lujuria, intentando hacer lo que fuera mejor para ella. Pero todo eso forma parte del amor. Ahora lo sé.

Eso no significa que sea fácil para mí decirlo en voz alta.

—Solo ve y dile eso —apunta Asher—. Dile que lamentas haber sido un idiota y confiésale que la amas.

—Y si no te cree, dile que te dé una oportunidad para demostrárselo —añade Ryker—. Y entonces hazlo.

Los miro a ambos con las cejas fruncidas.

—¿Alguno de ustedes ha estado enamorado antes?

Porque de pronto hablan como si fueran expertos.

—¿A quién le importa? —responde Asher—. Únicamente queremos lo mejor para nuestro hermano.

Es una de las cosas más bonitas que me ha dicho.

—¿Entonces crees que está bien que esté con ella, aunque sea su jefe?

—Bueno, técnicamente, ya no eres su jefe —agrega Ryker.

Cierto.

—¿A quién le interesa lo que tú eres o lo que es ella? —Asher replica—. Lo que importa es lo que ustedes dos sienten, el uno por el otro.

Supongo que eso es cierto. Al final, no importa si somos ricos o pobres o cuál es el color de nuestra piel o a qué nos dedicamos. Todos somos humanos que necesitamos y merecemos amor. Sé que Stella y yo lo merecemos.

Asher me da una palmada en la espalda.

—Ve por ella.

Dejo mi vaso sin tomar ni un sorbo. Ya no necesito el alcohol. Tengo todo el coraje que preciso, gracias a estos dos que siempre estuvieron a mi lado y que, evidentemente, ya no son los niños a quienes debo cuidar. En el futuro, quizá confíe un poco más en ellos.

Los miro a los dos y asiento con la cabeza.

—Lo haré.

Voy a recuperar a Stella cueste lo que cueste.

CAPÍTULO VEINTIUNO

Stella

—Son cincuenta y ocho dólares con cuarenta y nueve centavos —me dice el farmacéutico del mostrador.

Mis ojos se abren de par en par. ¿Casi sesenta dólares por un frasco de analgésicos, un tubito de crema para granos y unas botellas de agua?

Solo tengo un billete de cincuenta dólares en la mano, así que busco rápidamente en mi bolso uno de diez. Sé que tengo uno en alguna parte. ¿Dónde está?

Esperaba que mis dolores de cabeza y mis mareos desaparecieran. Pensé que aquella vez que casi me desmayé en el porche de mi antigua casa sería el último episodio. La persona que me ayudó (vive enfrente) era una enfermera que solo me dijo que tomara suplementos de hierro. Lo hice, y durante un día estuve bien. Pero anoche, volví a sentirme mareada, incluso con náuseas. Hoy desperté con dolor de cabeza. No es tan doloroso, pero está literalmente en mi nuca, fastidiándome. Además, esta mañana no tenía apetito y, para colmo, cuando me miré en el espejo, descubrí que tenía un grano en la frente. ¿Qué demonios?

El farmacéutico se aclara la garganta. Renuncio a encontrar el billete de diez dólares, aunque estoy segura de que tengo uno, y le doy mi tarjeta de crédito. Mientras procesa mi pago, mi mirada se posa en las pruebas de embarazo que están justo debajo del cristal del mostrador.

La pregunta me viene a la cabeza: ¿Y si estoy embarazada?

Ethan y yo no usamos ninguna protección. Y sí, fui yo la que decidió eso la primera vez que tuvimos sexo porque pensé que acababa de terminar mi periodo y estaba a salvo. Sin embargo, ahora que hago un cálculo rápido, me doy cuenta de que mi periodo ya había terminado cinco días antes.

Siempre he sido saludable, pero ahora casi me desmayo. Todo el tiempo me siento cansada. Y lloro con facilidad.

Las palabras de Ethan resuenan dentro de mi cabeza. ¿Y si te he dejado embarazada?

—¿Srta. Quinn? —El farmacéutico llama mi atención.

—¿Sí?

—Su tarjeta y su compra. —Me los entrega—. ¿Algo más?

De nuevo, miro las pruebas de embarazo. ¿Compro una? Es posible que no esté encinta, pero no está de más asegurarse, ¿no?

Señalo el test.

—Deme dos de esos.

~

Mientras vuelvo a mi hotel, mi corazón y mi mente se aceleran. No puedo quitarme de la cabeza la pregunta de si estoy o no embarazada.

¿Y si lo estoy? Contemplo mi posible futuro.

Primero, las malas noticias. El principal titular es que no tengo marido ni pareja. O una familia. Haré esto sola. Bueno, puedo decírselo a Ethan, pero después de que intentara acusarme (usar un hijo para sacarle dinero o lo que sea), tengo dudas. Además, si le cuento lo del bebé, le estaré dando la llave de mi vida. Él estará en ella, pero no será mío. Será como ese estúpido contrato, pero sin el chalet suizo.

No, no voy a decírselo. Voy a hacer esto sola. Será doblemente duro, pero estaré bien. ¿Cierto?

La otra mala noticia es que no sé mucho sobre embarazos. Nunca le pregunté a mi madre sobre el tema (por supuesto que me gustaría que estuviera aquí ahora mismo), pero supongo que puedo buscarlo en Google. Además, actualmente no tengo trabajo ni lugar donde quedarme. Creo que debería empezar a buscar más seriamente un apartamento aquí en Seattle.

¿La buena noticia? Tengo algunos ahorros. Claro, he estado guardando para viajar, pero si voy a tener un bebé, no tengo otra opción más que invertir en él. Quizá no trabaje durante un tiempo antes y después de que nazca la criatura, pero cuando finalmente tenga que buscar un trabajo, estoy segura de que no será tan difícil encontrarlo. Tengo un currículum excepcional y sé que soy eficiente.

¿Y qué más? Tengo una vieja amiga aquí en Seattle que es médica. Ella puede ayudarme.

Una última cosa. Estoy embarazada. Voy a tener un bebé. Finalmente, ya no estaré más sola. Voy a tener a alguien a quien pueda llamar mío, alguien que será mi familia. Solo pensar en todas las Navidades y cumpleaños que vamos a pasar juntos, en todos los lugares a los que viajaremos, en todas las cosas divertidas que vamos a hacer juntos, me hace sonreír.

Ya quiero a mi hijo.

Por supuesto, eso es solo si estoy embarazada, cosa que descubriré con seguridad dentro de un rato.

Finalmente, llego al hotel. Subo en el ascensor hasta mi piso y me apresuro a atravesar el pasillo. Voy a ir directamente al baño y me hago la prueba enseguida. Al menos, ese es mi plan, pero en cuanto abro la puerta de mi habitación, todo se desmorona.

Ethan está de pie junto a la cama.

Ethan. En carne y hueso. Vestido con uno de sus impecables trajes.

Tengo ganas de pellizcarme. No estoy soñando, ¿verdad? Sé que he tenido mareos. ¿Ahora también tengo alucinaciones?

—Stella. —Ethan dice mi nombre y mi corazón da un salto.

Bueno. Entonces no es una alucinación. Pero eso no explica por qué está aquí, delante de mí en este momento. ¿No se supone que está en Chicago dirigiendo su empresa?

—¿Cómo llegaste aquí? —Por fin encuentro mi voz, aunque parece que no puedo evitar que tiemble.

¿Cómo supo que me estaba alojando en este hotel?

—Fui a tu apartamento, pero no estabas allí. Tu amiga Jess me dijo que habías vuelto a Seattle, así que vine hasta aquí. Miller me ayudó a averiguar dónde te estabas quedando y me reservó una habitación en este mismo hotel. Cuando llegué, le pregunté al gerente si podía tener la amabilidad de conseguirme la llave maestra de tu habitación.

—¿Quieres decir que le pagaste al gerente? —pregunto.

—No. Pero le prometí unas entradas para un partido de los *Seahawks*. ¿No es lo mismo?

—Bien. Pero ¿por qué estás aquí?

—Pensé que ya te había dicho la razón —responde Ethan.

¿Lo hizo?

Camina hacia mí.

—Estoy aquí porque tú estás aquí, Stella.

Doy un paso atrás y levanto un dedo.

—No te acerques más.

Se detiene.

—Ahora, dime otra vez por qué estás aquí, porque la respuesta que me has dado no tiene sentido. No hay ninguna razón para que me sigas hasta aquí. Ya no soy tu empleada.

—Puedes regresar a la empresa si quieres.

¿Así que está aquí para pedirme que vuelva a mi antiguo trabajo? ¿Por qué? ¿Porque no puede encontrar otra asistente que pueda hacerlo tan bien?

—No quiero.

—Entonces no lo hagas. Pero te voy a llevar conmigo de vuelta de todos modos.

Mis cejas se arquean. ¿Qué? Eso tiene menos sentido aún. ¿Se ha vuelto loco desde la última vez que lo vi?

—¿Qué quieres decir? —cuestiono—. ¿Estás diciendo que el contrato para un bebé era tu forma de pedírmelo amablemente, y como te he rechazado, ahora vas a secuestrarme y a obligarme?

—No —responde Ethan mientras da otro paso adelante—. Te estoy pidiendo que regreses.

De ninguna manera.

—¿Y si digo que no?

—Seguiré preguntando hasta que cambies de opinión —replica Ethan—. Te demostraré que te merezco. Te probaré que tú y yo somos el uno para el otro.

Engreído.

—¿Cómo? —Le pregunto.

—Haré lo que sea necesario.

Da otro paso adelante. Yo doy otro hacia atrás, pero encuentro la puerta detrás de mí. Estoy acorralada.

Ethan me mira a los ojos.

—Te he echado de menos, Stella.

Sus palabras y su mirada hacen que mi pulso se acelere, pero reprimo mi excitación. Y mis ilusiones. Me prometí a mí misma que sería más inteligente, más fuerte. Además, no ha dicho las palabras que más quiero oír.

Levanto la barbilla.

—Echas de menos el sexo, ¿verdad? ¿No es por eso por lo que querías tener un bebé conmigo? ¿Solo para que podamos coger?

—Mentiría si dijera que no echo de menos el sexo, pero no es por eso que quiero estar contigo.

Lo ignoro.

—¿O quizás solamente no quieres que otro hombre me tenga?

—Por supuesto que no —admite Ethan—. ¿Es eso tan malo?

—Solo quieres tenerme en el banquillo.

—¿En el banquillo?

—Eres codicioso. Y eres egoísta. Y eres...

Dejo de hablar porque ahora está muy cerca de mí, tan cerca que puedo oler su colonia. No puedo respirar.

—¿Por qué? —pregunta—. ¿Preferirías estar con otro hombre? ¿No dijiste que estabas enamorada de mí?

Esperaba que no sacara el tema.

—Lo hice —admito, porque no soy una mentirosa—. Pero ya no lo estoy.

—¿No?

De acuerdo. Tal vez soy una mentirosa. Y una muy mala, creo, porque Ethan no parece para nada convencido.

¿A quién quiero engañar? No soy el tipo de persona que se enamora de alguien y deja de quererlo unos días después. Ni siquiera sé si eso es posible.

Ethan se inclina hacia delante. Su cara está a escasos centímetros de la mía.

—Mírame a los ojos y dime que no me amas.

Su voz profunda me produce un escalofrío que recorre mi columna. Sus ojos negros parecen escudriñar mi alma. Me trago el nudo que tengo en la garganta.

—Yo...

No puedo. No puedo decirle que no lo quiero.

Sigue mirándome fijamente, esperando. Mi corazón martillea dentro de mi pecho, y se siente como si se desgarrara y se comprimiera al mismo tiempo.

—Yo...

—¿Sí?

—No puedo hacer esto.

Coloco las manos sobre el pecho de Ethan y lo alejo para tener espacio para respirar. Lo consigo, pero al mismo tiempo la bolsa de papel de la farmacia que tengo aprisionada bajo el brazo cae al suelo. Una de las cajas de prueba de embarazo se desparrama.

Quedo boquiabierta. Mierda.

Me apresuro a recogerlo, pero Ethan la coge primero. Frunce el ceño.

—¿Un test de embarazo? —Luego me mira con los ojos muy abiertos—. ¿Estás embarazada?

—No. —Le quito la caja de la mano—. Es decir, no lo sé.

—¿Pero crees que podrías estarlo?

¿No es obvio?

—Deberías irte —le digo.

—No —responde con firmeza.

Lo miro a los ojos y veo el frío acero de la determinación allí.

—No voy a ir a ningún lado hasta que no sepa el resultado de esa prueba.

Por supuesto. Él quiere un hijo después de todo. Estaba dispuesto a pagarme un cuarto de billón de dólares por uno.

—Bien.

Me escabullo y entro en el baño. Una vez adentro, me detengo un momento para respirar profundamente.

Ahora ya puedo respirar.

Pero sigo sintiéndome nerviosa, más aun sabiendo que Ethan está afuera esperando para saber si estoy o no encinta. Aunque me gustaría hacerle esperar, no creo que yo pueda aguantar el suspenso por mucho más tiempo.

Abro una de las cajas y sigo las instrucciones. Después la pongo junto al lavabo y espero, usando el temporizador de mi teléfono como guía. Con cada segundo que pasa, siento que mi corazón late más rápido. Mi ansiedad aumenta. Me desordeno el cabello y golpeo el suelo con el pie.

Por favor... por favor...

Espera un segundo. ¿Estoy esperando un resultado positivo? Pero si estoy embarazada y Ethan se entera ahora mismo, ¿no significaría que estaré obligada a tenerlo en mi vida? Estaré atada a un hombre que no me ama.

En ese momento, suena el temporizador. Lo apago, respiro profundamente, y miro la varilla.

Veo dos líneas rojas formando un signo de suma y la palabra «embarazada» justo al lado. Supongo que eso es lo más claro que puede haber.

Para asegurarme, hago otra prueba. El resultado es el mismo.

Las lágrimas empiezan a caes. No sé si lloro de alegría o de tristeza.

Estoy encinta.

Me tomo unos minutos para asimilarlo y secarme las lágrimas antes de salir del baño.

—¿Y bien? —me pregunta Ethan en cuanto abro la puerta.

Puedo ver la ansiedad en su cara.

Le enseño las varillas. Sus ojos se abren de par en par con asombro.

—Estás embarazada.

Intenta quitarme las pruebas, pero me las meto en el bolsillo. Después de todo, he meado sobre ellas. No quiero que las toque. Además, creo que quiero conservarlas.

—Vamos a ser claros —le advierto—. Voy a criar a este niño y...

Titubeo mientras nuevas lágrimas inundan mis ojos. ¿Qué demonios?

Ethan me pone una mano en el hombro.

—¿Estás bien?

¿Estoy bien?

En ese instante, mis emociones estallan.

—¡Claro que no! —Le grito—. Apenas tengo veintiséis años y voy a tener un bebé. Ni siquiera tengo novio. Nunca he tenido novio. No tengo a mi madre para guiarme. No tengo a mi padre. No tengo a nadie.

—Me tienes a mí —dice Ethan.

—Sí. Lo único que tengo es un hombre rico y guapo que algún día se casará con una mujer rica y hermosa, porque a mí no me ama ni piensa...

—Pero yo te amo.

Las palabras detienen mis pensamientos. Y mi corazón.

¿Qué es lo que acaba de decir?

Ethan me toma del rostro.

—Te amo, Stella. Eso es lo que he venido a decirte.

No puedo creerlo. Acaba de decir las palabras que he estado deseando escuchar. Dos veces. Mi corazón salta en mi pecho.

¿Vino hasta Seattle para decirme que me ama?

—¿Estás seguro? —le pregunto mientras el miedo y la ilusión luchan en mi pecho.

No está bromeando, ¿verdad?

—Estoy seguro.

Me coloca un mechón de pelo suelto detrás de la oreja y me acaricia la mejilla. Luego toca su frente con la mía y me mira a los ojos.

—Te amo, Stella Quinn. Eso es lo que he estado tratando de decirte.

Mi corazón da un vuelco. Una lágrima se me escapa por el rabillo del ojo, esta es de alegría.

Pura alegría.

Sonrío.

—Entonces, ¿por qué no lo dijiste desde el principio?

Ethan me devuelve la sonrisa, esta derrite mis miedos. Luego presiona tiernamente sus labios contra los míos.

Después de ese beso, le acaricio la mejilla.

—Yo también te amo.

Me besa la mano y, para mi sorpresa, se arrodilla y me besa el vientre.

—¿De verdad vas a tener un bebé? —me pregunta.

La emoción infantil en sus ojos me embelesa aún más.

—Vamos a tener un bebé, tonto.

Me dedica una sonrisa triunfal mientras se pone de pie y me atrae hacia sus brazos. Mientras lo rodeo con los míos, me fijo en la caja de bombones suizos que está sobre la mesa. Jess y Randy se comieron la mayor parte de su contenido, pero insistieron en que me quede con la caja.

Hay un solo trozo que aún no he tocado.

Y ahora, mi oración ha sido respondida.

Ethan me ama. Y vamos a tener un hijo.

Nuestro increíble viaje acaba de empezar.

EpílogO

Ethan

Dos meses después...

—¿Supongo que todo va bien? —me pregunta Ryker mientras estamos fuera de mi oficina.

—Por supuesto que sí —responde Asher por mí—. Mira a Stella. Está radiante.

La observo mientras habla con Dana, la mujer a la que ha estado entrenando durante las últimas dos semanas para ser mi nueva asistente.

Ella resplandece con el vestido amarillo que lleva, lo suficientemente ajustado como para mostrar la curva de su vientre. A pesar de que algunas personas han iniciado rumores desagradables sobre ella, no tiene intención de ocultarlo, lo que me parece admirable. Y atractivo.

Todavía no sé cómo encontré a una mujer tan increíble. O cómo no me di cuenta de que tenía una a mi lado, hasta que la perdí. Pero estoy seguro de una cosa: Nunca la dejaré ir.

Y lo voy a dejar claro esta noche.

—¿Y tú? —Le pregunto a Asher—. ¿Cómo van las cosas con Violet?

Hace una mueca.

—Nada bien, ¿eh? —infiere Ryker.

—Todavía no me perdona que la dejara sola en aquella fiesta hace años —dice Asher.

Él me lo contó. Pensé que había algo entre él y Violet. Resulta que tuvieron historia antes de Zúrich. La pregunta es: ¿Es todo lo que tendrán?

—Ya conoces el dicho —comento—. El infierno no tiene tanta furia como una mujer despreciada.

—Ni furia y ni memoria —coincide Asher.

—Quizá deberías rendirte y dejarla en paz —sugiere Ryker.

—Ni hablar —dice Asher—. Lograré que se enamore de mí. Solo espera.

Me encojo de hombros.

—Si tú lo dices.

Justo en ese momento, Stella se acerca hacia nosotros.

—¿Estás listo para ir? —me pregunta.

Más listo que nunca.

—¿Por qué crees que te he estado esperando?

Mira a Asher y a Ryker, y luego a mí.

—¿Van a volver a beber los tres esta noche?

—Esta noche no. —La rodeo con mi brazo—. Tengo planeado algo especial solo para nosotros dos.

—Disfruta —dice Asher en tono de broma.

Ryker tose.

—No te preocupes, Asher —replica Stella—. Estoy segura de que encontrarás la manera de conquistar a Violet. Y tú, Ryker, al final encontrarás a alguien especial.

—Estoy seguro de que lo hará —añado.

—Pero esta noche, los dos pueden ir a casa y acostarse —les dice Stella—. Como Ethan y yo.

Me río entre dientes. Me encanta cuando se pone un poco traviesa.

—Solo vete —Asher me da un empujón.

Le ofrezco mi brazo a Stella.

—Vamos a casa.

~

Cuando llegamos a la mansión, Stella y yo vamos directamente a nuestra habitación. Solía ser mía, pero ahora es nuestra y estamos planeando convertir la habitación de al lado en un espacio conectado para el bebé.

Por ahora somos los únicos que vivimos aquí. Mi padre está fuera del país, aunque prometió que volvería antes de que naciera nuestro hijo. No tengo ninguna duda al respecto.

Mientras tanto, es bueno que Stella y yo tengamos la casa para nosotros solos. Últimamente quiere tener sexo todo el tiempo. Deben ser las hormonas.

Por otro lado, yo también.

En cuanto llegamos a nuestra habitación, Stella me pide que le baje la cremallera del vestido. Ni siquiera he logrado bajarla por completo y ya se lo está quitando. Luego procede a deshacerse de su sujetador rosa y de las bragas que le hacen juego.

Consigo quitarme la chaqueta y la corbata antes de que Stella se encargue de desvestirme a mí también. Me desabrocha la camisa y me quita el cinturón. Se arrodilla frente a mí para bajarme los pantalones y los calzoncillos, dejando libre mi pene casi duro. El simple hecho de que lo mire me produce un escalofrío.

Rodea el tronco con los dedos y besa la punta con fruición. Veo cómo algunos centímetros de mi miembro desaparecen dentro de su boca. Ella chupa. Me agarro a su cabello y respiro hondo mientras el calor se extiende por mis venas. Pero sigo mirando.

Observo a Stella mientras mueve la cabeza de arriba a abajo. Sus labios se deslizan a lo largo de mi pene y este se hincha aún más.

Entonces se aparta y empieza a frotar su boca contra los lados de mi polla. Suelto un siseo. Me lame el pene desde la punta hasta la base, como si estuviera saboreando un delicioso manjar. Verla disfrutar minuciosamente de la tarea despierta mi deseo.

Empieza a acariciar mis testículos. Contengo la respiración. Tira suavemente de ellos, y la presión me provoca un sonido gutural. Luego los besa antes de arrastrar su lengua hasta la cabeza de mi miembro. Me acaricia la punta y me tiemblan las rodillas.

Joder. Se ha convertido en una experta en esto, tanto que me está volviendo loco. Lo único que quiero es hacerle el amor a su boquita perversa, pero le prometí que sería delicado con ella durante el embarazo.

Hasta que dé a luz, y probablemente durante unos meses después, tengo que contenerme, aunque me cueste hasta el último gramo de mi autocontrol.

Vuelve a chuparme, y ese último gramo casi se agota. Cuando se levanta, suelto un suspiro de alivio.

Atraigo a Stella contra mí y reclamo sus labios mientras le paso los dedos por el pelo. Luego introduzco mi lengua en su boca. Ella gime en la mía mientras sus manos recorren mi espalda.

Sus dedos se clavan en mi culo. Cojo uno de sus pechos y atrapo su pico de guijarros entre mis dedos. Lo retuerzo suavemente y Stella se separa del beso con un jadeo. Me doy cuenta de que sus pezones están más sensibles últimamente.

Me agarra de la muñeca y me lleva a la cama. Me empuja sobre ella y se sube encima de mí. Me agarra el pene una vez más.

—¿Ya? —Le pregunto.

No es que ya no quiera tener mi polla dentro de ella. Mi aguante está casi al límite. Pero no quiero que se haga daño.

—He estado deseando esto todo el día —exclama Stella mientras intenta meter mi pene dentro de ella.

La cabeza se desliza dentro. Gimo mientras se me escapa la resistencia.

Supongo que no puedo hacer nada si es ella la que quiere ser ruda.

Pongo mis manos en sus caderas y la ayudo a bajarlas. Mi pene se envuelve en su sedosa funda. La vista y la sensación hacen que mis pensamientos se aturdan.

Stella me introduce solo hasta la mitad antes de apartar mis manos y empezar a mover las caderas. Lo único que puedo hacer es ver cómo sus hermosos pechos rebotan delante de ella.

Hasta que me toma de la muñeca y se echa para atrás.

—Tócame —me pide mientras coloca mi mano entre sus piernas, justo donde mi polla está enterrada dentro de ella.

Mis dedos rozan su clítoris y ella se estremece.

—Como quieras —le digo.

La acaricio mientras ella mueve las caderas. Empieza a temblar. Sus gemidos se hacen más fuertes.

Su cuerpo se mueve más rápido. Entonces aparta mi mano. Se inclina sobre mí y me agarra los hombros. Se mueve un par de veces más y echa la cabeza hacia atrás mientras un grito sale de su garganta. Sus paredes temblorosas se aferran a mi pene.

Dejo que Stella recupere el aliento un momento antes de apartarla de mí. Me apoyo sobre de una de sus piernas y levanto la otra para que su cuerpo se incline hacia un lado. De este modo, no ejerzo mucha presión sobre su vientre.

Tomo su pierna y vuelvo a entrar en ella. Muevo mis caderas lentamente al principio, y luego acelero mis envites.

De los labios de Stella salen más gemidos. Sus manos se aferran a las sábanas. Acaricio su clítoris como hice antes mientras meto mi pene dentro de ella. Sus quejidos se convierten en suaves gritos. Su cuerpo tiembla.

Después de unos cuantos empujones y caricias más, la vaina que me rodea se vuelve a tensar. Esta vez, el placer que recorre el cuerpo de Stella se apodera también de mí. Dejo que me exprima hasta la última gota de semen mientras todos los músculos de mi cuerpo se retuercen. El aire abandona mis pulmones.

Una vez pasada la tormenta, jadeo. Hago una pausa para recuperar el aliento y luego me retiro. Beso el vientre a Stella antes de cubrirla con las mantas.

—¿Estás bien? —le pregunto.

Stella asiente.

—Cansada como siempre, pero feliz.

Sonrío.

—Bien. Pero aún no he terminado.

Me mira sorprendida.

—¿Qué quieres decir?

Me bajo de la cama para ponerme una bata. Luego me dirijo al armario. Cojo la caja de satín que he escondido en uno de los cajones y regreso con ella al dormitorio.

Stella se incorpora.

—¿Qué haces?

—Tengo algo que darte.

En cuanto me arrodillo junto a la cama, Stella respira agitada. Le muestro la caja de satén y se tapa la boca con las manos.

Una parte de mí se siente aliviado. Temía que rechazara este regalo como rechazó el caro reloj que le compré en Zúrich. Pero solo veo emoción en su rostro.

¿Tal vez en ese momento esperaba una propuesta de matrimonio? En cualquier caso, ahora se la estoy dando.

Abro la caja y descubro el anillo de diamantes que hay dentro. Stella se queda sin palabras. Sus ojos brillan por las lágrimas.

—Stella Quinn, eres diferente a cualquier mujer que haya conocido —le confieso—. Y eres mi complemento perfecto. No puedo pensar en tener a nadie más a mi lado.

Empieza a sollozar. Continúo.

—Ya eres la madre de mi hijo. Este anillo no es nada comparado con el regalo que ya me has dado. Pero quiero que sepas que te quiero mucho y que sería un honor que aceptaras ser mi esposa. Stella, ¿quieres casarte conmigo?

Ella se seca las lágrimas y me regala una sonrisa radiante.

—Sí, Ethan Hawthorne. Seré muy feliz casándome contigo.

Le pongo el anillo en el dedo y le beso la mano. Ella me rodea con sus brazos. Le doy un beso en la frente y luego en los labios. Me devuelve el beso con fuerza y me tira encima ella.

Me acuesto a su lado y la estrecho entre mis brazos.

—Te amo —susurra mientras se acurruca contra mi pecho.

Le doy un beso en la cabeza.

—Yo también te amo.

Y no puedo esperar a que empecemos nuestra vida juntos como una familia. Le prometo a Stella que nunca más volverá a estar sola.

Y tengo la sensación de que yo tampoco lo estaré.

~El final~

Si te FASCINÓ *El contrato del bebé del multimillonario*, ¡no dejes de leer "*Y Fueron Felizmente Enemigos*"!

Es una lectura romántica, divertida y coqueta, con páginas que se derriten con su calor; muchas bromas, drama y algunos momentos dulces que te garantizan un «y fueron felices para siempre».

¡Haz click aquí y obtén *"Y fueron felizmente enemigos"* ahora!

UN ADELANTO DE *"Y FUERON FELIZMENTE ENEMIGOS"*

Conseguir el trabajo de mis sueños: Hecho.

Firmar el contrato de alquiler de un apartamento de lujo: Hecho, hecho.

Descubrir que mi nuevo jefe es el imbécil que me rompió el corazón en la universidad, y además es mi vecino: Mierda.

Date una escapada con esta lectura romántica, conmovedora, intensa y llena de risas.

¡Haz clic aquí y obtén *"Y fueron felizmente enemigos"* ahora!

Descripción del libro

Conseguir el trabajo de mis sueños: Hecho.

Firmar el contrato de alquiler de un apartamento de lujo: Hecho, hecho.

Descubrir que mi nuevo jefe es el imbécil que me rompió el corazón en la universidad, y además es mi vecino: Mierda.

Asher Hawthorne es el epítome de un engreído vestido de traje.

Tiene un padre rico con infinitas relaciones,

y una sonrisa que te deja muerta, difícil de resistir, pero no imposible. No después de que me llevara a esa fiesta de la universidad solo para poder irse con otra... típico.

Juro que se ha propuesto hacer de mi vida un infierno,

entre la micro-gestión, las críticas,

y el interminable flujo de mujeres gimiendo dentro y fuera de su apartamento.

Este rencor está a punto de convertirse en una guerra total.

Puedo soportar la grosería y la arrogancia,

pero cuando empieza a ser encantador,

todo mi plan se va por la ventana.

¿Quién diablos se cree que es para hacer que me enamore de él otra vez?

Un estúpido y abusivo beso y ahí va toda mi resistencia,

Pero cuando un beso se convierte en mucho más,

descubro que la línea entre el amor y el odio

desaparece al recordar por qué me enamoré de él desde el principio.

***Sumérgete y explora este romance de enemigos a amantes.

***Sin trampas. Sin suspenso. Y por supuesto, incluye un inmejorable «y fueron felices para siempre»

***Todos los libros de esta emocionante serie pueden leerse por separado.

¡Haz clic aquí y obtén *"Y fueron felizmente enemigos"* ahora!

PROLOGO
Violet

—¿No es atractivo Asher Hawthorne?

Mi amiga Casey deja escapar un cándido suspiro mientras remueve su café frío de vainilla.

Sé que es más joven que yo, pero juro que a veces actúa como si aún estuviera en el colegio, en lugar de ser la muchacha de veintidós años que intenta obtener dos títulos.

A pesar de ello, observo sin mucho interés. Inmediatamente descubro a quién está mirando Casey. He tenido algunas clases con Asher Hawthorne. Incluso si no lo hubiera hecho, todo el mundo en la Universidad de Pensilvania, por no hablar de Wharton, sabe quién es. Hijo de Winston Hawthorne, fundador y gerente de *Hawthorne Holdings*. No sé por qué necesita un postgrado. Estoy segura de que ya tiene una elegante oficina esperándolo junto a un montón de profesionales con talento cuyo trabajo e ideas puede atribuirse.

Está de pie junto al mostrador conversando con otro hombre mientras espera su pedido. Los mechones oscuros asoman por debajo de su gorro ajustado azul marino. El botón superior de su camisa Henley gris marengo está desabrochado, la abertura llama la atención sobre su pecho cincelado. Sus tonificados bíceps amenazan con reventar las mangas arremangadas hasta los codos. Los dobladillos de sus pantalones también están ligeramente arrollados alrededor de sus tobillos, lo que le da un aspecto pulcro que combina con sus inmaculadas zapatillas blancas. Sabe un par de cosas sobre moda, lo reconozco.

En ese momento, se ríe mientras se quita el gorro. El sonido viaja por la habitación como un profundo trueno que resuena en mi pecho. Las líneas que rodean su boca se arrugan. Sus ojos de ébano bailan. El bisel de oro de su reloj (probablemente un Chopard o un Piaget) brilla en su muñeca mientras se desordena juguetonamente su pelo ondulado.

Aparto la mirada y sofoco la admiración que me invade con un generoso sorbo de capuchino de avellana humeante.

Ouch. Está caliente.

Bueno. Asher Hawthorne está guapísimo. Eso no significa que vaya a empezar a babear por él o a considerar la posibilidad de abrirme de piernas, como cualquier otra mujer del campus. De hecho, todavía sigue sin gustarme.

Casey deja escapar otro suspiro, su mirada sigue clavada más allá de mi hombro.

—¿No quisieras tener un pedazo de él?

—Si quisiera —respondo—. Me gustaría cortarle la polla.

Casey hace una mueca.

—Qué asco.

—Así no podría cogerse a todas las mujeres de mi clase. O a las profesoras. O a las asistentes de investigación. O a la mujer que está detrás del mostrador preparando su bebida.

Casey asiente.

—Parece que se babea por él.

—¿Quieres decir, como tú?

Se limpia la boca con el dorso de la mano y después con una servilleta.

—No es culpa mía que se vea tan delicioso. Es como un churro recubierto de azúcar con relleno de crema y que tiene la punta bañada en chocolate, y solo quieres chupar el chocolate, y lamer todo el azúcar y...

Levanto una mano para silenciarla.

—Ahora estás siendo asquerosa.

—Y no es solo buena apariencia lo que tiene. Es extremadamente rico.

—Porque nació en una familia con mucho dinero.

No es que haya ganado un solo centavo.

—Y es muy sociable —añade Casey.

—Querrás decir que es astuto. Sabe exactamente qué decirles a las personas para conseguir lo que quiere de ellas.

—Lo que demuestra lo inteligente que es, ¿verdad? He oído que puede resolver ecuaciones diferenciales mentalmente. En menos de un minuto.

Yo también he oído eso. Lo he visto resolver ecuaciones en la pizarra solo con los ojos. No puedo negar que es un genio de las matemáticas. Eso me molesta aún más. ¿No es suficiente que sea heredero de miles de millones y que se parezca a Henry Cavill? ¿También tiene que ser brillante?

—¿Y qué? —Me encojo de hombros—. Solo utiliza su aspecto, su dinero, y su cerebro para llevar a las mujeres a su cama. ¿No te parece despreciable?

Casey se toca la barbilla.

—Bueno...

—Él ya tiene el mundo. ¿Por qué no puede contentarse con una sola mujer?

—Quizás no ha encontrado a la adecuada —dice Casey—. Tal vez todavía está buscando.

—Todos estamos buscando —replico—. ¿Pero acaso nosotros saltamos de la aventura de una noche a la siguiente? No. Y, sin embargo, eso es exactamente lo que él hace. No trata de ver si una de esas mujeres es lo suficientemente buena para él. Nunca tuvo la intención de quedarse con ninguna de ellas. Son solo objetos para él, juguetes con los que jugar y luego tirarlos como los cientos de cachivaches que probablemente tuvo cuando era niño. ¿Qué persona que esté bien de la cabeza hace eso?

—Violet.

—Apuesto a que no lo está. Bien de la cabeza, quiero decir. Tal vez trata a las mujeres como basura porque se siente igual. Tal vez su madre no lo amaba. O su padre.

—Violet.

—Tal vez Asher Hawthorne no es capaz de amar. —Me inclino hacia atrás y cruzo los brazos sobre mis pechos—. Lo cual es patético, realmente. Es solo un niño. Apuesto a que no sabe cómo...

Dejo de hablar porque oigo un carraspeo detrás de mí. Levanto la cabeza y me encuentro mirando un par de ojos negros como el alquitrán.

Hablando del diablo. Ay, mierda.

Me doy la vuelta rápidamente y recojo mi taza de café. Todavía está caliente, pero no tanto como mis mejillas, que parecen hervir. Ojalá pudiera evaporarme y desaparecer de aquí.

Violet, eres una idiota.

—Hola, Asher —saluda Casey.

Intento interceptar su mirada para decirle con los ojos que haga que se vaya, pero su atención está completamente sobre él. Por supuesto que lo está.

—Hola.

Le ofrece la mano y ella la estrecha mientras, obviamente, intenta contener su profuso entusiasmo.

—Creo que no nos conocemos.

—Cassandra —se presenta ella—. Pero puedes llamarme Casey. Junior. Programa Huntsman. Las matemáticas no son mi asignatura favorita, pero hablo cinco idiomas. Y sé cocinar.

Pongo los ojos en blanco. ¿Qué es esto? ¿Un currículum de novia? ¿Por qué no le pregunta directamente si quiere acostarse con ella? Seguro que sí.

— Huntsman, ¿eh? —Asher responde—. Impresionante.

Exactamente lo que pensé.

—Y ella es Violet Cleary.

Por poco me ahogo con mi café.

—Está haciendo un posgrado como tú. También es buena en matemáticas. Y ella... ¡Ay!

Retira la mano justo después de que le di un fuerte apretón. Luego me mira fijamente.

—¿Qué demonios?

Esa es mi frase.

—Bueno, es un placer conocerlas a ambas —dice Asher—. Especialmente a ti, Casey. Disfruta de tu café. Tal vez la próxima vez, tú y yo podamos tomarnos uno.

¿Así que me está ignorando?

Casey le sonríe.

—Me encantaría.

—Bien.

Escucho que empieza a alejarse.

—¡Oh, y me encanta tu camisa! —Casey exclama cuando se va. Después continúa con una voz tan suave que solo yo puedo oír—. Aunque creo que estarías mejor sin ella.

Dejo mi taza y frunzo el ceño.

—Juro que, si te desmayas, te dejo aquí.

Parece que no me oye. Su mirada sigue fija en el otro extremo de la habitación.

—Es mucho más sexy de cerca.

—Y más arrogante.

Apuesto a que estaba sonriendo mientras se alejaba.

—Solo estás celosa porque fue a mí a quien invitó a tomar un café.

Hago un movimiento de barrido con mis manos.

—Por supuesto, ve. Por favor.

Después de todo, es imposible que me interese salir con Asher Hawthorne.

~

Bueno. Tal vez si estaba un poco interesada.

Lo acepto, mientras atravieso lentamente uno de los pasillos de literatura clásica de la biblioteca. Con las yemas de los dedos voy acariciando los lomos de los libros.

No soy una lectora voraz, pero una vez tuve un ejemplar de *Orgullo y prejuicio*. Durante un tiempo, deseé tener mi propio Sr. Darcy, para que me dé una vida cómoda.

Ahora, estoy decidida a dármela yo misma. Por eso estudié economía y finanzas con esmero, a pesar de que lo que quería era ser profesora de matemáticas de quinto o sexto curso, los mejores años de mi vida. Por eso estoy aquí, en Wharton, intentando darme la mejor oportunidad de éxito en el mundo empresarial. Sin embargo, a veces no puedo evitar preguntarme cómo me sentiría si no tuviera que trabajar, si pudiera seguir mi sueño, si no tuviera que preocuparme por el dinero, porque tendría un marido rico y comprensivo que podría darme todo lo que necesite.

Un hombre como Asher Hawthorne.

Vaya. Hace poco, estaba en contra de salir con él. Ahora, ¿pienso en casarme con él? De ninguna manera.

Asher Hawthorne puede ser rico, pero sigue siendo un pretencioso. Y un playboy. Y...

—¿Estás buscando algo? —Una voz interrumpe mis pensamientos.

Giro la cabeza y veo a Asher de pie frente a mí.

Mierda.

Aprieto el computador portátil contra mi pecho mientras doy un paso atrás. Mi corazón late contra el acolchado de algodón.

¿Cuántas veces piensa intentar provocarme un infarto antes de que acabe el día?

—Violet, ¿verdad? —pregunta.

¿Por qué Casey tuvo que darle mi nombre?

—Sí —respondo, sintiendo que no tengo otra opción—. Si estás buscando a Casey, ella...

—No estoy buscando a Casey.

La seguridad de su voz está a la par de la intensidad de su mirada. ¿Por qué me mira como si fuera una presa? Se me hace un nudo en la garganta.

Trago saliva.

—Bueno, no estoy buscando ningún libro, así que me voy.

Me doy la vuelta y empiezo a alejarme.

¿Por qué tenía que toparme con Asher de toda la gente?

—Espera.

Dejo escapar un profundo suspiro mientras me paro en seco. ¿Y ahora qué?

—Lloyd Finley tendrá una fiesta en su casa mañana por la noche. Me preguntaba si te gustaría ir conmigo.

Frunzo el ceño. ¿Me está invitando a salir? ¿No escuchó todo lo que dije sobre él? ¿Va a ignorar todo eso? ¿Es una especie de burla o masoquismo?

—No, gracias —le doy una respuesta directa y sigo caminando.

—¿Por qué no?

Bueno. Así que los rumores son ciertos. Este hombre no acepta un no por respuesta.

Respiro profundamente y me doy la vuelta.

—¿No estás un poco mayor para las fiestas?

—¿No eres demasiado joven para tomarte la vida tan en serio? —replica.

Entrecierro los ojos y lo miro.

—La forma en que vivo mi vida no es de tu incumbencia.

—¿Pero mi vida sí? ¿Qué fue lo que dijiste? ¿Que mis padres no me querían?

Así que sí me escuchó en el café. De pronto me siento como si estuviera de nuevo allí. Me arden las mejillas. Aun así, mantengo la barbilla alta y lo miro a los ojos.

—¿Nadie te ha dicho alguna vez que es malo escuchar furtivamente?

—Yo escuché. No lo hice a escondidas. Hay diferencia.

¿Ahora se hace al listo conmigo?

—No escuchaste. Te acercaste a nuestra mesa.

—Iba hacia la barra de condimentos. Tu mesa estaba justo al lado.

Ahora que lo pienso, Asher tiene razón. La barra de condimentos estaba justo detrás de mí. Aun así, eso no significa que fuera correcto que él escuchara mi conversación con Casey.

—¿Así que decidiste pasar por allí y coquetear? ¿Ese es tu modus operandi? ¿Coquetear con las mujeres mientras le pones un poco más de azúcar en tu café?

Se frota la barbilla.

—Vaya. Realmente me odias, ¿cierto?

Me llevo la mano a la garganta y le dirijo una mirada triste.

—Oh, lo siento. ¿Herí tus inexistentes sentimientos?

—¿Por qué? ¿Qué te hice?

—Me hiciste pensar que realmente no ya quedan hombres decentes en este mundo.

—Entonces déjame hacerte cambiar de opinión —ofrece—. Pasa algún tiempo conmigo. Conoce a mi verdadero yo.

Mis cejas se arquean.

—¿El verdadero tú?

—Sí. El yo que tiene corazón.

Resoplo.

—Y si continúas pensando que soy un imbécil, al menos podrás decírselo a tus amigos basándote en experiencias de primera mano, en lugar de especular sobre chismes.

Muy inteligente. Casi quiero sucumbir. Pero no lo hago.

—Buen intento, pero no. Se escribe N-O. Adelante, añádelo a tu vocabulario.

Pensé que eso haría que Asher frunciera el ceño, pero se limitó a sonreír.

—¿Qué tal DI-VER-SION? ¿Has pensado en añadirla a tu vocabulario?

Sacudo la cabeza.

—Vaya. Creí que solo eras bueno en matemáticas, pero parece que también sabes deletrear.

—Y resulta que también sé usar una máquina de remo. Me he dado cuenta de que estabas mirando la del gimnasio. Puedo enseñarte a usarla.

Mis ojos se abren de par en par. ¿Asher me ha visto en el gimnasio? ¿Cuándo?

Suena siniestro. Definitivamente. Al mismo tiempo, no puedo evitar sentir una chispa de emoción en mi pecho.

Asher se ha fijado en mí antes. Y se acuerda de mí. A pesar de lo listo que es, seguramente no puede recordar a todas las mujeres que ve en el campus. Pero se acuerda de mí.

Entonces la voz de la razón habla dentro de mi cabeza. ¿Y qué? No significa nada.

—Gracias por la oferta, pero no estoy buscando un entrenador personal.

Por supuesto que sabe usar una máquina de remo. Probablemente tenga su propio gimnasio. Pero prefiero remar sola en un barco de verdad a través de un lago envuelto en niebla, que tenerlo a mi lado cuando solo llevo una camiseta corta, una calza y una capa de sudor.

—Está bien, pero sigo buscando a alguien con quien ir a una fiesta.

Es persistente. Se lo reconozco.

—Entonces ve a buscar. En otro lugar.

Me doy vuelta. Todavía no he dado un paso cuando Asher vuelve a hablar.

—Sabes quién es Lloyd Finley, ¿verdad? Su familia es socia de muchos bancos y compañías de seguros.

—No me extraña que sean amigos. Sus yates deben estar anclados en el mismo muelle.

—Los gerentes de esos bancos y compañías de seguros estarán en esa fiesta. Junto con algunos otros. Creo que sería una buena ocasión para que aprendas algunas cosas sobre el mundo del que piensas formar parte, una oportunidad para sopesar las perspectivas de empleo, tal vez lanzar tu nombre por ahí.

Un chance para hacer contactos importantes, que es esencialmente de lo que se tratan los negocios. Tentador.

Me doy vuelta y lo encaro de nuevo.

—¿Dices que estás haciéndome un favor?

—Estoy diciendo que te estarías haciendo un favor a ti misma —responde Asher—. Yo solo quiero una cita.

Qué generoso.

—Francamente, creo que soy yo el que está consiguiendo un mejor trato

—añade.

Ahora está tratando de halagarme. Desesperado, pero lindo.

Doy un paso adelante.

—¿Por qué yo?

—Porque me gusta cómo tus ojos azules contrastan con tu pelo negro

—confiesa Asher—. Me recuerda al océano de noche. Además, es una combinación que nunca había visto.

Eso es porque es una combinación poco usual, una de las combinaciones de color de cabello y ojos más raras en realidad. Tal y como pensaba, solo quiere añadirme a su colección porque soy un hallazgo inusual, del mismo modo que un chico quiere tener una carta rara de Pokémon en su baraja, para poder presumir entre sus amigos de ser el único que la tiene.

Me siento insultada.

—Además, me impresionó aquél informe que diste sobre la incertidumbre y la elasticidad de la demanda —añade.

No me lo esperaba. Ni siquiera sabía que estaba escuchando cuando di ese reporte.

—Creo que tu mente sería un importante activo para cualquier gran empresa.

Estrecho mis ojos.

—¿Estás intentando reclutarme?

—Puede que sí.

—¿Pero quieres que me reúna con gente de otras empresas?

—¿Qué puedo decir? No le tengo miedo a la competencia.

No, no lo tiene. De hecho, creo que le emociona. Supongo que eso es algo que tenemos en común.

—Por ahora, solo pido una noche —dice Asher.

Yo no estoy segura de cómo sucedió exactamente, pero en este momento, me inclino por decir que sí. No me gusta Asher. Todavía me siento insultada por lo que dijo antes y definitivamente no confío en él. Pero no puedo negar que esta es una buena oportunidad para mí. Demasiado buena.

Si quieres tener éxito en el mundo empresarial, tienes que mirar hacia adelante. También tienes que llevarte bien con gente que no necesariamente te gusta. Soportar la compañía de Asher puede ser un pequeño precio que pagar por una inversión en mi futuro.

—Bueno —cedo. —Pero no voy a contar esto como una cita.

—Yo sí.

Míralo, con una sonrisa jactanciosa y triunfal, como si acabara de ganar la lotería. Pero esta será mi victoria.

Levanto un dedo.

—Con una condición.

—¿Cuál?

—Que mantengamos esto en secreto.

No quiero que presuma de nuestra cita como si fuera un trofeo.

—No te preocupes —afirma—. Nunca beso y lo anuncio.

¿Besar? Mi mirada se posa en los labios de Asher y mis mejillas vuelven a calentarse.

Tomo un respiro.

—No habrá besos.

—Ya veremos.

¿Cree que puede hacerme cambiar de opinión al respecto? Bien. Lo dejaré esperando.

—Entonces, ¿te recojo frente al café mañana a las seis y media? La fiesta es a las siete.

Asiento con la cabeza.

—Claro.

~

No debería haber dicho que sí.

Lucho con mis pensamientos mientras entablo una batalla perdida con mis obstinados rizos frente al espejo. Siempre han sido rebeldes, pero nunca me importó tanto como ahora.

Tiro ellos con el cepillo y aprieto los dientes.

—¡Vamos!

Me digo a mí misma que hago todo esto (recogerme el pelo, ponerme el collar de mi madre, mi mejor lápiz labial, mi vestido más bonito, y mis zapatos menos cómodos) porque quiero impresionar a los peces gordos de aquella empresa a quienes daré la mano. Pero en realidad, lo hago por Asher.

Es una estupidez. Lo sé. Esto no es una cita. Se lo dije a Asher. Y ni siquiera quería salir con él en primer lugar. Todavía no he cambiado de opinión respecto a que es un imbécil. Sin embargo, aquí estoy, queriendo verme bonita esta noche.

No. No solo bonita. Perfecta.

No me sentí así ni siquiera en mi baile de graduación, ni en mi primera cita que fue con un chico llamado Chuck, que tampoco me gustaba mucho.

Oh, bueno. Es Asher Hawthorne, después de todo. No quiero estar a su lado pareciendo... bueno, como si no debiera estar a su lado. No quiero avergonzarlo. Quiero que esté orgulloso de mí.

Sí, es un playboy. Sí, es heredero de millones. Pero solo por una noche, puedo pensar en él como mi Sr. Darcy. Y yo seré Elizabeth. Y tal vez, solo tal vez, podamos pasar un tiempo perfecto juntos en este baile. La fiesta, quiero decir.

Si tan solo pudiera peinar mi cabello con un estilo victoriano.

Hago unos cuantos intentos más, luego tiro el cepillo al lavabo y suelto un suspiro.

—Al diablo con eso.

Y si a Asher no le gusta cómo me veo, que se vaya al diablo también.

~

—Te ves hermosa — Asher me galantea cuando los dos estamos solos en el cenador—. Sé que te lo dije antes, pero me dieron ganas de repetirlo.

Por un momento, me planteo decirle que él también está guapo, y así es, con su camisa granate, sus vaqueros oscuros, y su chaqueta deportiva color canela. También pienso que huele bien, un olor del tipo que hace que quiera rodearlo con mis brazos por detrás, para poder aspirar mejor el aroma de su nuca. No es que se lo vaya a decir nunca.

—Gracias —respondo en su lugar, mientras intento no sonrojarme. Luego bebo otro sorbo de champaña.

¿Por qué permití que Asher me trajera aquí, en medio de los jardines, donde no hay nadie más? Sí, es un buen respiro porque aquí se puede estar tranquilo. Pero es demasiado pacífico. Y algo oscuro. Además, es un poco romántico con aquellos capullos de flores que se mecen con la brisa y las hojas caídas esparcidas por el césped, que parecen motas de oro bajo la luz de la luna.

No es una buena idea. Debo estar borracha después de tomar dos copas de champaña. Es eso o mi capacidad mental debe haber disminuido por intentar impresionar a todos esos pretenciosos y ostentosos. No puedo creer que vaya a tener que besar a unos cuantos en los próximos años.

—Sé que dijiste que la lista de invitados a esta fiesta sería de alto nivel, pero no pensé que sería tan alto —le comento a Asher.

Me mira con sorpresa.

—Así que no te dije que era una fiesta de cumpleaños que Lloyd Finley organizaba para su padre, Marcus Finley, y que invitó a todos sus antiguos compañeros y protegidos.

—Sabes que no lo hiciste.

—Y aun así los manejaste a todos de forma excelente —me dice Asher con otra sonrisa que hace que me tiemblen las rodillas—. Hice bien en traerte.

Tomo otro sorbo de champaña mientras lucho contra otra explosión de rubor. ¿Por qué está siendo tan agradable de repente?

No. No de repente. Ha sido perfectamente atento conmigo toda la noche. Más amable que el Sr. Darcy. Tal vez por eso no tuve inconveniente en seguirlo hasta aquí. Tal vez en realidad estoy esperando que me bese a continuación. Ha sido tan afectuoso conmigo que no me importaría.

—Por cierto —dice Asher—. Tienes razón.

Mis cejas se fruncen.

—¿Sobre qué?

—El amor de una madre no es algo con lo que esté muy familiarizado. Ella murió cuando yo tenía diez años. Y antes de eso, estuvo enferma durante mucho tiempo. Apenas la veía.

Mierda. De repente tengo ganas de pegarme un puñetazo en el estómago.

—Pero me gustaría pensar que eso no me ha convertido en un monstruo.

Dejo mi vaso.

—Por supuesto que no.

Levanta una ceja.

—¿De verdad? Pero dijiste...

—Siento mucho lo que dije —me disculpo con toda la sinceridad que puedo expresar—. Especialmente lo que dije sobre tu madre. Fue un comentario mezquino y descuidado y lo retiro. Lo siento.

Sacude la cabeza y toma mi mano entre las suyas.

—Te perdono.

Dejo escapar un suspiro de alivio.

—Al menos, lo haré si me explicas una cosa —advierte.

—¿Qué?

—Dijiste que yo afirmaba tu creencia de que no había hombres decentes en el mundo. ¿Quién te metió esa idea en la cabeza? ¿Quién te rompió el corazón? ¿Tu primer novio?

—Papá —respondo con sinceridad—. Le rompió el corazón a mi madre, y después de eso todo lo demás... se rompió también.

—Oh.

No sé por qué le dije eso. Nunca se lo he contado a nadie desde el colegio. Ahora que guarda silencio, me arrepiento. Lo último que quiero es su compasión. Lo miro con recelo, pero no encuentro nada de eso en sus ojos.

—¿Quieres saber un secreto? —me pregunta.

—¿Qué?

—Mi padre tampoco es el mejor. Y definitivamente yo no soy su favorito. Ethan o Ryker lo son. Pero bueno, no podemos dejar que el comportamiento o las decisiones de nuestros padres determinen quiénes somos o cómo queremos vivir, ¿verdad?

Sonrío. Ahora sí que quiero ese beso. De hecho, si no hace un movimiento pronto, puede que me adelante y le dé uno.

Giro mi cuerpo para estar justo delante de él. Entonces le acaricio la mano.

—¿Entonces estoy perdonada?

Asher asiente.

—Sí.

Pone su mano en mi mejilla y se inclina hacia delante. Cierro los ojos. Un momento después, sus labios presionan los míos. Le devuelvo el beso.

Me acaricia el rostro y el hombro mientras su boca estruja la mía. El calor me recorre la columna vertebral y me inunda el pecho. No puedo respirar.

Se separa y por fin consigo una bocanada de aire, pero se me hace un nudo en la garganta cuando encuentro su mirada. Ardiente. Agitada. La excitación hierve a fuego lento en mis venas.

Me besa de nuevo. Y otra vez. Y otra vez. Aprieto la solapa de su chaqueta y trato de mantener el ritmo, de respirar entre beso y beso. Me atrapa el labio inferior. El corazón me da un vuelco. Entonces me rodea con un brazo y me pasa la lengua por los labios. Cuando roza mi propia lengua, mi boca se incendia. Me tiemblan las rodillas.

Cada vez que su lengua roza la mía, creo derretirme. Y quiero hacerlo. Quiero que Asher le dé forma a mi cuerpo en un molde destinado solo para él. Quiero que se funda con el suyo.

Lo deseo. Tanto que las ansias palpitan en mis pechos y entre mis piernas. Cuando la mano de Asher me toca los senos a través del vestido, no protesto. Cuando su otra mano sube por mi muslo por debajo de la falda, empiezo a sucumbir.

Pero la voz dentro de mi cabeza grita.

¡Detente! No lo hagas, Violet. Piensa.

En el momento en que empiezo a hacerlo, la niebla de mi mente se disipa. El calor bajo mi piel se evapora. Me doy cuenta de que no quiero esto. Ahora no. No aquí. No así.

Tomo la muñeca de Asher para detener su mano antes de que sus dedos lleguen a mi ropa interior. Aparto la boca y doy un paso atrás.

Asher parece consternado, confundido. Respiro profundamente.

—Deberíamos parar... por ahora.

Por un momento más, sus cejas permanecen fruncidas. Luego se rasca la nuca y asiente.

—Está bien.

¿Lo está? Parece agitado, frustrado, derrotado. Siento una punzada de culpabilidad.

Le tiendo la mano para ofrecerle algo de consuelo, pero se aparta.

—Creo que voy a volver a la casa —dice.

¿Me está dejando?

—Asher...

—Te traeré más champaña. —Agarra mi copa casi vacía—. Y tal vez traiga algo de comida de verdad de la cocina. Esos entremeses apenas llegaron a mi estómago.

Oh. Solo quiere un poco de espacio. Está bien. Con suerte, él podrá sacudirse la frustración y podremos restablecer la escena cuando regrese. Este ambiente incómodo desaparecerá y los dos podremos tener una conversación agradable, como la que entablamos antes de besarnos.

Asiento con la cabeza.

—De acuerdo.

Asher me regala una sonrisa.

—Enseguida vuelvo.

~

Todavía no ha vuelto.

Vuelvo a mirar el reloj. Han pasado cuarenta minutos. Cuarenta y dos, en realidad.

Me dije a mí misma que Asher tardaría unos quince como máximo. Cuando no regresó a los veinte, me pregunté si no se habrá topado con alguien con quien tenía que hablar. Después de cinco minutos más, pensé en llamarlo para saber qué lo retenía, pero caí en cuenta de que no tenía su número. Empecé a preocuparme. Ahora que han pasado cuarenta y dos minutos, pienso que, o bien se ha encontrado con varias personas, o le ha pedido al chef que le prepare algo desde cero. O le ha pasado algo malo y nadie vino a avisarme porque nadie más sabe que estoy aquí.

Este último pensamiento me lleva a caminar a paso ligero hacia la casa (tan rápido como puedo con mis tacones de cinco centímetros), mientras me froto los brazos con el chal para alejar el frío. A medida que me acerco, no oigo ninguna conmoción, ninguna sirena. La música sigue tocando. La gente sigue conversando. La champaña y los aperitivos se siguen sirviendo. Dejo escapar un suspiro de alivio.

Al menos tengo la sensación de que Asher está a salvo. Pero todavía tengo que encontrarlo.

Primero busco en la cocina. Asher no está allí y ninguno de los empleados de la casa o del servicio lo ha visto. Luego busco entre la gente. Tampoco hay rastro de él. ¿Dónde diablos está? Finalmente, decido preguntar a Lloyd si sabe dónde se encuentra Asher. Cuando dice que no, le pregunto si puedo buscar en el resto de la casa. Me da permiso.

Busco en todas las habitaciones, con el corazón acelerado y los pensamientos revueltos para encontrar explicaciones de su ausencia, muchas de las cuales me duelen demasiado como para pensar en ellas. Intento no hacerlo, pero cuando sigo sin encontrar a Asher, después de buscarlo por todas partes, empiezo a preocuparme. ¿Dónde puede estar?

Finalmente, lo veo mientras estoy en el balcón. Está en los escalones de la entrada. Estoy a punto de llamarlo por su nombre, pero entonces me doy cuenta de que hay una mujer a su lado. Alta. Morena. Vestido rojo brillante. Diamantes alrededor de su cuello. El brazo rodeando la cintura de Asher.

Su Maserati Levante se detiene justo delante de ellos y el valet se baja. Mientras Asher rodea la parte delantera del vehículo para ocupar el asiento del conductor, el empleado abre la puerta del lado del pasajero y la mujer se desliza dentro. Asher sube al coche y este toma el camino privado que sale de la propiedad, la misma vía que tomamos al entrar. En cuestión de segundos, el vehículo desaparece de mi vista.

Por un momento, me quedo de pie en el balcón aferrándome a la barandilla, congelada y entumecida. La escena que acabo de ver de Asher marchándose con otra mujer se repite una y otra vez dentro de mi cabeza, hasta que por fin lo asimilo.

Asher se fue de la fiesta. Con otra mujer. Pese a que vino a este evento conmigo. Aunque me pidió que viniera con él. A pesar de que me besó y dijo que volvería conmigo.

Mi pecho se contrae. Siento que se me aplasta el corazón. Quiero gritar. Quiero llorar. Quiero saltar desde este balcón. En lugar de eso, entro. Me apoyo en la pared y me doy una palmada en la frente.

¡Estúpida Violet! ¿De verdad creías que le importabas? ¿Porque te invitó a salir? ¿Porque fue amable contigo? ¿Porque te besó? ¿Realmente pensaste que regresaría después de que lo rechazaste? Por supuesto que no iba a hacerlo. El sexo era todo lo que buscaba, y como lo desairaste, no tenía ninguna razón para volver contigo.

Increíble. Pero al mismo tiempo, debí haberlo esperado. Debí haber sabido que el sexo era todo lo que Asher quería. Debí haber sabido que me desecharía tan pronto como se diera cuenta de que ya no le era útil. Debí haber sabido que ni siquiera tendría la decencia de llevarme a casa.

Debí haber anticipado que Asher Hawthorne me rompería el corazón.

No. Sabía que era una posibilidad, pero salí con él de todos modos. Me dejé llevar por sus dulces palabras de todos modos. Me abrí a él de todos modos. Lo besé de todos modos.

Y ahora, aquí estoy con este bonito vestido, con las mejillas frías, los pies adoloridos, y el corazón hecho pedazos.

Esto es lo que me pasa por atreverme a soñar.

Pero ahora lo sé. Aunque tenga ganas de derrumbarme, mantengo los hombros firmes. Aunque me rompa en pedazos, convierto mi coraje en acero.

Voy a olvidarme de Asher Hawthorne y no voy a dejar que ningún hombre se burle de mí, por muy guapo, rico, o inteligente que sea.

Nunca más.

CAPÍTULO UNO
Asher

Cinco años después...

Nos encontramos de nuevo.

Miro fijamente a Violet Cleary mientras baja por la escalera mecánica con un vestido amarillo en degradé que parece envolverla como una llama. La mayoría de sus rizos negros están recogidos en la parte superior de la cabeza, pero algunos siguen cayendo en cascada más allá de las orejas, hasta sus hombros.

Recuerdo a una mujer de cabello negro ensortijado con la que salí una vez. Solo una vez. También tenía los más bonitos ojos azules. Lástima que no pueda recordar su nombre (soy muy malo con los nombres) y una pena que nunca pudiera acostarme con ella.

Dejo de lado su recuerdo mientras me preparo para recibir a Violet. Es inútil pensar en el pasado. Tengo que concentrarme en el presente, en esta increíble mujer que conocí en Suiza y que va a trabajar conmigo a partir de mañana.

Te enviaré un correo electrónico cuando se publique *Y fueron felizmente enemigos* en español.

LEE OTROS TÍTULOS DE LOS HERMANOS HAWTHORNE.

https://www.ashleepriceromanceauthor.com/

Y fueron felizmente enemigos – 29 de julio de 2022

Rompiendo el código de hermanos – muy pronto